항아
嫦娥

운모 병풍에 촛불 그림자 그윽하고
은하는 점점 기울어 새벽별은 지고 있네
항아는 분명 영약 훔친 것을 후회하며
푸른 바다 푸른 하늘을 밤마다 거려워하리

雲母屏風燭影深
長河漸落曉星沈
嫦娥應悔偸靈藥
碧海青天夜夜心

劍仙之路

검선지로

Fantastic Oriental Heroes

검선지로 6

사우 新무협 판타지소설

초판 1쇄 찍은 날 § 2007년 1월 17일
초판 1쇄 펴낸 날 § 2007년 1월 27일

지은이 § 사우
펴낸이 § 서정석

편집장 § 문혜영
편집책임 § 서지현
편집 § 심재영

펴낸곳 § 도서출판 청어람
등록번호 § 제1081-1-89호
등록일자 § 1999. 5. 31
어람번호 § 제2-1108호

주소 § 경기도 부천시 원미구 심곡1동 350-1 남성B/D 3F (우) 420-011
전화 § 032-656-4452 팩스 § 032-656-4453
http://www.chungeoram.com
E-mail § eoram99@chollian.net

ⓒ 사우, 2005

ISBN 978-89-251-0508-6 04810
ISBN 89-5831-681-0 (SET)

사우 新무협 판타지 소설

검선지로
Fantastic Oriental Heroes

6
완결

劍仙之路

의기천추(義氣天秋)

도서출판 청어람

목차

지난 줄거리 ··· 6

제48장 거센 물살을 헤치고 ··· 9

제49장 너를 믿기에 뒤를 맡기는 것이다 ··· 41

제50장 사용하지 않았다고 해서
　　　　상어의 이가 무디어지는 것은 아니다 ··· 65

제51장 신검의 무위는 장강을 떨쳐 울리니 ··· 105

제52장 출생에 얽힌 비밀은 드러나고 ··· 125

제53장 우리에게 대형은 오직 불패신룡뿐이다 ··· 153

제54장 세상을 얻고자 하니
　　　　그 누가 그들을 막을 것인가! ··· 179

제55장 홀로 싸우는 것은 외롭지 않으나
　　　　혼자된 마음은 서글프다 ··· 219

제56장 장강의 이분은 천하의 이분을 뜻하는 것이니 ··· 259

외전 그리고 칠 년··· 그의 가슴은 대륙을 적셨다 ··· 319

　스승인 운산 도인을 따라 기련산에 정착한 연운비는 운산 도인이 입적한 후 사제들을 돌봐주라는 유언에 따라 강호에 나온다.

　성혼을 하여 사천당가에 머무르고 있는 막내 사제를 찾아 길을 떠난 연운비는 기련쌍괴를 비롯하여 보타암의 유사하, 괴팍하기 그지없는 권왕 등 여러 사람들을 만나게 되고, 그들과 친분을 쌓게 된다. 우여곡절 끝에 사천당가에 도착하여 막내 사제 유이명을 만나 스승님의 입적 사실을 알리고 그간 배워왔던 것을 막내 사제에게 가르치기 위해 부상을 마다하지 않는다.

　그런 와중 팔황에 속한 묘독문이 발호하고 백여 년 전 일어났던 팔황의 난을 잊지 않고 있던 중원은 힘을 모아 선제 공격에 나선다.

　둘째 사제를 찾으러 떠나려던 연운비는 우연한 기회에 귀곡자를 만나게 되고 귀상에 대한 사실을 알게 된다. 부적을 목에 건 채 어쩔 수 없이 묘독문 공격에 합류한 연운비는 위험을 무릅쓰고 사지에 뛰어들어 큰 부상을 입으면서까지 유이명을 구한다.

　마침내 시작된 총공격.

　하나 그것은 팔황이 파놓은 함정임이 드러나고 이미 중원은 팔황이 일으키는 혈풍에 잠겨 있었다. 장강을 비롯하여 산동성, 강소성은 이미 팔황에게 넘어가 있었고, 섬서성을 비롯하여 안휘성, 절강성 역시 대대적인 공세를 받고 있었다.

　결국 운남 정벌군은 회군을 결정하고, 몇 개 문파만이 남아 적들의 추격을 시작한다.

　그러나 그것조차 철저하게 계획되어진 함정이었고, 칠마의 추격에 가세한 연운비는 동료 몇 명과 함께 유령문이 파놓은 함정에 빠지게 되어 결국 동료들과 흩어진다.

피를 말리는 추격전.

결국 적들에게 발각된 연운비는 죽을 위험에 처하게 되지만 지기 막이랑의 희생으로 가까스로 목숨을 구한다.

그런 와중 천지검의 기연을 얻게 된 연운비는 무공이 한층 발전하고 마침내 사천으로 복귀하여 막이랑의 빚을 갚아준다.

막이랑이 건네준 매화검을 건네기 위해, 그리고 아직 만나지 못한 둘째 사제를 찾기 위해 연운비는 화산으로 향하고 그곳에서 막이랑의 형 막중명을 만나게 된다.

소림으로 향하려던 연운비는 개방이 전해준 정보로 인하여 굳이 그럴 필요가 없다는 것을 깨닫고 부적에 얽힌 의문을 해소시키기 위해 무당으로 향한다. 그런 와중 유령문의 암습을 받게 되며 유사하와 백개명이라는 짐을 떠안게 된 연운비는 큰 위험에 처하게 되지만 때맞춰 도착한 막중명에 의해 구함을 받게 된다.

부상에서 회복한 연운비는 무당의 장로 일학자를 만나 부적에 관한 의문점을 해소시킨 후 수로맹을 돕기 위해 무협으로 향한다.

변복을 하고 수로맹 총단이 있는 무협을 지나가는 상선을 탄 연운비는 만해도 무인들의 횡포를 참지 못하고 검을 빼 들고, 그로 인해 만해도의 추격을 받게 된다.

거센 물살을 헤치고

제48장

콰쾅! 콰콰쾅―!

연이어 이어지는 포격에 여기저기서 물기둥이 솟구쳤다.

건장한 사내 열 명 정도가 탑승할 수 있는 비합선은 그 충격을 이기지 못하고 조각배처럼 이리저리 흔들렸다.

비합선의 뒤로는 중형 전선 두 척과 소형 전선 다섯 척 쾌속선 십여 척이 따라붙고 있었다.

만해도 각 전단은 각기 열두 척의 중형 전선과 사십여 척의 소형 전선, 칠십여 척의 쾌속선으로 이루어져 있는데 그 인원만 해도 일만에 달하는 실로 어마어마한 대병단이었다.

더욱이 만해도주 태무룡이 타고 있는 흑선(黑船)을 비롯하여 제일전단 사신(死神)을 지휘하는 청사신(靑死神)는 수로맹 다섯 전선보다 거대한 함선이었다.

"젠장."

수로맹 제사전선 수라의 부조타수 장위타가 욕설을 내뱉으며 배가 치우치지 않도록 배 측면을 기울였다.

"지겨운 놈들."

장강 깊숙한 곳에 몸을 숨기고 있는 동료들을 규합하기 위해 출정하였지만 이렇듯 적의 추격이 거셀 것이라고는 생각지 못했다.

'이 사람 때문인가?'

장위타는 한편에 서 있는 연운비를 바라보았다.

손가락 굵기만 한 쇠침에 다리를 관통당하였음에도 미동조차 없이 그 자리를 지키고 서 있는 무인. 파상풍을 막기 위해 삼매진화로 다리를 지졌고 고통이 지금도 상당할 터인데 표정 하나 변하지 않았다.

그 모습만을 보자면 전혀 도인 같지 않았지만 말투나 하는 행동을 본다면 영락없는 도인이었다.

그렇다고 해서 만해도에 쫓기고 있는 이들을 구한 것이 후회가 되지는 않았다.

마음이 가는 대로 행한다.

장강의 사내들이란 그런 사내들이었다.

"배의 손상은 어떠냐?"

"좌측 후미가 부서지는 바람에 제 속도를 내기가 여의치 않습니다."

"최대한 속력을 낸다, 배가 부서지는 한이 있더라도."

장위타가 지시를 내렸다.

이제 조금만 있으면 무협이었고, 그곳부터는 이 시간이면 안개가 자욱히 끼여 있었다.

그곳에만 도착한다면…….

그렇게만 된다면 어떻게든 이 난관을 헤쳐 나갈 수 있다는 생각이 들었다.

쏴쏴쏴쏴—

그 순간 마침내 폭풍우 같은 화살 비가 날아들었다. 화살의 사정거리에 들어온 것이다.

"큭……."

장위타의 입에서 짧은 신음성이 흘러나왔다.

수많은 전투를 치렀다는 사실을 보여주기라도 하듯 전투에 익숙해진 궁수들이 쏘아대는 화살은 대부분 비합선을 향해 정확히 날아들었다.

탕! 타타탕!

그런 폭풍우와도 같은 화살 비를 막아낸 것은 단 한 자루의 검이었다.

검망밀밀(劍網密密)!

반선의 곡선을 그린 검기의 파도는 밀려드는 화살들을 모조리 쳐내며 그 위력을 과시했다.

부드러우면서도 굳세고 그러기에 더욱 당당하다.

신검(神劍).

이제 천하에 모르는 이가 없을 정도로 유명해진 무인.

검의 주인은 그 무력보다는 뜨거운 가슴으로 대륙을 적신 무인이었다.

"연 대협, 괜찮으시겠습니까?"

백개명이 걱정스러운 표정으로 물어왔다.

내색은 하지 않지만 화탄도 아니고 포탄을 막아낸 상태다. 부상을 입지 않았다면 그것이 이상한 일일 것이리라.

"견딜 만합니다."

그러나 연운비는 여전히 처음과 같은 표정으로 담담히 대답했다.

지금 이 자리가 자신이 있어야 할 자리라는 것을 느끼고 있는 것이다.

무악을 생각하며 다짐했던 마음.

필요할 때 옆에 있어주는 것. 그것이 대사형으로 해줄 수 있는 최선이라면, 지금 동료로서 연운비가 해줄 수 있는 최선은 이 자리에 서 있는 것이었다.

"어찌 그런 무모한 생각을 하셨습니까?"

"그 상황에서 배를 버린다면 저희가 어디로 도망칠 수 있겠습니까?"

연운비가 희미한 미소를 지으며 반문했다.

"그래도……"

"걱정하지 마십시오. 내상은 그리 심하지 않습니다."

연운비는 백개명을 안심시켜며 한편으로는 포탄에 부딪쳐 가던 당시의 상황을 떠올랐다.

자신도 모르게 뻗어나간 일검.

막으려는 마음은 있었지만 그보다 앞서 움직인 것은 검이었다.

일운극뢰(一雲極雷).

불완전하다고 생각했던 초식.

그것은 또 하나의 벽을 뛰어넘은 상청무상검도의 신화였고, 명실공히 신검의 자격을 얻은 무인의 검이었다.

'후초식이라……'

연운비는 상청무상검도에 대해 생각했다.

자연을 닮고자 하는 검.

그것이 바로 상청무상검도였다.

'구태여 후초식으로 구분한 이유가 무엇일까?'

연운비는 고민에 휩싸였다.

본시 상청무상검도에는 특별한 초식이 존재하지 않았다.

진기의 흐름에 몸을 맡겨 검을 휘두르고, 자연과 동화하여 몸을 움직인다.

그것이 바로 상청무상검도의 묘리였다.

한데 분명한 것은 일정한 초식이 존재한다는 것이었고, 그것조차 전식과 후식으로 나뉘어진다는 사실이었다.

후초식이라고 해보아야 얼마 되지 않았지만 그 위력만큼은 판이할 정도로 달랐다.

곤륜의 웅장함과 산세가 녹아 있는 듯한 느낌.

'생사라…….'

연운비는 북궁무백이 헤어지며 건넸던 말을 떠올렸다.

무엇을 말하고자 했던 것인가?

강하디강한 무인.

불혹에 불과한 나이를 생각한다면 고금을 통틀어 그 정도의 경지를 이룬 무인은 몇 되지 않을 것이다.

"조금만 더!"

고민에 쌓여 있던 연운비를 일깨운 것은 장위타의 커다란 일갈 소리였다.

재촉하는 말투가 아니라 최선을 다하자는 말투였다.

수로맹이 패한 것은 사실이지만 장강의 호걸들이 패한 것은 아니었다.

이번에 준비하고 있는 대해전에서 장강의 사내들은 그것을 보여주고 싶었다.

쇄쇄쇄쇄쇅—

다시 한 차례 화살 비가 날아들었다.

탕! 타타탕!

마침내 한계가 온 것인가?

그토록 철벽같던 검세가 약해지며 화살이 하나둘 배에 꽂히기 시작했다.

"내가 돕겠소이다."

그 모습을 본 장위타가 앞으로 나섰다.

그러나 연운비는 고개를 저으며 자리에서 움직일 생각을 하지 않았다.

자신을 과시하는 것이 아니었다.

장위타의 무기.

그것은 수전에서 유리하도록 삼지창을 개조해 만든 기병기였고 그런 병기로는 수전에서 유리할지 몰라도 저런 화살을 막기에는 힘에 겨운 일이었다.

"아직은 괜찮습니다."

등줄기에서 땀이 흘러내렸다.

좋지 않은 현상.

그럼에도 연운비는 표정 한 번 변하지 않았다.

기실 이 정도까지 버틴 것만 하더라도 이전의 연운비라면 불가능한 일이었다.

소환단과 자소단.

연이은 기연이 지금의 연운비를 있게 만들었고, 그 기연이 만들어진 것은 연운비였기에 가능한 일이었다.

"기가 막히는군."

수로맹 제삼전단 편대주 적웅이 어이가 없다는 표정으로 비합선을 바라보았다.

검막(劍幕)!

흐릿한 시야 사이로 보이는 인영은 아무리 보아도 불혹은커녕 이립도 넘겼을까란 생각이 드는 자였다.

신검과 남도에 대한 소문은 들었지만 그다지 신용할 수 없는 정보라 생각했다.

아무래도 다른 팔황과 달리 수전에서만 싸우는 만해도는 주로 취급하는 정보가 호북무림과 절강 지역에 한정되어 있었고, 운남이나 사천에서의 일에 대해서는 최상층 수뇌부가 아니라면 구태여 자세한 사항까지는 알 수 없었다.

"속력을 내라. 반드시 잡아야 한다."

적웅이 일갈을 내질렀다.

수혼혈마(搜魂血魔) 위극에게서 혈서를 받았을 때만 하여도 놓쳐도 그만이라고 생각했다.

어차피 장강은 지금 만해도의 것이고 수로맹이 무슨 수를 쓴다 하여도 패하지 않을 자신이 있었다.

그러나 지금은 아니었다.

저런 무인을 잡을 수만 있다면 단숨에 지위 상승은 물론, 적웅 자신의 위명도 크게 올라갈 수 있었다.

"다른 순찰단은 어디에 있다 하더냐?"

"외각 지역을 돌고 있는 듯합니다."

"빌어먹을……."

적웅은 인상을 찌푸리며 비합선을 노려보았다.

포탄이 스친 덕분에 제 속도를 내지 못하고 있다지만 거리는 여전히 좁혀지지 않고 있었다.

"포탄과 화살은 얼마나 남았느냐?"

"포탄은 십여 발, 화살은 중(中) 묶음 다섯이 남아 있습니다."

"큭……."

적웅이 인상을 찌푸렸다.

중 묶음이라면 고작 해서 오백 발밖에 남지 않았다는 것인데 그걸로는 너무 부족했다.

평상시였다면 그 몇 배에 달하는 화살을 가지고 다녔을 테지만 지금은
편대를 순찰 위주로 조직했기에 발생한 일이었다.

"모조리 쏘아버려라."

"하지만……."

수하들 중 하나가 머뭇거리며 입을 열었다.

포탄과 화살을 모조리 소비해 버린다면 혹시라도 다른 수로맹 전선을
만났을 경우 위기에 직면할 수도 있었다.

만해도 전선들이 수로맹 전선들보다 속력에 있어서 처지는 것은 부인
할 수 없는 사실이었다.

"상관없다. 지금 중요한 것은 놈을 잡는 것이다."

콰쾅―!

다시 포문에서 불을 뿜어댔다.

만해도에서는 남해 원정을 통해 적지 않은 화약을 구입하였고 그 화약
은 대부분은 포탄을 제작하는 데에 들어갔다.

그러나 무한 해전에서 만해도는 화탄을 사용하지 않았다. 아니, 못했
다고 하는 편이 정확했다.

그 가장 큰 이유라면 무한 해전이 일어난 곳이 수군이 머물고 있는 곳
과 크게 떨어지지 않았다는 이유였다. 수로맹 역시 그것은 마찬가지였지
만 실제 두 세력이 보유하고 있는 화약의 양은 비교가 되지 않았다.

수로맹이 보유하고 있는 화약이 이(二)라면 만해도가 보유하고 있는
화약은 팔(八)은 족히 되었다.

그 순간이었다.

부웅―

희미한 뱃고동 소리와 함께 저 멀리 수평선 너머에서 희미하게 무엇인
가가 보이기 시작했다.

"적인가?"

장위타의 표정이 딱딱하게 굳어졌다.

형체는 알아볼 수 없지만 언뜻 보아도 십여 척에 달하는 그것들은 만해도의 전선이 틀림없었다.

앞뒤로 적에게 둘러싸여 있는 상황. 그렇다고 해서 이제 와서 방향을 튼다면 배가 돌기도 전에 추격하고 있는 만해도 전선들에 의해 격침될 터였다.

"형제들, 미안하네."

장위타가 고개를 숙였다.

어려운 임무라는 것을 알면서도 수하들을 데려가야 했던 아픔이 그의 표정에 고스란히 담겨 있었다.

"흐흐, 별말씀을 다하시오."

"맹주께서 놈들의 배를 모조리 부숴 버리는 것을 보지 못해서 안타깝긴 하오."

"크큭, 자네도 나와 같은 생각이군."

수로맹 무인들의 말투가 바뀌었다.

명령을 내릴 시기는 지났다. 이제 이곳에 남은 이들은 수하와 상관의 관계가 아니라 수로맹이라는 이름하에 하나로 뭉친 장강의 호걸들이었다.

그와 동시에 비합선에 타고 있던 모든 이의 귓가에 너무나도 선명히 들려온 소리.

부우우우웅―

그것은 드넓은 장강을 떨쳐 울릴 정도로 커다란 뱃고동 소리였다.

"와아아아!!"

비합선에 타고 있던 수로맹 무인들이 함성을 내질렀다. 그것은 결코 뱃고동 소리에 못지않은 함성이었다.

"투귀다!"

"드디어 출정이구나."

뱃고동 소리만으로도 알 수 있다.

한 평생을 함께해 온 그것은 다섯 개의 날카로운 이빨을 곤두세운 수로맹이 자랑하는 다섯 전선 중 하나인 투귀였다.

한 척의 배로 수많은 만해도 전선들을 뚫고 수로맹주 철무경을 구하기 위해 달려온 열혈의 사내.

해웅(海熊) 종과령.

마침내 그가 움직인 것이다.

쾅! 콰콰쾅—!

중, 소형 전선이 무려 열다섯 척에 달했지만 투귀는 조금도 위축되지 않은 당당한 모습으로 쾌속질주하고 있었다.

콰직—!

미처 방향을 틀지 못한 중형 전선 한 척을 그대로 반파시켜 버린 투귀는 다섯 개의 날카로운 이빨로 근접해 있는 전선들을 무차별 공격해 들어갔다.

"장위타 이놈아! 내가 왔다!"

투귀의 선미에서는 거다란 체구만큼이나 우렁찬 목소리. 종과령은 가슴을 두드리며 자신을 알리고 있었다.

울컥.

이 순간 가슴을 적시는 기분은 무엇 때문일까?

"젠장, 왜 이리 늦게 오셨소?"

장위타가 퉁명스러운 목소리로 버럭 소리를 내질렀다.

그러나 그런 말투와는 달리 장위타의 눈시울은 어느덧 붉게 물들어가고 있었다.

"그러게 누가 네놈 마음대로 나가라더냐!"

괴두어(怪頭魚) 장철웅.

수로맹 제오전선 수라와 함께 장렬히 산화한 장강의 호걸.

철무경이 그를 처음 만나는 순간 그 자리에서 수라를 맡겼을 정도로 호방하면서 사내다웠던 무인.

수로맹 무인들 중 그를 좋아하지 않는 이가 없었고, 종과령과는 의형 제까지 맺었다.

장위타가 바로 그런 장철웅의 유일한 혈육이었다.

"젠장, 어서 저놈들이나 처리하시구려."

"알았다, 이놈아!"

종과령은 날아드는 화살을 조금도 개의치 않으며 선미에서 투귀를 진 두지휘했다.

콰쾅— 쇄쇄쇄쇅!

포격이 이어지며 화살이 빗발쳤다.

단 한 척.

그럼에도 투귀는 오히려 만해도 전선들을 압박하고 있었다.

위축되지 않기에 당당하다.

그 투귀에 타고 있는 이들이 이제 만해도에 그 빚을 갚고자 하는 장강 의 호걸들이었다.

"모조리 격파시켜라!"

수로맹 다섯 전선 중 몸집은 가장 작았지만 투귀라는 이름이 붙을 정 도로 강력한 돌파력을 자랑하는 전선다웠다.

콰지직—

다시 한 대의 중형 전선이 반파되는 것과 동시에 만해도 전선들이 일제히 방향을 돌려 사방으로 후퇴를 시작했다.

"포격하라!"

종과령이 외치자 포문이 열리고 불길이 일었다.

쾅! 콰쾅—

포문 중 불길이 이는 곳은 몇 되지 않았지만 그 정확도만큼은 놀랍도록 정확했다.

두세 척의 전선이 포탄에 맞고 침몰하기 시작했다.

중형 전선이야 포탄 한두 대에 침몰할 리 없겠지만 소형 전선은 포탄 한 대에도 정통으로 맞는다면 그대로 반파되어 버릴 수 있었다.

비록 패했다지만 수로맹이 그토록 만해도를 괴롭힐 수 있었던 데에는 그럴만한 이유가 있던 것이다.

"그만."

종과령이 크게 손을 내저었다.

더 이상 추격하지 않겠다는 의미였다. 지금은 단 몇 발의 포탄이라 할지라도 아까운 상황이었다.

"저 배로 옮겨 타시오."

"장 대협은……."

"하하, 이 배를 몰 사람도 필요하지 않겠소."

"알겠습니다."

연운비는 고개를 끄덕였다.

이 정도라면 수하들에게 배를 맡겨도 지장이 없건만 장위타의 태도는 무척이나 단호했다. 그것은 적어도 자신이 맡은 일에 대해 마무리를 짓겠다는 책임감이었다.

"어서 가시오."

"그렇게 하겠습니다."

장위타는 비합선을 투귀의 선미로 몰았다.

불길이 진화된 그곳에서는 잠시 후 나무와 동이 끈을 이용해 만든 사다리가 내려왔다.

"총단에서 봅시다."

장위타는 부상당한 수하들 몇과 연운비 일행을 올려보내고 곧장 배를 몰아 수로맹 총단을 향해 나아갔다. 그 뒤로는 물살을 헤치며 투귀가 뒤를 따랐다.

그것은 마치 비합선이 투귀의 보호를 받는 것이 아니라 이끄는 듯한 모습이었다.

"어서 오시오."

투귀의 갑판 위에서는 장대한 체구의 거한이 연운비 일행을 환영했다.

그가 바로 투귀를 이끄는 해웅 종과령이었다.

"반갑소."

종과령이 손을 내밀었다.

일말의 경각심도 가지지 않는 태도.

장위타와 함께 있었다는 사실만으로도 연운비 일행을 믿고 있는 것이다.

"반갑습니다."

무인이라면 포권 정도에서 그쳤겠지만 수로맹 무인들이 전우를 만날 때면 반드시 이와 같이 손을 맞잡았다.

그것이 바로 수로맹의 전통이었다.

연운비 역시 조금도 주저함이 없이 그런 종과령의 손을 부여잡았다. 털이 잔뜩 나 있는 종과령의 손은 느낌은 그다지 좋지 않았지만 무척이나 따스했다.

"종과령이라 하오."

"곤륜의 연운비입니다."

"신검!"

"일협!"

사방에서 짧은 탄식이 터져 나왔다.

소식은 전해 듣지 못했다 하지만 신검에 대한 소문조차 들어보지 못했을 리는 없었다.

웅성웅성…….

주위가 소란스러워졌다.

선실 내부를 정리하던 자들부터 시작해서 부서진 곳을 수리하던 사람들까지 모여들었다.

이패, 삼검, 오왕.

시대를 풍미했던 무인들.

이제 그들의 시대가 끝나가고 있었다. 강호가 그것을 알고 강호인들이 그 사실을 받아들이고 있었다.

장강후랑추전랑(長江後浪推前浪)!

그 가장 앞에 선 이가 바로 일협인 연운비였다.

남도와 북검이 그 뒤를 따르고 있다 하지만 분명 새 시대를 연 것은 누가 뭐라 하여도 연운비였다.

신검(神劍).

자격이 있는 무인만이 받을 수 있는 호칭.

그 호칭을 받는 것 역시 어렵지만 그보다 더 어려운 것은 그것을 지켜내는 것이 아니겠는가?

"이거 쟁쟁한 무인을 만나게 되다니 반갑소."

그러나 종과령은 조금도 위축되지 않은 표정으로 껄껄 대소를 터뜨렸다.

과연 수로맹 최고의 호한이라는 말이 부족함이 없었다.

"이쪽 분은?"

"개방의 백개명이오."

"하하, 곤륜에 이어 개방까지! 이렇듯 귀한 손님을 만났는데 술이 없다면 말이 되지 않지. 뭣들 하느냐! 어서 술동이를 가져오너라."

수로맹주 철무경이 무한 해전 이후 수로맹 무인들에게 술을 금지시켰다고 하지만 어떤 상황에서든 반드시 그것을 지키라는 것은 아니었다.

지금과 같은 경우가 바로 그 예외라 할 수 있었다.

신검과 같은 무인이 아무런 이유 없이 격전 한복판이라 할 수 있는 무협 근처를 지나갈 리 없다.

그것은 무엇인가 소식을 가지고 왔다는 것을 의미했고 거기에 개방의 무인까지 있다는 것은 그간 자세히 알지 못했던 중원 정세에 대해서까지 알 수 있다는 희소식이었다.

"드십시다."

종과령이 술동이에서 커다란 대접에 술을 떠 연운비와 백개명에게 건넸다.

연운비와 백개명은 주저없이 술을 받아 마셨다.

"커어."

연거푸 세 번의 잔이 돌고서야 종과령은 대접을 내려놓았다.

"그래, 중원의 정세는 어떻소?"

전혀 모르고 있는 것은 아니었지만 수로가 막힌 이후에 외부의 사람들과 접선이 어려웠던 수로맹은 극히 단편적인 정보들만을 가지고 있었다.

"어디서부터 말씀드릴까요?"

종과령의 질문에 답한 것은 백개명이었다. 아무래도 이런 일에 대해서는 연운비보다 백개명이 나았다.

"아니오. 이럴 것이 아니라 총단에 들어가 모두가 있는 자리에서 이야기를 들어봅시다."

"그럼 그렇게 하겠습니다."

종과령이 먼저 선실로 향하고 연운비와 백개명이 그 뒤를 따랐다.

언제부터인가 저 멀리 서쪽 하늘에서는 시커먼 먹구름이 몰려오고 있었다.

*　　　　　*　　　　　*

"문을 열어라!"

커다란 외침 소리와 함께 수십 개의 쇠사슬로 연결된 거대한 수문이 열리기 시작했다.

수로맹(水路盟).

그곳에 너무나도 커다랗게 걸려 있는 현판에는 세 글자가 새겨져 있었다.

해왕(海王) 종무득 이후에 이백여 년 만에 처음으로 장강을 일통한 호걸 철무경에 의해 세워진 수로맹.

당금 천하에서 누가 뭐라 하더라도 커다란 한 축을 지탱하고 있는 곳이었다.

수문 앞에서 속도를 줄여 멈춰 서 있던 투귀가 다시 천천히 움직이기 시작했다.

슈욱슈욱—

투귀의 놀라운 점은 방향을 급선회할 수 있다는 것과 가속력이 상상을 초월한다는 점이다.

만해도가 수로맹을 상대하며 가장 버거웠던 전선이 바로 투귀와 수로맹 제이전선 흑암이었다.

철무경이 타고 있는 제일전선 풍멸(風滅) 역시 약한 것은 아니었지만 어디까지나 풍멸은 전투보다는 수로맹주 철무경이 타고 있다는 상징적인 의미가 강했다. 더욱이 풍멸은 전투력을 목적으로 만들어진 전선이 아니라 적의 침공에 대비해 요새와 함께 수비를 담당하는 전선이었다.

"놀랍군요, 이러한 곳에 요새를 지을 수 있다니. 이 정문 하나만 보더라도 어째서 수로맹이 장강을 제패했는지 알 것 같습니다."

백개명이 감탄성을 흘렸다.

아마도 이 모든 작품들은 신수귀장(神手鬼匠) 곡비양의 것임에 틀림없었다.

사천당가나 한때 귀주제일가라 불리며 위세를 떨쳤던 귀주문가조차 곡비양 일인보다 처진다는 소리를 들으면서도 반박하지 못했던 것은 곡비양의 능력이 어떻다는 것을 증명하는 일이었다.

실제로 곡비양이 아니었다면 지금의 수로맹은 존재할 수 없었다는 것이 세인들의 평이었다.

'수로맹이라……'

연운비는 멀리 보이는 웅장한 건물들을 주시했다.

장강. 산에서만 머물던 자신이 이곳까지 오게 될 줄 그 누가 알았겠는가.

수로맹의 총단은 적의 공격으로 인해 이곳저곳 파손된 곳이 많았지만 그래도 천혜의 요새라 하기에 부족함이 없었다. 과연 신수귀장이라는 말이 절로 나올 정도였다.

'그러고 보니……'

연운비는 오래전 일이었지만 스승인 운산 도인이 신수귀장 곡비양을 언급했던 적이 있다는 사실을 기억해 냈다.

희대의 장인.

다소 괴팍한 성격만 아니었다면 모든 이의 존경을 받았을 것이 틀림없었다.

쿠우우웅—

마침내 투귀가 멈춰 서고 연운비는 종과령을 따라 배에서 내려 수로맹 총단에 첫발을 내딛었다.

여기저기에서 수로맹 무인들이 분주히 움직이고 있는 모습이 눈에 들어왔다.

힘들고 지친 기색이었지만 그들의 몸에서 느껴지는 열기는 수로맹 총단을 달굴 듯 뜨거웠다.

마지막 싸움을 준비하는 자들.

무인으로서의 본능이 연운비에게 그러한 사실들을 가르쳐 주고 있었다.

'전투라……'

연운비는 자신도 모르게 몸이 떨려오는 것을 느낄 수 있었다.

'두려운가?'

연운비는 스스로에게 물어보았다.

두려웠다. 만약 두렵지 않다면 그것이 거짓이리라. 제대로 된 수전이라고는 겪어본 적이 없었고, 그나마 있다고 한다면 상인들을 구하기 위해 나섰던 싸움이 전부였다.

그 싸움에서 연운비는 수전이 얼마나 어려운 것인지를 느낄 수 있었다.

당시 만해도 전선들이 마음먹고 멀리서 상선을 포격했다면 싸워보지도 못하고 물속에 수장되었을 것이리라.

그러나 그런 두려움보다 앞서는 것은 과연 자신이 다른 사람들의 기대에 부응할 수 있느냐는 것이었다.

부족했다.

사제들과 함께 검을 익히면서 그것을 느꼈고, 세상에 나와 더욱 절실히 느꼈다.

"저곳으로 가면 되오."

종과령은 중앙에 위치한 커다란 전각을 가리켰다.

정확하게 말하자면 전각이라기보다 요새의 일부분이라 하는 편이 옳았다.

"우선은 짐을 풀 곳과 머물 숙소부터 마련해 드리겠소."

종과령은 가리킨 곳과는 다른 방향으로 발걸음을 향했다.

짐이라 할 것도 없었지만 연운비와 백개명은 숙소를 배정받고 곧장 어디론가 안내되었다.

그곳은 일종의 커다란 대청이었다.

그곳에는 이미 많은 사람들이 마련된 자리에서 의논을 주고받고 있었다.

"왔는가?"

"어서 오시게."

"수고하셨습니다."

종과령이 들어서자 의자에 앉아 있던 대부분의 사람들이 자리에서 일어나 인사를 건넸다.

그러나 종과령에게 인사를 건네면서도 그들의 시선이 머물고 있는 곳은 연운비였다.

신검.

자격이 있는 무인만이 받을 수 있는 호칭.

더욱이 이패, 삼검, 오왕의 뒤를 잇고 있다고 평가받는 무인이 바로 연운비였다. 최근의 와서 남도북검과 비교되고는 하지만 아직 그들의 명성은 연운비에 미치지 못했다.

그들 중 연운비의 눈에 들어온 이는 정 중앙에 위치해 있는 사내였다.

체구는 그다지 크지 않았지만 단단해 보였고 강인한 인상을 풍기고 있었다.

'수로맹주.'

연운비는 대번에 그가 누구인지 알 수 있었다.

결코 자신에 비해 처지지 않는 기도를 풍기는 무인. 그가 수로왕이라고까지 불리는 철무경이 아니라면 누구이겠는가?

철무경의 오른쪽에 자리 잡고 있는 노인과 왼쪽 편에 자리 잡고 있는 자 역시 상당한 기도를 풍기고 있었지만 철무경보다는 처지는 수준이었다.

연운비는 철무경을 바라보았고, 철무경도 연운비를 바라보았다.

"명불허전이라!"

그렇게 시간이 얼마나 지났을까?

돌연 철무경이 한 차례 고개를 크게 끄덕이며 감탄성을 흘렸다.

연운비가 철무경을 알아본 것처럼 철무경 역시 연운비를 알아본 것이다.

"소문으로만 듣고 반신반의하고 있었는데, 그것이 얼마나 잘못된 생각인지를 이제야 알겠소. 이렇게 만나게 되어서 반갑소이다. 철무경이라고 하외다."

철무경은 웃고 또 웃었다.

어려운 시기.

이 같은 시기에 저런 무인 하나가 얼마나 큰 힘이 되는지는 누구보다 잘 알고 있었다.

수전에 능하지 않다고 하지만 물 위에서의 모든 싸움이 수전으로 연결되는 것은 아니었다. 이전에 있었던 무한 해전에서 저 같은 무인 한 명만 있었더라도 그렇게까지 밀리지는 않았을 것이리라.

"곤륜의 연운비라고 합니다."

"수하들이 도움을 받았다고 들었소."

"아닙니다. 오히려 저 때문에 위험에 처하게 되어 민망할 뿐입니다."

연운비는 고개를 저었다.

그들을 지켜준 것은 분명하지만 그들이 그런 위험에 빠지게 된 이유 자체가 자신 때문이었다.

"출정은 정확히 이틀 후요."

일순간의 정적.

그것은 철무경의 말 한마디에서 시작되었다.

철무경은 조용히 주위를 둘러보았다.

모두의 시선이 철무경에게 향해 있었고 철무경은 그런 모두에게 일일이 시선을 건네고 있었다.

'장강의 맹호라……'

상대를 압도하면서도 포용하는 눈빛.

연운비는 어찌하여 장강의 모든 사내들이 철무경을 그토록 따르는 것인지 이해할 수 있었다.

'세상에 나가보라던 스승님의 말씀을 이제야 이해할 것 같구나.'

무공이 전부가 아니다.

단순히 무공만을 본다면 철무경은 그렇게까지 강하지 않았다. 당장 그의 옆에 있는 형형한 눈빛의 노인만 하더라도 그보다 강하게 느껴졌다.

동정어옹(洞庭漁翁) 허곤.

어쩌면 당연한 말일 수도 있었다.

허곤은 전대의 무인으로 이패, 삼검, 오왕에 비해 뒤지지 않다고 알려진 노고수였다.

그러나 철무경에게서는 허곤에게서는 볼 수 없는 그 무엇인가가 있었다.

실제만 해도 호법 세 명을 상대하면서 철무경이 보여주었던 것은 무공이 아니라 사내로서의 의지였다.

"나 대두귀가 선봉에 서겠소."

"저 종과령이 선봉에 서겠습니다."

"제가 선봉에 서겠습니다."

여기저기서 선봉에 서겠다는 외침이 터져 나왔다.

필사(必死).

만에 하나라도 살아 돌아갈 수 없다.

불리한 싸움에서 선봉은 그런 의미였다. 설령 대승을 한다 하더라도 그것은 크게 다르지 않았다. 그러나 이 자리에 있는 모두가 선봉에 서기를 희망하고 있었다. 그것이 바로 장강의 사내들이었다.

"이번 싸움은 제가 선봉에 서도록 하겠습니다."

그 순간 자리에서 일어난 이가 있었다. 그와 동시에 모두의 시선이 그 사람에게로 쏠렸다.

"무슨……."

"총군단장?"

모두가 놀라움을 금치 못했다. 심지어 철무경조차 일어난 이를 보고 눈을 부릅떴다.

"제가 맡도록 해주십시오."

강한 의지.

총군단장 이전에 흑상어라 불리는 무인의 기세가 그의 몸에서 피어오르고 있었다.

수로맹에서 다섯 손가락 안에 드는 고수.

그 누구도 그 사실을 부정하지 못했다. 그럼에도 갈유목의 무공이 그다지 알려지지 않은 것은 총군단장의 자리를 맡고 난 연후부터 실제 다른 이와 손속을 겨룬 적이 없었기 때문이다.

수로맹에서 다섯 손가락 안에 드는 고수라는 사실은 두 호법과 철무경, 그리고 만해도 제이전선 흑암을 이끄는 혈도를 제외한다면 사실상 가장 강하다는 소리이기도 했다.

"그러나……."

철무경 역시 갈유목의 무공을 알고 있었다.

그러나 갈유목이 최고의 능력을 발휘할 수 있는 것은 무인이 아니라 총군단장이었을 때였다.

그럼에도 철무경이 갈유목의 의견을 단호히 거절하지 못하는 것은 그 사실을 갈유목이 누구보다 잘 알고 있다는 사실이었고 더욱이 누구보다 이번 싸움을 반대한 것이 갈유목이라는 사실이었다.

지피지기면 백전백승이라.

그러나 갈유목은 만해도의 전력과 모든 움직임을 알아도 수로맹의 전력만으로는 필패라는 말을 하였다.

그만큼 만해도와 수로맹 간의 격차가 크다는 소리였다.

기다려야 한다.

이것이 갈유목의 생각이었다.

수로맹의 대다수의 무인 역시 그 생각에 동의를 하였지만 시간이 지남에 따라 그 의견에 회의를 가지게 되었고 결국 이렇게 출정을 하게 되었다.

그런 갈유목이 선봉에 서겠다는 말을 하고 있었다.

"좋소. 갈 군단장이 선봉에 선다면 내 기꺼이 양보하겠소."

대두귀가 고개를 끄덕이며 한발 물러섰다.

다른 이들은 몰라도 대두귀만큼은 갈유목이 어떤 무인인지를 알고 있었다.

흑상어.

상대에게 자비를 베풀지 않는 포살자.

언뜻 온화해 보이는 인상의 갈유목에게 그런 호칭이 붙었다는 사실이 이상해 보일 수도 있겠지만 갈유목과 단 한 번이라도 싸워본 사람이라면 그 호칭조차 부족하다는 말을 서슴지 않는다.

만약 귀사망량을 토벌하러 간 것이 동정어옹 허곤과 혈도가 아니라 갈유목이었다면 지금 흑암은 존재하지도 못하였을 것이라고 호사가들은 공공연히 말했다.

"좋네. 그럼 총군단장이 이번 싸움에서 선봉을 맡아주게나."

철무경조차 이번 싸움에서 선봉에 서겠다는 갈유목의 주장을 굽히지 못했다.

"그럼 누가 장강에 퍼져 있는 다른 형제들과 접선을 하러 향할 것인가?"

"……."

장내가 고요해졌다.

말이 좋아 접선이었지 실제로는 이번 싸움에서 빠지라는 의미나 다름이 없었다.

실제 장강에 퍼져 있는 수로맹의 전력이 얼마나 되는지는 아무도 알지 못했고 약속 날짜가 되어보아야 알 수 있었다.

"지원자는 없는가?"

"……."

여전히 장내는 고요했다.

"좋네. 그렇다면 그 일은 차후 내가 결정하도록 하겠네."

철무경은 이 자리에서 접선을 하러 갈 사람을 정하지 않았다.

싸우지 못하는 억울함.

빚을 갚지 못하는 자의 서러움.

그 사실을 알고 있었기에 쉬이 결정하지 못한 것이다.

"오늘은 실컷 마십시다."

철무경이 분위기를 반전시키기 위해 잔을 높게 들었다.

"수로맹을!"

"위하여!"

마지막 만찬이 될 수도 있는 술자리.

그러나 장강의 사내들은 웃고 또 웃었다, 그것이 장강의 사내다운 모습이었기에.

*   *   *

뚜벅뚜벅.

먹구름이 드리워져 있는 깊은 어둠 속. 누군가의 발걸음 소리가 울려 퍼졌다.

"들어가도 되겠습니까?"

"들어오게."

집무실에서 이번 작전에 대한 마지막 서류를 검토하고 있던 철무경은 그 목소리에 의아한 감을 감추지 못하며 문을 열어주었다.

"자네가 웬일인가?"

해웅(海熊) 종과령.

열병이라도 앓았음인가?

이제 출정을 하루 앞둔 시점에서 처소에서 움직이지 않던 그가 삼경이 지난 시간에 철무경의 처소를 찾아온 것은 무척이나 뜻밖의 일이었다.

"앉아도 되겠습니까?"

"아, 이거 내가 자리조차 내주지 않았군. 하하하. 어서 앉게나."

"예."

자리에 앉은 종과령은 조용히 철무경을 바라보았다.

그 눈빛에는 많은 뜻이 담겨져 있었다.

"부탁이 하나 있습니다."

적지 않은 시간 동안 그렇게 철무경을 바라보던 종과령이 저음의 목소리로 입을 열었다.

"……."

"제 처음이자 마지막 부탁이라 생각하셔도 좋습니다."

"대체 무슨 소리인지를 모르겠군."

부탁이라니?

단 한 번도 그런 표현을 사용하지 않은 종과령이었다. 그래서 철무경은 더욱 의아할 수밖에 없었다.

"이것을 보십시오."

종과령은 피에 전 한 장의 양피지를 철무경에게 건넸다.

"이것은……?"

양피지의 내용을 읽은 철무경의 표정이 좋지 않게 변했다.

만해도 제사전단 적룡(赤龍). **염강을 지나 북상 중.**

"어떻게 입수한 것인가?"

"대형께는 죄송한 말씀이지만 제 소유의 비합선 중 한 척을 따로 내보낸 적이 있습니다."

"상황이 좋지 않아졌군."

철무경은 길게 숨을 들이쉬었다.

각개격파.

지금 수로맹이 선택할 수 있는 유일한 방법.

우선적으로 회군한 만해도 제일전단 사신의 전력 절반이 무당과 호북 무림을 상대하러 간 이 상황에서 앞을 가로막고 있는 제삼전단만 어떻게 해서든 물리친다면 숨통이 열리고 반전을 모색할 수 있었다.

그러나 그것이 두 개의 전단이라면 사정이 달라진다.

도강을 지났다면 무협까지는 불과 며칠이면 도착할 거리. 이제 수로맹은 두 개의 전단을 상대해야 했다.

"하하, 하늘이 우리를 돕지 않는군."

분명 무협은 지리상 수비하기에 좋았다.

그러나 득이 있다면 실도 있는 법.

적이 길목을 막고 있는 이 상황에서 그곳을 통과하려 한다면 힘에 겨웠다.

"방법이 있습니다."

"……?"

철무경은 종과령을 바라보았다.

"무슨 소리인가?"

"제가 시간을 끌겠습니다."

"시간을 끌다니?"

"제가 제사전단을 막겠다는 뜻입니다."

"말도 안 되는 소리!"

철무경이 버럭 소리를 내지르며 자리에서 일어났다.

그의 전신에게 기세가 자연스럽게 피어났다.

수로맹 구대호법 중 무려 세 명과 싸우면서도 밀리지 않은 무인다운 모습이었다.

"지금 제정신으로 하는 말인가?"

"장강에 퍼져 있는 형제들이 도착할 때까지만……."

"그만. 그만 하게. 이 말은 못 들은 것으로 하겠네."

철무경은 고개를 세차게 흔들며 종과령의 말을 끊었다.

누가 뭐라 하여도 이 일은 허락할 수 없었다. 제아무리 수로맹 제일의 전투 전선 투귀라 하더라도 만해도 일개 전단을 상대하는 것은 불가능한 일이었다. 한 시진이라도 끈다면 그것이 기적이었다.

"방법이 있습니다."

"그만 하라 하지 않았나!"

"대형!"

돌연 종과령이 버럭 소리를 내질렀다.

"지금은 현실을 직시해야 할 시기입니다. 다른 방법이 있다면 제가 그 방법을 따르겠습니다."

철무경 앞에서는 단 한 번도 보이지 않았던 태도. 그것은 그만큼 종과령의 뜻이 단호하다는 것을 의미하고 있었다.

철무경은 그런 종과령을 보면서도 아무런 말도 해줄 수 없었다.

전쟁의 승패를 가르는 것은 전력 그 자체이기도 했지만 변수가 있다면 그것은 바로 사기였다.

전력이 밀리는 수로맹이 이 전쟁에서 승리하기 위해서는 무엇보다 사기가 중요했다. 출정을 결정지은 지금 만약 시기를 변경한다면 사기의 저하는 막을 수 없었다. 그리고 그것은 곧 수로맹의 몰락을 의미했다.

"제가 처음이자 마지막 부탁이라고 하지 않았습니까? 이렇게 부탁드

립니다."

털썩.

종과령이 무릎을 꿇었다.

"자네……."

철무경은 아무런 말을 하지 못했다.

종과령의 숙여진 고개에서는 그의 진심이 느껴졌다.

뚝… 뚝…….

철무경은 눈에서는 알지 못할 물방울이 떨어져 내렸다.

그것은 철무경의 마음이기도 했으며 또 한 명의 의제를 사지로 보내는 의형으로서의 아픔이기도 했다.

"미안하네."

"제가 해야 할 일입니다."

종과령은 자리에서 일어났다. 철무경이 이 일을 허락했다는 것을 느낀 것이다.

"내가 도와줄 일이 있는가?"

"다른 형제들에게는 이 일을 비밀로 해주십시오. 그리고 전투가 시작되면 이 일을 알려주십시오."

"아우……."

종과령은 사지로 떠나면서도 끝까지 남아 있는 사람들을 걱정했다.

투귀가 단독으로 제사전단을 상대하고 있다는 사실을 다른 이들이 알게 된다면 그들의 전의는 불타오를 터였다.

"그리고… 연 대협에게 출정을 부탁해 볼 생각입니다."

"무한 해전에서의 일 때문인가?"

철무경의 표정이 침중히 굳어졌다.

"그렇습니다."

무한 해전.

수로맹이 대패했다고 해도 과언이 아닌 전투. 그 전투에서 패한 수로맹은 모든 것을 잃었다.

그러나 무한 해전에서 수로맹이 전략이나 전선간의 전투에서 패한 것은 아니었다.

최절정고수를 앞세워 전선을 탈취하고 배를 당파시킨다.

얼핏 보기에는 단순한 작전일지 몰라도 전력에서 밀리는 수로맹으로서는 그것을 막을 방법이 없었다.

"그가… 가줄지 모르겠네."

"장 아우에게서 들은 대로라면 그는… 결코 거절하지 않을 것입니다."

"곤륜에 큰 빚을 지는군."

"갚아야겠지요."

"갚을 수 있을지 모르겠네."

"우리가 갚지 못한다면 남은 형제들이 그 빚을 갚을 것입니다."

"반드시 그래야겠지."

"이만 물러가 보겠습니다."

"무운을 비네."

철무경은 종과령의 어깨를 잡고 부둥켜 안았다.

그의 체온이 느껴졌다.

사내는 때로는 말을 하지 않아도 서로의 눈빛만으로 마음을 읽을 수 있는 법이었다.

第4章

너를 믿기에 뒤를 맡기는 것이다

펄럭—

풍멸에 승천룡의 깃발이 나부끼는 것과 동시에 수로맹 무인들에게서 우렁찬 함성이 터져 나왔다.

장강의 혼.

승천룡은 곧 장강 사내들의 자부심이었다.

"와아아!"

"드디어 출정이다!"

쌓이고 쌓였던 울분이 터져 나가는 순간.

수로맹 무인들에게 더없이 원통한 것은 먼저 간 동료들을 볼 면목이 없다는 사실이었다.

이기고 지는 것은 중요치 않았다.

장강의 사내답게 싸우는 것. 그것이 수로맹 무인들에게는 가장 중요한 일이었다.

"출항한다!"

철무경이 우렁찬 목소리로 일갈을 내질렀다.

부우웅—

뱃고동 소리와 함께 풍멸이 가장 먼저 움직였고, 그 뒤를 수라와 대두귀가 타고 있는 응룡이 따랐다.

수십여 척에 달하는 배가 동시에 움직이는 것은 가히 일대 장관이 아닐 수 없었다.

그러나 이 정도 규모라 해도 만해도의 다섯 선단에 비한다면 큰 차이가 있었다. 수로맹 다섯 전선이 모두 모인 상황이라면 모를까 그렇지 않고서야 만해도 여섯 전단 중 두 개조차 감당 할 수 없었다.

쇄악쇄악—

무협의 거센 물길을 헤치고 전선들이 나아갔다.

안개 지역을 벗어나며 가장 선두에 선 것은 풍멸에 비한다면 초라하기 이를 데 없는 쾌속정 한 척이었다. 그곳에 바로 수로맹 총군단장인 갈유목이 타고 있었다.

'드디어……'

갈유목의 두 주먹은 짓무를 정도로 굳게 움켜쥐어 있었다.

이길 수 있는가?

어려웠다.

누구보다 갈유목 스스로가 그것을 알고 있기에 혼자 끝까지 출정을 반대했다.

그러나 갈유목이 비겁자이기에 그런 것은 아니었다.

그것이 바로 총군단장이라는 자리였고, 맡은 자리에 대한 갈유목의 책임이었다.

'녀석들, 곧 볼 수 있겠구나.'

대형이자 수로맹주인 철무경을 지키기 위해 자신의 전선들과 산화한 두 의형제.

　누구보다 호방하였던 제오전선 수라를 이끌고 있던 괴두어(怪頭魚) 장철웅과 수하들을 마치 친동생처럼 자상하게 대해주었던 제삼전선 부수함을 이끌고 있던 대해심(大海心) 경극.

　갈유목의 눈에는 마치 아지랑이처럼 그들의 모습이 아른거리고 있었다.

　그들을 사지로 내몬 것이 바로 자신이었고 풍멸과 대형인 철무경을 살리기 위해 구원의 손길조차 보내지 못했다. 누구보다 그 빚을 갚아야 할 사람이 갈유목이었다.

　"속력을 높여라!"

　갈유목의 일갈과 함께 그 어떤 선박도 따라올 수 없다는 비합선이 질풍처럼 물살을 헤치며 나아갔다.

　"갈 제……."

　철무경이 아련한 눈길로 바로 앞에서 속력을 높이고 있는 비합선을 바라보았다.

　죽음을 각오한 자.

　스스로가 선두에 서겠다고 자청했을 때 철무경은 이미 갈유목의 죽음을 예감했다.

　'하긴, 나 역시 마찬가지일 테지만…….'

　갈유목이 그렇듯 또한 종과령이 그렇듯, 철무경 역시 마찬가지로 이번 싸움에서 살아 돌아갈 생각은 하지 않고 있었다.

　'그래도 다행이로군.'

　그와 동시에 철무경의 시선이 자연스럽게 한 사람에게로 향했다.

　그곳에 있는 이는 한담이라 불리는 아직 이립도 되지 않은 수로맹의 신출내기 무인이었다.

'놈…….'

일순간 철무경은 한담을 만나게 되었던 사건을 기억해 내었다.

화르르륵—

모든 것이 불타고 있는 그곳.

칠팔 년 전 수로맹과 조채방, 해사방의 싸움이 막바지에 달했을 때 철무경은 너무도 어린 나이에 한 자루 박도를 들고 조채방 무사 서넛과 사투를 벌이고 있는 소년을 볼 수 있었다.

이제는 사라져 버린 채였지만 당시에는 장강십팔채에 비견되었던 풍조채의 깃발을 등에 지고 전신에 선혈이 낭자한 상태에서 조금의 물러섬도 없이 싸우고 있었다.

익힌 무공이래 보아야 고작해야 떠돌아다니던 삼류무공 폭풍십이도가 전부였다.

물론 폭풍십이도가 처음부터 삼류무공인 것은 아니었다.

그러나 소년이 펼치는 폭풍십이도는 달랐다.

정교한 자세에 조금의 변식도 없는 강의 무공을 추구하는 오래전 폭풍십이도의 바로 그 모습이었다.

소년이 조채방 무사들과 싸움을 벌인 것은 조채방 무인들이 아무 죄 없는 어촌에 불과한 마을 하나를 수로맹 비밀 분타로 치부해 불태워 버린 이유에서였다.

풍조채의 맥을 이은 자.

백무경은 풍조채에 대해 잘 알고 있었다.

오래전 만나보았던 풍조채의 채주는 호방하기 이를 데 없는 사내였다. 소년의 모습은 그와 너무 흡사했다. 그러나 백무경은 소년의 위태위태한

46 검선지로

모습에도 모습을 숨긴 채 나서지 않았다. 소년이 어떻게 싸우는지를 보고 싶었기 때문이다.

놀랍게도 싸움의 승자는 소년이었다. 그 싸움에 지쳐 있을 때 백무경이 소년 앞에 모습을 드러냈다. 그리고 물었다.

"풍조채를 다시 세우고 싶으냐?"

잠시 백무경을 바라본 소년은 대답 대신 물었다.

"누구십니까? 무엇인가를 물어보려면 자신을 소개하는 것이 먼저가 아니겠습니까?"

"하하하!"

백무경이 대소를 터뜨렸다.

"놈, 감히 누구 앞에서……."

뒤에 서 있는 장철웅이 눈을 부라리며 소년에게 훈계를 내리려 했지만 백무경이 손을 저어 장철웅을 뒤로 물러나게 했다.

"내 이름은 백무경이라 한다."

"그렇군요. 저는 한담이라 합니다."

"좋은 이름이구나. 그래, 이제 내가 물은 질문에 대한 답을 해줄 수 있겠느냐?"

"……"

한담은 잠시 고민하는 모습을 보였다. 그리고 잠시 간의 시간이 지난 뒤 한담이 마침내 대답했다.

"그렇지 않습니다."

"그렇지 않다?"

뜻밖의 대답에 백무경은 어리둥절했다. 당연히 한담이 풍조채를 다시 세우기를 원하리라 생각했기 때문이다.

"제가 곧 풍조채이거늘 더 이상 무슨 풍조채가 필요하겠습니까?"

"뭐라? 하하! 하하하하!"

백무경은 너무나 즐거운 표정으로 웃었다.

"놈. 나를 따라갈 생각이 있느냐?"

"무엇 때문입니까?"

"네 미래가 보고 싶기 때문이다. 정확히 네 십 년 후의 모습이 궁금하다."

"제 몸값은 비쌉니다."

"크하하하!"

본래 웃음이 적은 편은 아니었지만 오늘 백무경은 너무나도 많은 웃음을 흘렸다.

"좋다. 네 십 년 후의 모습이 나를 만족시킨다면 너에게 아주 커다란 전선 한 척을 선물하도록 하마."

"대형?"

듣고 있던 장철웅이 놀라는 기색으로 다급히 외쳤다.

백무경이 말하는 아주 커다란 전선이 무엇인지를 알고 있었기 때문이었다.

풍멸.

백무경에게 커다란 전선은 오직 그것뿐이었다.

"제 기준에서 적어서는 아니 됩니다."

"그럴 리는 없을 것이다."

"좋습니다. 이제부터 저는 십 년 간 당신 밑에서 일하도록 하겠습니다."

"그러자꾸나. 하하! 하하하하!"

백무경은 상처 입은 한담을 부축하여 일으켜 주었다.

'그러고 보니 그 일이 벌써 십 년이 다 되어가는군.'

당시 소년이었던 한담은 이제 누구보다 장강이 잘 어울리는 사내가 되어 있었다.

'이제 네가 장강의 미래이다.'

백무경은 이번 싸움에서 한담을 제외시키기로 마음을 먹었다.

물론 한담이 격렬하게 반대할 터이지만 그 반대를 무마시킬 임무를 내리면 그만이었다.

수로맹은 잠시 후 부대를 셋으로 나눌 것이다.

장강 전역에 퍼져 있는 동료들을 모집하여 적의 후미를 기습할 부대와 전면전을 벌일 부대, 그리고 마지막이 혹시라도 있을지 모르는 적의 기습을 방비하기 위해 정찰을 다니며 후방을 지켜줄 부대가 필요했다.

백무경은 한담에게 세 번째에 해당하는 임무를 맡길 생각이었다.

"한담."

"부르셨습니까."

"후방을 맡는다."

"알… 겠습니다."

무엇인가 말을 하려던 한담이 아쉬운 표정으로 대답했다.

중요한 시기.

자신이 원하지 않는 일을 맡았다 한들 그것에 대해 불만을 가져서는 아니 되었다.

"가라."

"필요하면 언제든 불러주십시오."

한담이라고 해서 철무경이 어떤 이유에서 자신에게 그런 임무를 맡겼는지 알지 못할까?

한담의 눈에 짙은 아쉬움이 스치고 지나갔다.

"가보겠습니다."

한담은 철무경에게 고개를 숙인 뒤 비합선으로 옮겨 탔다.

'장강이라······.'

연운비는 한담을 보내는 철무경의 마음을 이해할 수 있었다.

한담이 누구인지조차 몰랐지만 철무경의 눈빛만으로도 그가 어떤 사람인지 짐작하는 것은 어렵지 않았다.

쏴악쏴악—

한담이 풍멸을 떠난 이후에도 풍멸은 마치 아무 일도 없었다는 양 강물을 헤치며 뻗어나갔다.

"후우······."

철무경에게서는 좀처럼 볼 수 없었던 긴 한숨.

철무경이 한담을 어떻게 생각하고 있었는지는 여실히 알 수 있는 모습이었다.

"연 대협."

한참 동안 도도히 흐르는 장강을 바라보고 있던 철무경이 고개를 돌리며 입을 열었다.

"예."

"묻고 싶은 것이 있소."

"말씀하시지요."

"연 대협은 어찌하여 이곳에 오시었소?"

쿵—

'알고 있었는가?'

하긴 모른다면 그것이 이상한 일일 터.

산전수전을 모두 겪은 장강의 맹호. 이런 시기에 연운비 같은 고수 하나가 전력에 얼마나 큰 보탬이 되는지는 누구보다 잘 알고 있을 것이었다.

곤륜도 그리고 무당도 그 어떤 문파도 연운비를 보내고 싶지 않았을 터였다.

그러나 와야만 했다.

연운비에게는 그럴 만한 이유가 있었고 그렇지 않았다면 연운비가 이곳에 왔을 리도 없었다.

"휴우, 사실은……."

한참을 고민한 끝에 연운비는 수로맹에 오게 된 사실을 털어놓았다.

이야기는 길었다. 우여곡절 끝에 사제가 산을 내려간 것에서부터 부적에 관한 이야기까지도…

"그렇구려."

모든 이야기를 듣고 난 철무경이 고개를 끄덕였다.

"그러나 미안한 말이지만 내 둘째 아우가 연 대협이 찾는 사제는 아닌 것 같구려."

"그것은……."

"내 말을 끝까지 들어주시오."

철무경은 연운비의 말을 단호히 잘랐다.

그 역시 연운비의 안타까운 마음을 모르는 것은 아니었지만 그렇다고 해서 진실을 알려주지 않을 수는 없는 일이었다.

"분명 둘째 아우가 연 대협이 찾는 사제와 많은 부분에서 흡사한 것은 사실이오. 그러나 결정적인 것은 내가 둘째 아우를 만난 지가 벌써 십 년이 넘었다는 사실이오. 물론 둘째 아우가 본 맹에 들어와 본격적으로 활동한 시기는 연 대협이 말했던 시기와 일치하나 단지 그것뿐이오."

"아……."

연운비는 아쉬운 마음을 숨기지 못하고 한탄을 흘렸다.

그렇게까지 큰 기대는 하고 있지 않았지만 아쉬움은 그것과는 별개였다.

'이제 어느 곳에 가서 찾는단 말인가?'

사혈련의 부련주.

흑암의 혈도.

암천회의 십장생.

철탁개가 유력한 후보로 거론한 삼 인. 그중에서 유일하게 쉬이 만날 수 있는 이가 바로 혈도였다.

사혈련은 이제는 그 종적조차 묘연한 곳이고, 암천회라면 더하면 더했지 덜하지는 않았다.

"연 대협께서 원하신다면 따로 배를 내어드리겠소."

조금 망설이던 모습을 보이던 철무경이 결정을 내렸다는 태도로 입을 열었다.

잡고 싶은 것이 솔직한 마음이었지만 그렇다고 해서 억지로 붙잡을 생각도 없었다.

신검이 분명 전력에 큰 도움이 되는 것은 사실이었지만 그렇다고 해서 그 하나로 판도가 변하는 것은 아니었다. 장강의 사내들은 장강의 사내답게 싸우면 되는 것이다.

"아닙니다."

그 순간 연운비가 단호히 고개를 저었다.

사제가 걱정되는 것은 사실이었지만 지금 자신이 서 있어야 할 곳은 이곳이었다.

더욱이 출정하기 전 사내다운 사내 해웅 종과령과 한 약속도 있지 않았는가?

지켜야 할 자리.

연운비는 많은 것을 깨달아가고 있었다.

"가보겠습니다."

연운비는 가볍게 포권을 취했다.

후미에 위치해 있던 수로맹 제사전선 투귀가 서서히 선미를 트는 것이 눈에 들어왔기 때문이었다. 늦기 전에 비합선을 타고 투귀에 승선해야 했다.

"고맙소. 수로맹은 결코 이 빚을 잊지 않을 것이오."

"그 말은 싸움이 끝난 뒤 듣도록 하겠습니다."

"하하하하, 떠나지 않는다는 소리보다 그 말이 더 듣기가 좋구려."

철무경이 시원한 대소를 터뜨렸다. 장강 전역에 울려 퍼지는 그런 시원스런 대소였다.

*   *   *

"놈들을 모조리 수장시켜라."

"크크, 그러도록 하지요."

칠흑 같은 어둠.

그 속에서 들려오는 것은 냉정한 말투와 음침하지만 어딘지 모르게 공손한 목소리였다.

쾅— 우지직!

그와 동시에 군수 물자를 선적하기 위해 닻을 내리고 있던 중형 전선 한 척의 우현이 함몰되며 배가 급격히 한쪽으로 기울기 시작했다.

흑암(黑岩).

어둠 속에서 어떤 전선도 상대할 수 없다는 수로맹 제이전선.

잿빛 구름에 뒤덮인 어둠 속에서 장대한 위용을 드러낸 흑암은 중형 전선 한 척을 그대로 침몰시키며 맹렬히 주변의 전선들을 공격하고 있었다.

"적이다!"

"수로맹의 기습이다!"

악주(鄂州).

수로맹 총단이 위치한 장강삼협(長江三峽)을 제외한다면 유일하게 만해도에 넘어가지 않은 지역.

그것은 만해도 제이전단 귀망(鬼網)을 상대로 홀로 싸우고 있는 흑암이 존재하기 때문이었다.

싸우면 이겼다.

불패전승.

그 누가 장강에서 흑암을 상대할 수 있을까?

그럼에도 악주 일대는 서서히 만해도에 의해 장악되어 가고 있었다.

압도적인 전력 차가 그 원인이었다.

흑암이 아무리 모든 전투를 이긴다고 하더라도 여타 크고 작은 수채들이 하루가 멀다 하고 무너져 가고 있었고, 그나마 버티고 있던 몇몇 수채들도 흔적을 감추고 어디론가 숨어들었다.

콰직—

또 한 척의 소형 전선이 파괴되며 여기저기서 불길이 솟구쳤다.

"크악……."

"커어어억……."

"이건 또 무슨……."

귀사망량(鬼邪罔兩).

한때 장강을 주름잡았던 조채방조차 꺼려했던 장강의 혈귀들.

서너 명의 귀사망량이 올라간 쾌속선에는 여지없이 지옥의 염화가 타올랐다.

화르르르—

염화는 거세게 타올랐다.

정박해 있던 중형 전선 두 척과 소형 전선 다섯 척, 그리고 십여 척의 쾌속선 중에서 멀쩡한 것은 고작해야 절반도 되지 않았다.

"복귀 명령을 내려라."

"크크, 알겠습니다."

귀사망량을 이끄는 자.

혈면귀(血面鬼)의 지휘 아래 흑암이 서서히 선미를 틀기 시작했다.

이곳에 있는 전력이래 보아야 정면으로 상대한다 한들 문제가 되지 않았지만 악주 일대에 퍼져 있는 수많은 만해도의 전선들에 포위되기라도 한다면 위험한 상황에 처할 수도 있었다.

그와 동시에 흩어져 있던 귀사망량들이 흑암의 주변으로 모여들며 사다리가 내려졌다.

척— 처척—

귀사망량의 수공 실력은 수로맹조차 인정하는 것이다. 그렇지 않았다면 결코 이런 작전을 생각하지 못했을 터였다.

"크크, 피해는?"

"열여섯이 복귀하지 못했습니다."

"크크, 그렇군."

혈면귀의 입가에 쓸쓸한 미소가 걸렸다.

제아무리 귀사망량이라 한들 이런 싸움에서 피해를 입지 않을 수는 없다.

무려 수십 년 동안 한솥밥을 먹던 전우들.

다른 사람들이 무엇이라 지탄할지 모르겠지만 귀사망량들 사이에는 말로는 설명할 수 없는 그런 끈끈한 정이 있었다.

"크크, 어떻게 하시겠습니까? 생존자는 더 이상 없을 듯싶습니다."

"회군한다."

"크크, 알겠습니다."

명을 받는다고는 하지만 혈도와 혈면귀가 세상에 알려진 것처럼 주종 관계는 아니었다, 그저 필요에 의해 일시적으로 손을 잡고 있을 뿐.

"크크, 이 모든 것이 당신이 갚아야 할 빚들입니다."

"알고 있다."

육 척 장신의 체구. 그다지 큰 체구는 아니었지만 혈도는 마치 외문기 공이라도 익힌 것처럼 우람해 보였다.

수로맹 제일고수.

그가 아니었다면 이미 장강의 모든 물길은 만해도에 넘어갔을 것이고 수로맹 총단은 철저히 고립되었을 것이다.

"지겹군."

혈도는 멀리 보이는 화마의 잔재를 보며 중얼거렸다.

이것은 전쟁이라고 할 수도 없다.

그저 궁지에 몰린 자의 최후의 발악일 뿐.

이 정도 피해를 입혀보았자 만해도 전력에는 흔적조차 남지 않았다. 아니, 이 시간에도 만해도는 수많은 수채들과 남해의 해적들을 규합하며 오히려 세력을 늘리고 있을 터였다.

장강의 모든 수채가 수로맹의 편이라고 할 수는 없었다.

그중에는 수로맹에 반감을 품은 자들도 있었고, 공공연히 적대시하는 자들도 적지 않았다.

"그래도… 이제 얼마 남지 않았겠지."

펄럭—

손에 들려 있는 한 장의 양피지.

수로맹주이자 그의 의형인 철무경의 인장이 찍혀져 있는 그것에는 한 줄기 문구가 적혀져 있었다.

장강의 사내답게.

*　　　　*　　　　*

쾅!

거센 소리와 함께 탁자가 주저앉으며 절반으로 두 동강났다.

"이런 제길."

만해도 제이전단 귀망의 단주인 대력참도(大力斬刀) 마한이 울분을 참지 못하고 동강이 난 탁자를 발로 후려 찼다.

"대체 뭣들 하고 있었던 거냐?"

"죄, 죄송합니다."

마한의 분노에 수하들은 몸을 사리기 급급했다.

그다지 폭급한 성격은 아니었지만 일단 화가 나면 마한은 그 누구보다 무서운 상전이었다.

"벌써 놈들에게 잃은 전선이 이십여 척을 넘었다."

"도무지 흔적을 찾기가 어려운지라……."

"그것을 변명이라 대는 것이냐!"

마한이 버럭 소리를 내질렀다.

이십여 척이라면 제이전단 귀망의 십분의 일에 해당하는 전력이었다. 물론 지금도 곳곳에서 적지 않은 전선들이 보충되고는 있지만 아무래도 기존의 전선들에 비해 다소 능력이 떨어지는 것이 사실인지라 마한이 이 토록 노여워하는 것이었다.

"젠장, 그래 그까짓 조무래기들을 처리하지 못한단 말이냐?"

"그것이……."

수하들은 쩔쩔매며 대답을 하지 못했다.

그러나 그들 역시 억울한 것은 매한가지였다.

정면으로 상대한다면 제아무리 흑암이라 할지라도 두 편대조차 감당 할 수 없다.

그러나 문제는 그렇게 할 수 없다는 데에 있었다.

흑암(黑岩).

그러나 신수귀장 곡비양이 처음 그 이름을 정한 것은 흑암이 아니라 흑암(黑暗)이었다.

저 머나먼 남해 청평도에서만 자란다는 흑죽으로만 만든 흑암은 밤이 되면 모든 빛을 흡수해 종적을 발견할 수 없었다.

"젠장, 고작 그깟 배 한 척 때문에 이리도 일이 꼬이다니……."

마한이 이토록 화를 내는 것은 얼마 후면 대대적인 공격 명령이 있을 것이라는 사실을 알기 때문이었다.

사혈련을 치러 갔던 삼봉공 추명파자 석태량과 만해도 제오전단 풍백(風 白)이 복귀하고, 그토록 기다리던 만해도 제일의 전선 흑선(黑船)의 수리가 끝이 났다.

흑선이 부서진 것은 다른 이유에서가 아니었다.

장강십팔채 중 제일의 세력을 자랑했던 풍백채.

채가 풍비박산이 나고 채주가 죽었다. 장강의 사내로서 그리고 채주를 의형으로서 또한 주군으로 대했던 풍백채의 호걸들은 비통함을 감추지 못하고 죽음을 각오하며 전의를 다지며 기회를 기다렸다.

호재일까?

마침내 기다리던 기회가 찾아왔다.

만해도주 태무룡이 사혈련을 치기 위해 직접 남하를 감행한 것이다. 그것도 중형 전선 두 척과 소형 전선 다섯 척, 쾌속선 십여 척만을 대동한 채 제오전단과는 전혀 다른 노선으로.

풍백채의 호걸들은 화염선(火焰船)에 스스로 불을 지르고 죽음을 각오한 돌격을 감행했다.

그러나 흑선의 저력을 알지 못했음인가?

그 커다란 위용만큼이나 흑선은 강했다.

웬만한 중형 전선 따위는 부딪치는 것으로 불에 타오른다는 화염선이 무려 일곱 척이나 동귀어진의 공격을 감행했음에도 흑선은 동요없이 버텨냈다.

마지막 화염선이 불에 타 가라앉는 것과 동시에 모든 풍백채 호걸들이 장렬히 전사했다.

그 대가는 고작해야 흑선의 측면과 후면이 손실된 것이었지만 그들의 의기는 장강을 타고 울렸다.

그리고 그 대가는 미약했지만 덕분에 수로맹은 조금이나마 더 시간을 벌 수 있었고 그들의 죽음은 수로맹 무인들의 전의를 타오르게 하였다.

탕! 탕!

그 순간이었다.

돌연 문을 두드리는 소리와 함께 어딘지 모르게 중성적인 목소리가 울려 퍼졌다.

"오홍, 늦었네요."

문이 열리는 것과 함께 장내에 모습을 드러낸 이는 화의 경장을 입은 사내였다.

여인네들조차 웬만해서는 입지 않는다는 화의 경장을 사내는 너무도 자연스러운 모습으로 걸치고 있었다.

"오홍, 모두가 이곳에 있었군요."

"희백!"

마한이 자리에서 벌떡 일어났다.

"크하하, 마침내 왔구나!"

마한은 통쾌한 대소를 터뜨리며 화의 경장을 입은 사내에게 다가가 사내를 덥석 껴안았다.

그러나 화의 경장을 입은 사내는 슬며시 한 발 자국 옆으로 물러나며 마한의 포옹을 피했다.

"오홍, 단주님. 저는 남색에는 그다지 관심이 없답니다."

"끙… 하여간 예나 지금이나."

마한은 고개를 설레설레 내저었지만 그렇다고 해서 못마땅해하는 모습은 아니었다.

요화(妖花).

사내였으나 여인이기를 원했기에 붙여진 별호.

그가 바로 마한과 함께 만해도 제이전단 귀망을 이끄는 요화 희백이었다.

제삼전단 백경(白鯨)을 이끌고 있는 팔비나타(八臂那吒) 맹각의 용맹함이 빛이 날 수 있는 것이 참모(參謀) 도욱 때문이라면 마한이 제이전단 귀망을 맡을 수 있었던 것은 희백 때문이었다.

만해도주 태무룡조차 인정한 이가 마로 요화 희백이었으니.

실제로 요화 희백이 아니었다면 만해도가 바다를 주름잡던 사해방과 해사방을 그렇게까지 수월히 무너뜨릴 수는 없었을 것이라는 것이 대다수의 의견이었다.

그런 희백이 마한을 선택한 이유는 바로 다름 아닌 마한의 여동생 마소선 때문이었다.

얼핏 듣는다면 이해가 가지 않는 이야기.

사내였으나 여인이기를 원한 희백이 아니었던가?

그러나 그런 희백조차 반하게 한 이가 바로 마소선이었다. 미인계를 쓴 것도 아니었다.

그저 희백이 마소선을 좋아했기에 일어난 일.

어찌 되었거나 마한이 이렇듯 높은 지위까지 올라서게 된 되에는 희백이 있기에 가능한 일이었다.

"오홍, 고생을 하신다고 들었는데…….."

"끙, 그렇지 않아도 내 희백 자네가 오기만을 기다리고 있었네."

"오홍, 그간 마음고생이 심하셨나 보군요. 이리도 수척해진 것을 보니."

희백이 교태로운 미소를 지으며 손을 들어 마한의 뺨을 슬며시 어루만졌다.

징그럽기 짝이 없는 행동이었기에 마한조차 눈썹을 살짝 찌푸렸지만 연이어 들려오는 말에 이내 정색을 하였다.

"하지만 걱정하지 마세요, 저에게 놈들을 잡을 방책이 있으니."

"오, 역시 희백 자네밖에 없다니까. 그래, 대체 비책이란 것이 무엇인가?"

"오홍, 수로맹 총단의 움직임이 심상치 않다고 들었어요."

"그렇긴 하네만…….."

일순간 마한의 표정이 좋지 않게 변했다.

만해도주의 자리.

마한이 원하는 것은 이번 싸움의 승리보다는 앞으로 있을 차대 도주의 자리였다.

만해도주의 자리는 혈족의 위주로 승계 되는 것이 아니라 능력의 위주로 정해졌다. 그리고 전단의 단주들이 그 자리를 놓고 경합을 벌였다.

그런 마한에게 무엇보다 필요한 것은 전공이었다.

그리고 그 전공의 제물로 마한이 택한 것은 바로 수로맹 제이전선 흑암이었다.

"수로맹 다섯 전선이 강하다는 것은 부정할 수 없는 사실이지요. 그러나 그 강함이 극대로 발휘되는 것은 그들이 뭉쳐 있을 때의 일이지요. 그럼에도 흑암은 홀로 행동하고 있습니다. 어째서일까요?"

"흐음……."

마한이 고개를 갸우뚱거렸다.

특별한 이유라도 있었던가?

구태여 생각해 보지 않은 일이었다. 그저 흑암의 특성상 야전에서 그 위력을 발휘하기에 그럴 뿐이라고 생각했다.

"잘 모르겠네."

"오홍, 그 이유는 그만큼 수로맹이 절박했기 때문이지요. 전단들이 모두 모이지 못하도록 하기 위해서."

"자자, 그만 뜸들이고 비책이나 말해주게나."

"오홍, 이제 막 도착했는데 너무 재촉하시는군요. 자세한 것은 우선 좀 씻고 난 다음에 말씀드리지요. 장시간 이동을 했더니 영 몸이 찌뿌둥하네요."

"아, 이거 너무 내가 내 생각만 하였군. 그래, 어서 가서 씻고 한숨 푹 자도록 하게. 회의는 다음으로 미루도록 하지."

만약 이 같은 모습을 보인 것이 희백이 아니었다면 처남, 아니, 처남 할아버지라 할지라도 용서하지 않았을 마한이었다.

"오홍, 단주님의 배려에 감사드려요. 그 배려의 답례로 머지않아 혈도의 목을 가져다 드리지요."

"크하하, 그거 듣던 중 반가운 소리구만. 내 기대하겠네."

마한의 대소 소리가 장내를 떠나갈 듯이 울려 퍼졌다.

第50章

사용하지 않았다고
해서 상어의 이가 무디어지는
것은 아니다

제50장

둥— 두두두둥—

양측에서 울려 퍼지는 뱃고동 소리와 북소리가 낮게 깔리며 긴장감이 점차 고조되고 있었다.

무협이 끝나는 길목.

그곳을 철통같이 지키고 있는 이가 바로 만해도 제삼전단 백경을 이끌고 있는 팔비나타(八臂那咤) 맹각이었고, 그동안 수로맹의 기습에 이를 알고 있던 인물이기도 했다.

"크큭, 쥐새끼 같은 놈들이 숨어만 있더니 정신이라도 어떻게 된 모양이야, 죽으려고 기어나온 것을 보니."

맹각은 특유의 괴소를 흘리며 웃었다.

그동안 얼마나 많은 피해를 입었던가?

연승을 거듭하던 맹각에게 수로맹 총단은 그야말로 난공불락의 요새였다.

물론 만해도주 태무룡이 맹각에게 수로맹 총단을 함락시키라는 명령을 내린 것은 아니었다.

"지켜라. 공격을 하는 것은 좋되, 무모한 전투는 절대 허용하지 않겠다."

태무룡은 수로맹을 우습게 여기지 않았다.

무한 해전.

모조리 죽일 수 있을 것이라 생각한 전투에서 실제 수로맹의 중요 인물들은 모두 빠져나갔을 뿐더러, 장강 전역에 흩어져 있던 수많은 수채들이 속속들이 가담하고 있었다.

"도주님께서는 분명 무리한 공격을 하지 말라고 하셨지 기어나오는 쥐새끼까지 상대하지 말라고 한 것은 아니었으니."

맹각은 자신만만한 표정으로 넓은 진형을 구축한 채 퍼져 있는 수로맹 전선들을 바라보았다.

그 중앙에 있는 거대한 전선이 바로 수로맹 제일전함 풍멸이었다.

수로맹의 혼을 상징하는 승천룡의 깃발이 풍멸의 선미에 걸려 있었고, 이제 조금 있으면 그 기가 꺾어질 것이라고 맹각은 자신했다.

물론 제삼전단만으로 모여 있는 수로맹 모든 전력을 꺾는 것은 불가능에 가까운 일.

그러나 맹각이 이토록 자신하고 있는 이유는 바로 지척까지 이른 제사전단 적룡(赤龍)을 믿고 있기 때문이었다.

제아무리 수로맹이라 할지라도 이전이라면 모를까 지금과 같은 상황에서 두 개의 전단을 상대할 수는 없는 일이었다.

"크큭, 자신만만하게 나온 것은 좋으나, 적룡이 곧 네놈들의 뒷목을 물어뜯을 것이다."

"그렇게 쉽게 보실 문제가 아닙니다."

"무슨 소린가?"

진격 명령을 내리려는 순간 맹각은 참모(參謀) 도욱의 말에 눈살을 찌푸렸다.

다른 전단의 단주와 참모들과는 달리 맹각과 도욱의 관계는 그다지 좋지 않았다. 그 가장 큰 이유라면 마음이 내키는 대로 하기를 좋아하는 맹각에게 도욱이 사사건건 제지를 하기 때문이었다. 그것이 참모의 역할이기도 하였지만 어찌 되었거나 맹각의 입장에서는 탐탁지 않은 일이었다.

"상대는 수로맹주라는 것을 잊지 마셔야 합니다. 더욱이 제오전선 수라가 보이질 않고 있습니다."

"흥, 그래 보아야 패잔병들에 불과할 뿐이고, 적룡이 곧 놈들의 뒷덜미를 물어뜯을 것이다."

"하지만……."

"그만. 자네는 대체 싸우자는 것인가? 아니면 도망치자는 것인가? 적이 눈앞에 있거늘 사기만 떨어뜨리는 소리를 하다니 참모로서의 자격조차 의심이 드네. 그만 선실에 들어가 있게."

도욱의 말을 자른 맹각은 듣기 싫다는 표정으로 손을 내저은 뒤 주위 수하들에게 말했다.

"모두 전투 준비를 하라."

"존명!"

명령을 받은 제삼전단 백경의 무인들이 일제히 흩어졌다.

'좋지 않구나.'

도욱이 낯빛이 굳어졌다.

수로맹이 이토록 자신있게 나오는 데에는 그럴만한 이유가 있지 않고서는 불가능에 가까운 일이었다.

물론 궁지에 몰린 쥐가 최후의 발악을 하는 것일 수도 있다.

그러나 수로맹은 쥐가 아니라 상처 입은 맹수였다.

맹수가 가장 무서운 순간이 바로 상처를 입고 날뛰는 순간이 아닌가?

'이 일을 어쩌면 좋단 말인가?'

기우일 수도 있다.

제사전단 적룡을 이끄는 교룡 둥이타라면 만해도에서 몇 손가락 안에 드는 고수일뿐더러 전략 역시 뛰어나 차기 도주감이라고 불리는 무인이었다.

그러나 지금 이 순간 교룡 둥이타에 대한 믿음보다는 수로맹의 저력이 더욱 두려운 것이 사실이었다.

'이제는 둥 단주님과 선두에 나가 계신 흑 호법님을 믿는 수밖에 없다.'

자신의 힘으로는 아무런 조치도 취할 수 없다는 사실.

만해도주조차 인정하여 이립의 조금 넘은 나이에 참모가 될 정도로 뛰어난 능력을 지닌 도욱이었지만 지금 그의 능력은 아무 소용이 없었다.

"쳐라! 놈들에게 수로맹의 저력을 보여주자!"

수많은 전선들 중 최선두에서 고함을 지르고 있는 무인은 한 자루의 기형 칼을 든 수로맹의 총군단장 갈유목이었다.

흑상어라는 그의 별호를 말해주듯 그의 칼은 번뜩이는 수많은 날카로운 이빨을 지니고 있었다.

쇄악쇄악―

갈유목이 탄 비합선은 장강을 헤치며 뻗어나갔다.

'이것이 내가 할 수 있는 최선의 일이다.'

총군단장으로서의 무능력함.

연이은 전투에서의 패배.

갈유목은 수하들이 죽을 때마다 피눈물을 흘렸다, 그 모든 것이 마치 자신의 잘못처럼 느껴졌기에.

이 전투에서 자신이 어디에 서는 것이 가장 큰 도움이 될까?

그 해답은 갈유목 자신이 가장 잘 알고 있었다.

'놈들, 너무 늦었다고 무어라 하지는 말거라, 이제 얼마 남지 않았으니.'

수로맹을 통틀어 가장 호방하다는 괴두어(怪頭魚) 장철웅.

부수함을 이끌며 만해도의 수많은 적들과 함께 산화한 관천철궁(貫天鐵弓) 위극.

형제의 의를 맺고 수많은 고초 속에서 수로맹을 반석 위에 올려놓았건만 그 빛조차 제대로 보지 못하고 장강 깊숙한 곳으로 사라져 간 의동생들.

이제 의형으로서 그리고 수로맹의 총군단장으로서 갈유목은 그 빚을 갚아야 했다.

"속력을 높여라!"

갈유목이 외치자 비합선은 더욱 빠르게 전진했다.

콰쾅―

그와 동시에 여기저기서 불길이 일고 포격 소리가 울려 퍼졌다.

후일 장강삼대전투 중 하나로 가장 치열했다는 무협 해전이 시작된 것이다.

"위축되지 마라. 놈들은 이 거리에서 맞출 수 없다."

갈유목은 허리를 펴고 당당히 말했다.

제아무리 많은 화약을 보유하고 있는 만해도라 할지라도 포격 연습에 쓸 화약까지 보유하고 있을 수는 없다.

물론 어느 정도 연습이야 했겠지만 그 정도로는 움직이는 배를 맞출 수 있는 것이 아니다.

수로맹의 수많은 전선들이 넓게 퍼진 이유가 바로 그것 때문이 아닌가?

펑— 콰지직—

그러나 모든 포탄이 빗나간 것은 아니었다.

적지 않은 수의 포탄이 수로맹 전선들에 격중되었고 정통으로 많은 전선들은 빠른 속도로 침몰하기 시작했다.

"더 빨리!"

"뭣들 하느냐 속력을 내라!"

동정어옹 허곤을 비롯한 수뇌진들이 고함을 지르며 재촉했다.

수로맹에서는 더 이상 보유하고 있는 화약이 없었다.

화살조차 얼마 남지 않았거늘 화약이 있다면 오히려 그것이 이상한 일일 터였다.

"조금 더!"

갈유목이 큰 소리와 외쳤다.

조금만 더 가면 화살의 사정거리. 그때부터는 적들도 더 이상 포탄을 발사할 수 없었다.

고작해야 삼십여 장의 거리.

시간으로 따지자면 촌각에 불과할 뿐이다.

그러나 지금 이 순간 갈유목에게 그 시간은 억겁처럼이나 길게 느껴졌다.

"우허허헝!"

마침내 적들이 더 이상 포격을 할 수 없는 거리에 들어서자, 갈유목은 한 차례 사자후를 내질렀다.

"내가 바로 흑상어다!"

적의 전선과 지척에 이르렀을 무렵, 갈유목은 쇠사슬을 던져 발판을 마련한 후 적의 전선에 올라탔다.

참령구도(斬靈九刀)!

오래전 한 자루의 도가 절강 일대를 초토화시킨 적이 있었다.

죽립을 깊게 눌러쓴 도객은 절강 일대를 떠돌며 수많은 문파들과 비무를 벌이고 모든 비무에서 승리를 거두었다.

그렇게 이 년이 지난 어느 날.

죽립도객은 처음 나타날 때처럼 흔적도 없이 조용히 사라졌고, 그가 사용한 무공만이 호사가들에게 전해져 내려왔다.

"파하!"

살기가 짙은 무공.

대성하지 않는다면 피에 전 살귀가 될 수 있다는 사실을 알았기에 갈유목이 이 무공을 펼친 것은 단 두 번에 불과했다.

"크흐……."

그러나 갈유목은 오늘만큼은 참령구도를 펼치기를 주저하지 않았다. 지금 그의 앞에 존재하는 모든 자들이 적이기에. 적에게 자비를 베풀 정도로 갈유목은 온화하지 않았다.

"크아악."

"살귀다!"

피에 전 눈빛.

그리고 보기만 해도 섬뜩해 보이는 기형 도를 휘두르는 갈유목의 모습은 누군가의 외침처럼 살귀와도 같았다.

서걱—

적의 전선에 오른 지 얼마 되지도 않았건만 벌써 갈유목의 도에 생명을 잃은 자가 다섯이 넘어갔다.

"놈!"

더 이상은 참지 못한 것인가?

누군가가 그런 갈유목을 향해 검기를 뿌렸다.

카캉—

검기의 위력이 생각보다 막강한 탓일까?

그토록 거칠 것 없이 날뛰던 갈유목이 비틀거리며 한 걸음 뒤로 물러났다.

"이거 뜻밖의 월척을 잡았군."

갈유목의 앞에 신형을 내려선 이는 바로 다름 아닌 만해도 구대호법 중 일인인 독각와룡 흑도산이었다.

보통 대규모 전투가 벌어질 최선두에 있는 전선에는 사기를 고려해서 적어도 편대주 급 이상의 무인이 타고 있었다. 그러나 분명 구대호법 중 일인인 독각와룡 흑도산이 타고 있다는 사실은 어찌 보면 이상한 일이 아닐 수 없었다.

지위를 따지자면 각 전단의 단주들이 높았지만 호법이라는 위치는 그것과는 별개였다.

"함정이었나?"

"잘 알고 있군."

"후후……."

적의 함정에 빠졌다는 사실을 알면서도 갈유목은 담담했다. 아니, 오히려 갈유목의 전신에서는 자욱한 투기가 피어오르고 있었다.

세상을 향한 의로움.

누구보다 민초들을 사랑하였으며 수적이라고 욕을 먹으면서까지 신념을 굽히지 않았던 의인 마수신의(魔手神醫) 유문백이 죽는 순간을 갈유목은 잊을 수 없었다.

"노야의 빚을 갚겠다."

초야에 묻혀 있는 유문백을 끌어들인 것이 바로 갈유목이었다.

"실력이 있다면."

흑도산은 조금도 위축되지 않은 모습으로 쇄도하는 갈유목의 공격에 맞서갔다.

갈유목의 수로맹의 총군단장이라면 흑도산 역시 만해도의 구대호법이다.

용호상박(龍虎相搏).

갈유목의 무공이 강한 것은 사실이었지만, 흑도산 역시 구해호법 중 수위를 다투는 이었다.

캉— 캉— 카카캉—

한 자루의 도와 한 자루의 검이 빚어내는 곡선의 그림자는 섬뜩하면서도 어딘지 모르게 아름다웠다.

촌각이라는 짧은 시간.

무수한 격돌 끝에 한 걸음 물러선 이는 갈유목이었다.

그러나 오히려 잘려진 상의 사이로 희미하게 선혈이 보이는 이는 흑도산이었다.

초식이나 내공 어느 것 하나 서로 앞선다고 말할 수 없는 상황인 것이다.

찌릿찌릿—

전율이 일었다.

살기가 더없이 짙은 무공, 참령구도를 펼침에도 오히려 갈유목의 정신은 점점 더 뚜렷해지고 있었다.

그것은 호적수를 만나며 지난 몇 년간 숨어 있던 무인으로서의 본능이 깨어나고 있는 것이다.

심신이 상쾌하다.

그것은 이전에는 결코 느낄 수 없던 감정이었다.

"하하! 하하하하!"

갈유목은 대소를 터뜨리며 공격에 박차를 강했다.

기이한 것은 그토록 피에 절어 있던 갈유목의 눈빛이 지극히 고요하다
는 사실이었다.

'이것이었나?'

갈유목은 느낄 수 있었다, 안개처럼 앞을 가로막고 있던 그 무엇인가
가 이 순간 사라졌다는 사실을.

깨달음은 어떤 계기가 있어서 오기도 하지만 이처럼 불연 듯 찾아오기
도 하는 것이다.

"큭, 무슨……."

연이은 두 번의 격돌.

그 격돌에서 속절없이 밀려난 것은 흑도산이었다. 내공이 부족해서가
아니라 내공의 운용에서 밀려난 것이다.

"어떻게 이럴 수가?"

흑도산은 도저히 믿을 수 없다는 표정으로 갈유목을 바라보았다.

종전까지만 하여도 팽팽이 겨루고 있던 상황이 아니던가?

그렇다고 해서 갈유목이 그동안 무공을 숨기고 있던 것 같지도 않았
다.

촤악―

기형 도가 흑도산의 허벅지 어림을 베고 지나가는 것과 동시에 사방으
로 피가 튀었다.

흑상어의 이빨.

피를 머금은 갈유목의 도는 그 명성에 걸맞은 위력을 보여주고 있었다.

"으흑……."

수세에 몰리자 흑도산의 상황은 점점 더 안 좋아지고 있었다.

피를 본 상어는 더욱 흉포해지고 있었고, 이제 최후의 일격을 가해오려 하고 있었다.

'너무 자신했다.'

흑도산의 얼굴에 그늘이 졌다.

원래대로라면 호법인 흑도산이 이 자리에 있을 이유는 없었다. 그저 수로맹을 무너뜨리는 데에 선두에 서보고 싶다는 일순간의 욕심이 화를 자초한 것이다.

만약 이곳에서 자신이 죽는다면 그것이 사기에 어떤 영향을 끼칠지는 누구보다 잘 알고 있었다.

'도주님, 죄송합니다.'

흑도산은 최후를 준비했다.

죽을 때 죽더라도 구해호법 중 일인으로서 호락호락 당하지는 않겠다는 뜻이었다.

"오라!"

핏빛 도가 날아드는 것을 보며 그렇게 독각와룡 흑도산은 최후를 맞이했다.

"와아아!"

"총군단장께서 놈들의 수뇌를 무찔렀다."

"구대호법 중 일인이 죽었다!"

여기저기서 함성이 터져 나왔다.

공식적으로 기록되는 적 수뇌부의 첫 사망이었다.

"윽……."

우레와 같은 함성 소리를 들으며 갈유목은 한 팔을 감쌌다.

흑도산이 죽으며 뻗은 검이 그의 왼쪽 어깨를 가르고 지나갔기 때문이었다.

상처는 깊었다.

당장에라도 치료하지 않는다면 한 팔을 다시는 쓰지 못할 정도로 치명적이었다.

후드드득—

피가 흘러내렸다. 아니, 떨어져 내렸다고 하는 편이 옳았다.

그러나 만해도 무인들은 그런 부상을 입은 갈유목에게 쉽사리 다가서지 못하고 있었다.

갈유목이 보여준 무위.

그것이 그들의 전신을 짓누르고 있는 것이다.

"총군단장님 저희가 왔습니다."

"뒤는 저희에게 맡기십시오."

교전이 계속되면서 속속들이 수로맹 무인들이 건너오고 있었다. 물론 최선두에 선 전선을 잃지 않기 위해 만해도 무인들 역시 건너오고 있었지만 조금씩 수로맹에 밀리고 있었다.

"물러서지 마라!'

"젠장."

만해도 수뇌부들이 사력을 다해 저항해 보지만 역부족이었다.

더욱이 호법인 흑도산이 죽은 이상 어느 누구도 갈유목을 막을 수 없었다.

합공을 한다면 버틸 수야 있겠지만 그것도 수로맹 무인들에 의해서 저

지당하고 있었다.

"배를 포기한다."

"후퇴하라!"

결국 견디지 못한 만해도 무인들이 물러났다.

"배를 불태워라!"

"승전보를 울려라!"

수로맹 무인들이 사방이 떠나갈 듯이 함성을 내질렀다.

화르르르—

아직 자신이 타고 있음에도 불구하고 수로맹 무인들은 배에 불을 질렀다.

"보아라! 놈들의 전선이 타고 있다!"

"형제들! 보이는가!"

"와아아아아."

여기저기서 교전을 벌이던 팽팽한 전세가 일시에 기울어졌다.

그것을 가능하게 만든 것은 단 한 명의 무인. 수로맹의 총군단장 흑상어 갈유목이었다.

후일 이 전투를 지켜본 모든 이들은 흑상어 갈유목을 십대도객으로 꼽는 데 주저함이 없었다.

"무슨 일이냐?"

돌연 급속도로 기울이 시작하는 전세를 보며 맹각이 눈살을 찌푸렸다.

작전은 완벽했다.

시간을 끌기 위해 펼친 대방진은 삼봉공이 자신할 만큼 효과가 있었고, 전세는 팽팽했다.

"무슨 일이냐고 묻지 않았느냐?"

"저, 그것이······."

"젠장, 울화통이 터져 죽겠군. 주둥이는 뒀다 뭐 하느냐? 어서 말을 하란 말이다!"

머뭇거리는 수하를 보며 맹각이 답답함을 이기지 못하고 가슴을 탕탕 두드렸다.

"아무래도 혹 호법님께서 타고 계시던 배가 적들의 손에 넘어간 듯싶습니다."

"그게 무슨 헛소리냐?"

맹각이 버럭 소리를 내질렀다.

맹각은 누구보다 흑도산의 무위를 잘 알고 있었다. 잘 모르는 이들은 흑도산의 무공이 구대호법에 간신히 들 정도라고 말하지만 실상은 달랐다.

명예에 욕심이 없어서 그렇지 흑도산은 만해도주조차 인정한 고수였다.

"사실입니다. 저곳을 보십시오. 지금 혹 호법님이 타고 계시던 배가 불타고 있습니다."

"맙소사······."

그렇지 않아도 큰 맹각의 두 눈이 찢어질 듯 부릅떠졌다.

"대체 누가······."

제아무리 수로맹이라 하더라도 흑도산 같은 무인을 상대할 수 있는 고수가 많을 리 없다.

"큰일 났습니다. 대방진의 왼쪽 축이 급속도로 무너지고 있습니다."

"정면에서도 적의 파상적인 공세에 버티기가 어렵습니다. 명령을 내려주십시오."

"이, 이······!"

맹각은 제대로 말을 잇지 못했다.

대방진을 유지하기 위해서는 무엇보다 선두에서 버텨주는 것이 필요했다.

대방진을 주저없이 펼칠 수 있던 가장 큰 이유가 바로 독각와룡 흑도산이 있기 때문이 아니었던가?

"젠장, 조금만 버텨라! 조금 있으면 제사전단 적룡(赤龍)이 놈들의 후미를 칠 것이다!"

맹각은 아무 조치도 취할 수 없었다.

대방진이 무너질 것이라고는 생각하지 못한 것이 그 가장 큰 이유였다.

"도욱은 어디에 있느냐?"

"아마도 선실에 계실 것입니다."

"젠장, 상황이 어떤 데 선실 안에서 자빠져 쉬고 있단 말이냐? 냉큼 불러 오거라."

"알겠습니다."

도욱을 쫓아낸 이가 누구이던가? 바로 자신이 아니었던가? 참으로 뻔뻔한 말이 아닐 수 없었다.

"교룡 이 개자식아, 빨리 오란 말이다."

맹각의 표정은 점점 더 초조해 지고 있었다.

그 시각.

맹각의 기대와는 달리 제사전단 적룡(赤龍)은 격전이 벌어진 곳과는 무려 세 시진도 넘는 거리에 머물러 있었다.

그것은 단 하나의 이유였다.

전선 한 척.

그 한 척에 장강이 좁다 날뛰던 적룡이 가로막혀 전진을 하지 못하고 있었다.

수로맹 제사전전 투귀.

가히 수로맹 제일의 전투 전선이라는 말이 조금도 아깝지 않을 정도였다.

해웅(海熊) 종과령, 수로맹을 통틀어 가장 장대한 체구를 지니고 있는 열혈의 사내. 그가 이끄는 전선은 그야말로 무적이라는 말이 어울렸다.

그리고 그런 종과령 옆에는 또 한 명의 무인이 태산처럼 자리하고 있었다.

"연 대협, 이렇게 함께 와주셔서 정말 감사하오."

"아닙니다."

단독 출정.

목숨을 걸고 은밀히 나가 얻어온 정보에는 또 하나의 전단이 은밀히 후미로 돌아오고 있다는 사실이 있었다.

그럼에도 종과령은 어떤 전선도 거느리지 않은 채 단독 출정을 감행했다.

그것은 너무 많은 병력이 빠졌을 경우 적이 눈치 챌 수도 있다는 우려 때문이었다.

"겁이 나느냐?"

출정하기 전 종과령은 수하들에게 물었고, 그의 수하들은 이렇게 대답했다.

"장강의 사내는 치맛바람 이외에는 두려워하는 것이 없습니다!"

"하하하하!"

종과령은 유쾌한 웃음을 터뜨렸다.

그것은 오래전 장강 깊숙한 곳까지 침범한 왜구에 맞서 단독으로 그들을 격퇴한 무풍무적(無風無敵) 철양수가 애처가였던 것을 가리켜 흔히 하는 말이었다.

장강삼귀(長江三鬼)조차 무모한 일이라며 은밀히 움직이는 데에 제격인 무투귀혼대를 지원해 주겠다고 나섰지만 종과령은 그조차도 거절했다.

"얼마 되지도 않는군. 그렇지 않느냐?"

"그렇습니다. 이제 보니 조각배 수십 척에 불과하군요."

종과령이 물음에 장위타가 웃으며 대답했다.

"놈들이 전력을 과대 포장을 해도 단단히 했군."

"그러게 말입니다."

장위타는 맞장구를 쳤다.

무려 팔십여 척에 달하는 전단이다.

그런 전단을 앞에 두고 말하는 두 사람의 모습은 흡사 유람이라도 나온 듯싶었다.

해웅 종과령과 장위타. 과연 그들다운 모습이었다.

"그래도 다행인 건가?"

"놈들이 다행이지요. 이곳에 오지 않은 놈들은 살아 돌아갈 수 있을 터니까."

"그렇군. 하하하!"

팔십여 척에 달하는 전선을 앞에 두고 할 말은 아니었지만 분명 실제 들었던 적룡의 전력과는 어느 정도 차이가 있는 것도 사실이었다.

'무슨 이유라도 있는 건가? 하긴 무슨 상관일까.'

평상시 전투였다면 생각해 봐야 할 문제이겠지만 지금은 상황이 달랐다.

적이 어떤 책략을 쓰더라도 달라질 것은 없었다.

"어째서 수로맹 제사전선을 투귀라 불리는지 알려주마."

흑암이 강한 것은 어둠 속에서의 일.

누가 무어라 하여도 수로맹 최고의 공격력을 자랑하는 것은 바로 투귀였다.

"우하하하하! 놈들에게 본때를 보여주자!"

종과령의 애병 파운사가 크게 휘둘려지는 것과 동시에 전선 투귀가 앞으로 뻗어나갔다.

콰쾅—

퍼퍼펑—

일 대 수십.

전투는 처절하고도 처절했다.

장강은 붉게 물들어가고 있었고, 하늘에서는 언제부터인가 한기를 머금은 빗줄기가 떨어져 내리고 있었다.

"피해라!"

"큭, 좌로 돈다!"

"젠장, 이미 늦었다!"

콰직—

한 차례 충돌과 함께 다시 두 척의 전선이 두 동강이 나며 그대로 침몰되었다.

"수로맹… 참으로 대단하구나."

지휘만 하고 있을 뿐 실질적으로는 전투에 참여하지 않고 있던 제사전단 적룡(赤龍)을 이끄는 등이타가 감탄을 감추지 못했다.

무한 해전에 직접적으로 참여하지 않은 등이타로서는 수로맹 다섯 전선에 대해서 말만 들었을 뿐이지, 이렇게 직접 마주하는 것은 처음이었다.

무려 반 시진이 넘는 교전에서도 투귀는 꿋꿋하게 버티고 있었다.

물론 투귀가 이처럼 버티고 있는 데에는 지형적 이점도 존재했기에 가능한 일이었다.

무협을 돌아가기 위해서는 양측이 벼랑으로 이루어진 협곡을 지나야 했고, 그 길목을 바로 투귀가 지키고 있었다.

수많은 협곡과 암초들.

무협이 천혜의 요새라고 불리게 된 것은 다른 이유 때문이 아니었다.

쿠르르릉—

다시 두 척의 소형 전선이 부서지는 모습이 눈에 들어왔다.

"투귀라는 말이 아깝지 않구나."

둥이타는 적을 인정할 줄 아는 무인이었다.

그것이 맹각과 둥이타의 차이점이었다.

물론 그렇다고 해서 맹각의 능력이 떨어진다는 것은 아니었다. 맹각 역시 다른 장점들을 지니고 있었고, 그렇지 못했다면 아무리 충성심이 깊다 한들 맹각이 단주의 지위까지 오르지는 못했을 터이다.

"포격 명령을 내려주십시오. 놈들을 단숨에 수장시켜 버리겠습니다."

"허튼소리."

둥이타는 단호히 고개를 저었다.

이런 협곡에서 포탄을 사용한다는 것은 지극히 위험천만한 일이었다. 만에 하나 포탄이 빗나가 절벽에라도 박힌다면 그 파장은 이곳 전체를 뒤덮을 터였다.

"과연 수로맹이오, 과연 맹장 해웅이다. 이렇게 된 이상 어쩔 수 없구나."

둥이타는 시선을 돌려 뒤편에 서 있는 이들을 바라보았다.

"수고를 하셔야 할 듯싶습니다."

"헐헐, 오랜만에 움직이려니 뼈마디가 다 욱신거리는군."

"호호, 그래서 첫째 오라버니는 늙었다는 거예요."

"쿵, 그럼 너는 늙지 않았다는 말이냐."

"하하, 그건 맞소. 확실히 둘째 누님도 이제는 많이 늙으신 티가 나외다."

"뭣이라!"

말을 주고받는 세 명의 복장은 조금 기괴하다고 해도 과언이 아니었다.

긴 수염을 기르고 있는 노인은 색동옷을 입고 있었고 중년 사내와 중년 여인 역시 여러 가지 색이 들어간 옷을 입고 있었다.

"자자, 모처럼 둥 단주가 부탁을 했는데 어서들 갑시다."

"헐헐, 그럼세."

"호호, 재미있을 것 같군요."

"배를 준비해 드리겠습니다."

둥이타는 대기하고 있던 수하를 시켜 소형 전선 한 척을 준비시켰다.

"헐헐, 오래 걸리지 않을 걸세."

색동옷을 입고 있는 노인이 가볍게 도약하여 지척에 대기하고 있던 소형 전선에 내려섰다.

아무리 지척이라고는 하지만 무려 십여 장 이상이 떨어져 있는 거리. 노인은 그 거리를 가벼운 도약으로 건너뛴 것이다.

"호호, 역시 오라버니의 경공술 하나는 일품이라니까."

"뭐 하시오, 누님. 우리도 어서 갑시다."

"호호, 너무 보채지 마라. 자, 그럼 가볼까."

연이어 중년 사내와 중년 여인 역시 도약해 소형 전선에 내려섰다. 그

라나 그들은 노인과는 달리 허공에서 한 차례 나무판자를 밟고 나서야 무사히 소형 전선에 안착할 수 있었다.

"헐헐, 가자."

노인의 말에 소형 전신이 전장으로 움직이기 시작했다.

"대체 저들이 누구입니까?"

둥이타가 천군 태무룡을 제외한 사람들에게 이처럼 공손히 대하는 것을 처음 본 수하들 중 하나가 물었다.

"저들이 바로 남해삼괴다."

"헉."

"맙소사……."

사방에서 경악성이 흘러나왔다.

남해삼괴.

단 세 명에 불과한 인원으로 실질적으로 남해의 패자라 해도 과언이 아닌 남해검파를 봉문 직전까지 몰고 간 희대의 마인들.

그 일이 벌써 십 년 전이었던 점을 생각한다면 그들의 무위는 측정할 수 없다 해도 과언이 아니었다.

"쯧쯧, 어찌 되었거나 맹가 놈에게 한 소리 듣는 것은 피할 수 없겠군."

남해삼괴를 태운 소형 전선이 전장으로 향하는 것을 본 둥이타가 느긋한 태도를 보이며 말했다.

그 모습은 마치 승리를 확신하는 듯한 표정이었다.

"크하하, 조무래기들이 따로 없구나."

애병 파운사를 휘두루는 종과령의 모습은 해웅이라는 별호 그대로 한 마리의 곰과 같았다.

파운사에 걸린 만해도 무인들은 피륙이 되어 물속으로 가라앉았다.

"더 없느냐!"

종과령은 큰 소리로 내지르며 계속해서 파운사를 휘둘렀다.

둥이타는 수하들에게 투귀와 부딪치지 말라는 명령을 내렸다. 그보다는 투귀에 타고 있는 수로맹 무인들을 주살하라는 명령을 내렸다.

물론 아무리 만해도 전선들이 충돌을 피하려 한다 한들 투귀가 부딪쳐 오는 데야 별다른 방도가 없었지만, 천하의 투귀라 한들 적선은 한 척이었고 아군은 팔십여 척에 달했다.

만해도 무인들은 배를 붙이고 갈고리를 던졌다.

올라가기만 한다면!

그래서 틈을 찾는다면 그 순간 투귀는 저 깊고도 깊은 장강 아래로 가라앉을 것이리라.

툭… 툭… 투투툭…….

빗줄기는 빠른 속도로 굵어지고 있었다.

제아무리 고수라 한들 목숨이 왔다 갔다 하는 처절한 싸움 속에서 오래 버틸 수는 없었다.

더욱이 몸을 무겁게 만드는 빗줄기는 수로맹 무인들의 체력을 빠른 속도로 빼앗아가고 있었다.

만해도 무인들은 싸움을 할 줄 알았다.

구태여 투귀와 맞부딪치려 하지 않았다. 더 손쉬운 방법이 있는데 어려운 방법을 쓰지 않겠다는 뜻이었다.

그렇지 않다면 바다를 주무르던 해사방과 사해방이 그토록 쉽게 무너지지 않았을 터이고, 아무리 기습이었다 한들 수로맹이 대패하지 않았을 것이다.

"이놈들아! 치맛바람이 두렵지도 않느냐! 젖 먹던 힘까지 쥐어짜 낸

것이 고작 그 정도냐? 그럴 바에야 사타구니의 물건을 떼내서 다른 놈들에게 줘버리거라!'

그 순간 터져 나온 것은 종과령의 일갈이었다.

"큭!"

"젠장 맞을!"

"우리를 뭐로 보고! 단주나 똑바로 하시오!"

분위기가 바뀌었다.

헉헉대던 이들의 호흡이 차분해지고 조급해하던 이들이 침착한 태도로 적에게 맞서고 있었다.

'종과령이라고 하였나? 대단한 사람이다.'

한편에서 그 모습을 지켜보고 있던 연운비는 감탄하지 않을 수 없었다.

종과령의 무공은 그다지 강하지 않았다.

잘해야 수로맹에 도착하기 전 부딪쳤던 만해도 무인 수혼혈마(搜魂血魔) 위극 정도에 비견될 정도일까?

수혼혈마 위극이나 종과령의 무공이 약하다는 것은 아니었다.

단지 투귀를 이끌 정도로 강하지는 못하다는 뜻.

그러나 연운비는 종과령에게서 다른 강함을 보았다.

그것은 의지.

적어도 수하들을 이끄는 종과령은 강했다.

아마도 그것이 수로맹주 철무경이 종과령에게 투귀를 맡긴 이유일 듯 싶었다.

'수로맹이라… 이런 자들이 있음에도 만해도에 패한 것인가?'

연운비는 패했다고 해서 수로맹을 조금도 낮게 보지 않았다. 단지 이런 무인들이 존재하는 수로맹을 패퇴시킨 만해도가 대단해 보일 뿐이었다.

'팔황… 그들의 기운이 천하를 뒤덮고 있구나.'

이제는 인정해야 했다.

중원 천하가 힘을 합치지 않는다면 이들을 몰아낼 수 없다.

무벌, 소림, 그리고… 사혈련!

어째서 그들은 움직이지 않고 있는 것인가?

정파의 구심점이 소림이라면 핏빛 혈기가 나부낀 이상 누가 뭐라 하여도 사파의 구심점은 사혈련이다.

그리고 그들과는 또 다르게 하나의 구심점 역할을 할 수 있는 곳이 무벌이었다.

그러나 그 세 곳은 침묵으로 일관하고 있었고 그것이 중원 무림이 이토록 힘든 싸움을 계속해서 이어나가야 하는 결정적인 이유라 할 수 있었다.

'아직인가?'

잠시 다른 생각에 잠겨 있던 연운비는 우측 선미가 다소 고전하는 모습을 보이자 그쪽으로 잠시 몸을 날렸다.

촤르륵—

검은 부드럽게 물처럼 흘러갔다.

그러나 검에 담긴 기세만큼은 약하지 않았다.

수로맹 무인들의 거센 저항을 물리치고 간신히 배에 올라온 만해도 무인들 대여섯 명이 별다른 저항조차 하지 못하고 그 자리에서 목숨을 잃었다.

고통스러운 표정조차 짓지 않았다. 아니, 못했다고 하는 편이 옳았다. 이미 연운비의 검은 그들이 감당할 수 있는 수준이 아니었다.

"물밀 듯이 라는 말이 생각나는구나……"

전투가 시작되고 나서 처음으로 움직였다. 고작해야 반 시진도 못 되어서 일어난 일이었다. 둥이타가 들으면 기가 찰 말이었지만 종과령이 단언했던 반 시진의 약속은 분명 지켜지지 않았다.

연운비는 자신이 움직여야 할 때를 알고 있었다.

이미 출항하기 전 무한 해전에서 어떻게 만해도에 대패하였는지를 들은 상황이었고, 그들을 막기 위해서는 힘을 비축해 둬야 했다.

'백 대협은……?'

연운비는 시선을 돌려 백개명을 찾았다.

이번만큼은 홀로 투귀에 승선하고 싶었지만 백개명은 그것을 허락지 않았다.

오히려 버럭 화를 내며 연운비보다 먼저 투귀에 승선하였다.

저 멀리서 악전고투하며 만해도 무인들을 격살하는 그가 눈에 들어왔다.

이전과는 분명히 다르다.

연운비를 만나기 이전에 백개명의 수준은 절정의 초입에 이른 정도였다. 그러나 지금 보이는 백개명의 무공은 절정의 완숙에 이르러 있었다.

마음가짐이 변한 것이 가장 큰 이유였다.

본시 백개명이 절정의 경지에 이른 것은 수 년은 족히 된 일이었다.

그저 무공을 쓸 기회가 없었고, 무공보다는 다른 일에 관심을 더 가졌다.

그러나 몇 번의 혈전을 거치며 백개명은 무공의 중요성에 대해 깨달은 상태였고 지금 보이는 백개명의 무공은 종과령과 비교해도 크게 처지지 않을 정도였다.

더욱이 본시 무인보다는 지휘관이 어울리는 백개명이다.

그가 휘두르는 쌍장이 수로맹 무인들과 어우러져 절묘한 호흡을 이루고 있다.

"연 대협!"

그 순간 연운비는 자신을 부르는 목소리를 들을 수 있었다.

익숙한 목소리였다.

목소리가 들려온 곳을 바라본 연운비는 신뢰의 눈길로 자신을 바라보는 종과령을 볼 수 있었다.

끄덕!

한 번의 행동에 불과했지만 그 모습을 본 종과령은 더할 나위 없이 즐겁게 웃을 수 있었다.

"하하, 이놈들아! 뭣들 하느냐! 저놈들이 꽁지가 빠지게 도망가게 해주잔 말이다!"

종과령은 파운사를 더욱더 거칠게 휘둘렀다.

"오는 건가……."

그 모습을 잠시 지켜보던 연운비는 시선을 돌렸다.

저 멀리서 십여 척에 가까운 소형 전선들이 다가오는 것이 보였다. 지금까지와는 다르게 전선들은 진의 형태를 구축하고 있었고, 모든 소형 전선에는 빼곡히 만해도 무인들이 타고 있었다.

아직 거리는 제법 되었지만 연운비는 그 모든 전선을 살펴보았다.

천안통이라고까지는 할 수 없었지만 언제부터인가 연운비는 오감이 극도로 예민해지고 있었다.

아니, 그것은 오감이라고도 할 수 없는 기감이었다.

상청무상검도.

자연과 닮고자, 그리고 동화되고자 하는 검도의 길.

그것은 그 길을 걷는 검수에게 내려진 하나의 축복이라고도 할 수 있었다.

"셋인가……."

멀지만 느낄 수 있었다.

기도조차 알 수 없었지만 분명히 느껴졌다. 그것은 무인으로서의 본능이었다.

"힘든 싸움이 되겠구나."

강한 느낌은 들지 않았다.

그러나 강했다.

셋이라서인가?

무엇 때문인지는 아직까지 명확하게 알 수 없었지만 조금 더 가까워진다면 알 수 있을 터.

"응?"

그 순간 연운비는 또 다른 기운 하나를 느낄 수 있었다.

거리가 가까워지면서부터였다.

그것은 지극히 고요하면서도 마치 대해처럼 장중한 기운을 뿜어내고 있었다.

"누구인가?"

놀라웠다.

이 거리에서 이런 기도를 뿜어내다니?

기도의 주인은 스스로를 감추려 하지 않았다. 그저 있는 그대로 자신을 보여줄 뿐이었다.

"어렵게 되었구나."

세 명은 그다지 걱정이 되지 않았었다. 그러나 나중에 느낀 하나의 기운은 걱정이 되었다. 무인은 무인을 알아보기 마련이다.

"후으읍."

연운비는 호흡을 가다듬으며 싸움을 준비했다.

연운비는 이 싸움이 정말 치열한 싸움이 될 것이라는 사실을 짐작할 수 있었다.

"쳐라!"

다섯 편대주 중 일인인 호운타의 외침과 동시에 십여 척의 소형 전선이 넓게 퍼지며 사방에서 투귀를 향해 달려들었다.

지독히도 빠른 선회였다.

이미 철저한 준비를 한 듯, 바다와 강에서의 전선의 움직임은 다르기 마련인데 만해도 무인들은 조타 실력은 결코 수로맹에 뒤지지 않았다. 그것은 준비된 자의 모습이기도 했다.

"올라가시지요."

길을 뚫었다는 듯 호운타는 공손히 한편으로 비켜섰다.

그 위에서는 빠르게 투귀의 우측 후미를 타고 올라간 만해도 무인들이 사투를 벌이고 있었다.

"마음에 들지 않아."

잠시 눈살을 찌푸린 중년 사내, 남해삼괴 중 적귀 진패특이 입을 열었다.

"무슨 말씀이신지……."

"우리가 쥐새끼도 아니고 이렇게 꽁무니로 올라가야 하나?"

"그건……."

호운타가 식은땀을 흘렸다.

다른 편대주들과는 다르게 남해삼괴에 대해 진작부터 알고 있던 호운타는 이들이 얼마나 잔인하고 무서운 자들인지 알고 있었다.

물론 자신에게까지야 손을 쓰지 않겠지만 그들의 내뿜는 살기만으로도 숨이 턱턱 막혀올 정도였다.

"헐헐, 그건 막내 말이 맞는 듯하군."

"호호, 맞아요. 쥐새끼가 될 순 없겠죠."

"뭐 하고 있나?"

진패특의 시선이 호운타에게 향했다.

"알겠습니다."

어쩔 수 없다는 표정으로 입술을 질끈 깨문 호운타가 수하들에게 배를 돌리라는 명령을 내렸다.

'큭… 미안하다.'

편대주로서의 자존심. 그것이 땅에 떨어지는 순간이었다.

배를 돌린 이상 투귀에 올라간 수하들은 몰살을 면치 못할 터. 이 순간 자존심보다 더 가슴을 저미는 것은 수하들의 목숨이었다.

"쾌속하라!"

조금이리라도 빨리 선미로 향하는 것이 그나마 단 한 명의 수하라도 더 살리는 길이 될 터.

호운타는 수하들을 재촉했다.

"됐다. 이 정도에 멈춰라."

애초부터 선미까지 갈 생각은 아니었던지 배면의 각이 생겨나는 곳에서 진패특은 배를 멈추게 했다.

쐐애액—

소형 전선이 속도를 줄이고 근접하자 화살 십여 발이 날아왔다.

"귀찮은!"

진패특이 인상을 찌푸리며 손을 내저었다.

그러자 화살이 맥없이 퉁겨져 나갔다.

고수.

화살을 쏘았던 수로맹 무인들이 지체없이 뒤로 물러났다. 빠른 대응이었다.

저 정도의 신위라면 화살로는 피해를 줄 수 없다고 판단한 것이다.

차라리 이 거리에서 화살 공격보다는 갑판에 올라오려고 할 때 공격하는 편이 나았다.

"꼴에 머리는 굴리는군. 크큭."

진패륵은 가소롭다는 표정으로 느긋이 한 걸음을 움직였다.

"먼저 가겠소."

말을 마치는 것과 동시에 진패륵은 나무로 만들어진 갑판을 박차고 날아올랐다.

갈고리 따위는 필요치 않다는 태도였다.

쇄쇄쇄쇄―

그와 동시에 수로맹 무인들이 일제히 암기와 화살을 쏘아댔다.

그러나 진패륵의 신법은 실로 대단했다.

허공에서 한 번 몸을 비튼 진패륵은 그대로 투귀의 측면을 박차고 단번에 갑판에 내려앉았다.

"가소로운."

진패륵의 손이 붉게 물들었다.

혈염수(血染手).

한때 마도십대수공 중 하나였던 무공.

그것이 적지 않은 시간을 건너뛰고 남해삼괴 중 일인인 적귀 진패륵의 손에서 펼쳐진 것이다.

"크악."

손은 붉었고 사방에 뿌려지는 피는 그보다 더욱 붉었다.

"크큭……."

손과 함께 진패륵의 눈도 언제부터인가 붉게 물들어가고 있었다.

마도십대수공 중 하나였던 혈염수가 인정받지 못하게 된 것은 살기를 주체할 수 없다는 데에 있었다.

마공이라도 해도 지킬 것은 있었다.

그렇지 않다면 그것은 사공이지 마공이라 할 수 없었다.

인륜을 저버리는 짓.

패륜이라 할 수 있는 짓.

모두 사공이라 낙인찍혔고, 언제부터인가 중원의 모든 무인들은 그런 것들을 익히기 꺼려했다.

괜한 오해를 만들기 싫다는 것이 그 첫 번째 이유였고, 구태여 그런 무공을 수련하지 않아도 이미 충분한 무공이 중원 전역에 넓게 퍼져 있었다.

그러나 분명 그런 무공들을 연성하는 사람이 완전히 사라진 것은 아니었다.

남해삼괴가 바로 그런 자들이었다.

"헐헐, 벌써 시작했군."

"호호, 우리 몫도 남겨주라고."

어느새 올라온 남해삼괴 중 나머지 이 인.

혈충 위창특과 사미공 미요파가 가세해 살수를 뿌려댔다.

"크악!"

"커어억……!"

수로맹 무인들이 추풍낙엽처럼 떨어져 나갔다.

저항을 해보지만 소용이 없다.

그것이 남해삼괴의 무공이오, 그들의 능력이었다. 그나마 지위가 제법 되는 이들만이 몇 수 버틸 정도였다.

"멈춰라!"

그 순간 한 마리의 대호, 아니, 거웅이 나타났다.

해웅이라 불리는 종과령.

그의 애병 파운사가 진패륵의 머리를 노리고 날아들었다.

"큭!"

진패륵은 급히 쌍장을 휘둘러 파운사가 실린 기운을 흩뜨리며 뒤로 물러났다.

"이놈!"

화가 난 듯 진패륵의 얼굴이 일그러졌다.

남해가 좁다고 설치던 자신이다.

비록 남해검파와의 싸움에서 적지 않은 부상을 입고 남해를 떠났지만 남해검파 역시 그에 준하는 피해를 입었다.

"호호, 갈가리 찢어 죽여주마."

종과령이 강하다고 하지만 남해삼괴 역시 뒤지지 않는 고수.

종과령은 감히 진패륵의 공격을 경시하지 못하고 신중을 기하며 기회를 노렸다.

"호호. 동생, 이 누나가 도와주도록 하지."

"흥. 필요없으니 비키시오."

"호호, 시간이 없다는 것을 잊지 마. 빨리 끝내는 것이 서로에게 이롭지."

"끙……."

진패륵도 더 이상 말을 하지 않았다.

무언의 승낙이었다.

그로서도 해웅이라 불리는 종과령은 껄끄러운 상대였고, 이길 자신이 없는 것은 아니었지만, 괜히 혼자 상대하다 부상이라도 입으면 그보다 손해가 없었다.

비록 일시적으로 만해도를 돕고 있다지만 그것은 어디까지나 계약에 의해서였지 그들이 만해도에 굴복한 것은 아니었다.

천하의 남해삼괴조차도 고개를 숙이고 들어가야 하는 곳, 그곳이 바로 만해도였다.

"호호, 그럼 놀아볼까?"

"어디 한 번 덤벼봐라."

종과령은 조금도 주눅 들지 않은 태도로 두 사람의 공세에 맞서갔다.

쾅! 콰쾅!

세 사람이 뿜어내는 기파가 투귀를 흔들 정도로 거세가 부딪쳤다.

우위는 없었다.

장강.

그곳을 호령하던 천하의 맹장이다.

무공이 밀리면 기세로, 실력이 모자라다면 패기로 맞서간다.

하나의 대문파를 상대로 싸움을 벌였던 남해삼괴.

그들 중 무려 두 명이 한 명을 협공함에도 좀처럼 우위를 점하지 못하고 있었다.

"해웅!"

"호호, 제법이로구나."

진패특은 감탄을 터뜨렸다.

마인이라고는 하지만 무공에 있어서의 열정만큼은 다른 누구에 못지 않았다. 그렇지 않았다면 구태여 남해검파와 싸움을 하지 않고 물러섰을 터. 그것이 바로 무인의 자존심이었다.

"어디 이것도 받아봐라."

"호호, 여기도 있다."

평수라고는 하지만 그러나 분명 표정에 여유가 있는 것은 남해삼괴였다.

필생의 공력.

사정의 급박함을 알고 있는 종과령은 한 수 한 수에 전력을 다하고 있었고 단 한 번이라도 밀려난다면 곧 패퇴로 이어질 터였다.

'어렵게 되었다.'

종과령은 사방을 둘러보았다.

어딜 보아도 열세다.

그나마 수하들이 잘 버텨주고 있어서 그렇지 만해도 무인들은 계속해서 올라오고 있었다.

'어째서……'

종과령은 이해할 수 없었다.

기실 이들은 연운비가 막아줘야 했다.

그러기 위해서 부탁까지 하면서 연운비를 태운 것이고, 시간을 끌 가능성이 있다고 여겼다.

그러나 연운비는 자신의 마음을 아는지 모르는지 여전히 갑판 중앙에서 상황을 지켜볼 뿐이었다.

'언제부터 내가 이리 마음을 약하게 먹었던가?'

이런저런 생각을 하던 종과령은 피식 실소를 흘렸다. 연운비가 몰라서 이 싸움에 도와주지 않는다는 생각은 들지 않았다. 필경 무슨 이유가 있을 터. 종과령이 생각하는 연운비는 그러한 사람이었다.

의기천추.

신검, 그의 검이 내뿜는 말이었다.

"조타수들을 지켜라! 절대로 놈들이 돛대로 향하지 못하게 하라!"

어디선가 우렁찬 외침이 터져 나왔다.

'놈……'

종과령은 그 목소리의 주인을 잘 알고 있었다.

수라의 부조타수 장위타.

종과령의 부재시 수하들을 이끌 수 있는 또 한 명의 무인.

"하하, 무엇을 두려워했던가?"

종과령은 대소를 터뜨리며 더욱 공격에 박차를 가했다.

죽음은 두렵지 않았다. 미련이 있다면 적도들에 의해 무참히 쓰러질 수하들이 걱정이 되었던 것. 그러나 장위타가 있다면 미련없이 뒤를 맡길 수 있었다.

"이, 이놈이!"

"호호, 뒈지려고 환장을 했구나."

진패륵과 미요파의 표정이 변했다.

봐주는 데에도 한도가 있다.

정확히는 봐줬다고 말하기는 애매하지만 구태여 손해를 감수하면서까지 맞부딪칠 필요가 없어 종과령이 지치기를 기다리고 있었을 뿐이다.

그러나 이런 식이면 곤란하다.

자신들이 누구인가?

비록 기습과 요격전에 의해서라고는 하지만 남해검파를 봉문 직전까지 몰고 갔던 남해삼괴였다.

콰콰콰—

이제 싸움은 서서히 끝을 향해 치닫고 있었다.

"연 대협! 종 형님을 도와주시오!"

장위타가 소리를 내질렀다. 그러나 여전히 연운비는 움직일 생각을 하지 않았다.

무엇 때문인가?

장위타는 무엇보다 그 점이 궁금했다. 하나 고민을 하고 있을 시간이 없었다. 지금 이 순간에도 수하들은 물밀 듯이 쇄도하는 만해도 무인들에게 고전을 면치 못하고 있었다.

"측면을 보호해라! 배를 몰아라! 놈들의 전선이 더 이상 접근하지 못하도록 하라!"

장위타는 사력을 다해 수하들을 독려했다. 갑판 위에서의 싸움만이 전부는 아니다. 조금이라도 적의 지원군을 끊기 위해서는 투귀를 움직여야 했다.

수로맹 제일의 전투 전선.

투귀가 존재하기에 수로맹의 무인들이 이렇게까지 싸울 수 있는 것이다.

"헐헐, 아해야 너무 날뛰는구나."

그 순간 장위타는 등뒤에서 날아오는 한 줄기 음유한 기운에 급히 몸을 박챘다.

쾌쾌쾅!

장위타가 있던 곳의 갑판에 커다란 구멍이 났다.

그 한기가 얼마나 지독하였는지 물기에 젖어 있던 나무 파편들이 그대로 얼어붙었다.

"이제 그만 쉬어라."

광오하다 해도 과언이 아닌 말이었지만 그 말을 하는 사람이 혈충 위창특이라면 그럴 자격이 있었다. 진패특과 미요파의 무공 역시 대단하지만 위창특에 비한다면 손색이 있는 것이 사실이었다.

주르륵―

단 일수를 받아내지 못하고 장위타가 그대로 밀려났다.

무공의 차이.

아무리 기세로 극보하려 한들 실력 차이가 너무 크다.

"부조타수님!"

"모두 부조타수님을 도와라!"

사방에서 수로맹 무인들이 달려들었다.

열세라고는 하지만 아직까지 투귀라는 버팀목이 있기에 수로맹 무인들은 버틸 수 있었다.

그리고 그 중심에는 두 명의 무인 종과령과 장위타가 있었다.

그들 중 단 한 명이라도 쓰러진다면 그 순간이 바로 투귀가 무너지는 순간이 될 터였다.

"헐헐."

위창륵은 쇄도하는 수로맹 무인들 사이로 오히려 몸을 날렸다.

"크악!"

단말마의 비명.

그것은 시작에 불과했다.

시산혈해(屍山血海).

위창륵의 두 손에 걸려 있는 한 쌍의 갈고리는 그야말로 장내를 참혹하게 만들었다. 걸리는 것은 모든지 갈가리 찢어발겨 버렸고, 가로막는 것은 양단시켜 버렸다.

"이, 이럴 수가……!"

"사람이 아니다!"

그 잔혹함에 수로맹 무인들이 치를 떨었다.

"물러서라!"

장위타는 수하들을 물리쳤다.

이들은 수로서 제압할 수 있는 상대가 아니다. 무리라는 것을 알지만 장위타는 나설 수밖에 없었다.

"저희들이 돕겠습니다."

"왔구나."

장위타는 어느새 등 뒤에 서 있는 두 명의 사내를 보고 씩 미소를 지었다.

그들은 장위타의 심복으로 합공에 일가견이 있는 맹씨 형제였다.

물론 그들과 합공을 한다해서 위창륵을 이길 수는 없겠지만 조금이라도 시간은 끌 수 있을 터였다. 그것이면 충분했다. 장위타는 거기까지가 자신의 몫이라는 것을 알고 있었다.

'연 대협……'

남은 하나의 희망.

장위타는 거기에 모든 것을 걸었다.

第51章

신검의 무위는 장강을 떨쳐 울리니

제51장

후드드득—

빗줄기는 더 이상 굵어질 기미가 보이지 않았다.

그렇다고 해서 그칠 것 같지도 않았지만 지금까지 내린 비만 하더라도 투귀에 승선해 있는 수로맹 무인들에게는 더할 나위 없는 행운이었다. 비가 아니었다면 더 어려운 싸움을 했을 터이고 지금까지 버티지 못했을지도 몰랐다.

'대체 누구인가?'

처절한 비명이 여기저기서 들려오는 상황.

종과령이나 장위타에 못지않게 연운비 역시 점점 더 초조해지고 있었다.

만해도 전선들이 다가오면서 그토록 강하게 느껴졌던 기운이 교전이 시작되는 것과 동시에 씻은 듯이 사라졌다. 그렇다고 그 기운을 단순히 착각이라고 하기에는 그 기운이 남긴 여파가 너무 컸다.

'시간이 없다.'

연운비는 시간이 없다는 것을 잘 알고 있었다.

속전속결.

지금 올라와 있는 만해도 무인들을 물리치지 못한다면 투귀는 이대로 함락될 터였다.

종과령은 적의 대규모의 공격을 한 번만 막아낸다면 충분히 버틸 수 있다고 자신했다. 그것은 만해도 제사전단 적룡(赤龍)이 대부분 중형 전선으로 이루어져 있다는데 있었다.

중형 전선은 소형 전선과는 달리 뱃머리를 돌리기가 쉽지 않았고 그것은 근접했다 간은 투귀의 돌파력에 제물이 되기 쉽다는 의미와도 동일했다. 언제든 급선회하여 피할 수 있는 소형 전선이나 쾌속선과는 다르다는 것이다.

'어쩔 수 없는가?'

연운비는 장위타가 상대하고 있는 노인을 상대하기 위해 몸을 움직였다.

그 순간이었다.

"아직은 아니다."

흠칫!

연운비는 막 움직이려던 걸음을 멈추었다.

낯선 전음.

의심이 들었다.

아군이라면 구태여 이런 상황에서 전음을 보낼 리가 없으니 적일 확률이 높았다.

그리고 수로맹 무인들은 주로 외공을 연마했기에 전음을 시작할 수 있는 이도 그리 많지 않았다. 그러나 왠지 모르게 그 전음은 익숙했고 마음을 따스하게 만드는 그 무엇인가가 있었다.

"신검이라 해서 기대하고 왔건만 아직 멀었다. 그 정도로 실력으로는 신검이라는 칭호도 아깝다."

전음은 계속해서 들려왔다.

'누구인가?'

연운비는 궁금하지 않을 수 없었다.

전음의 말투는 차가웠지만 그 안에 담겨 있는 훈훈한 마음까지 감출 수는 없었다.

그제야 연운비는 그 전음의 주인이 대해와도 같은 기도를 뿜어내었던 사람이라는 것을 알아차릴 수 있었다.

'저곳인가?'

연운비는 전신의 감각을 최고조로 끌어올렸다.

상청무상검도.

그 안에 담긴 대자연의 기운이 주변에서 연운비를 주시하고 있던 강대한 기운을 느끼게 해주었다.

그러면서 자연스럽게 느끼지 못했던 몇몇 기운들이 자연스럽게 감각에 들어왔다. 그 기운들은 하나같이 살기를 머금고 있었고, 묘하게도 자신을 둘러싸고 있었다. 그것은 또한 언젠가 겪어보았던 기운이기도 하였다.

'유령문인가?'

화산을 떠나오면서 부딪쳤던 자들.

목숨이 경각에 달린 순간까지 이른 적이 있었기에 연운비는 당시의 상황을 잊을 수 없었다.

'너무 안일했구나.'

멀리서부터 느낄 수 있었던 그 기도 때문에 다른 이들에 대해서는 신경을 쓰지 않았다.

만약 진작부터 주의를 기울였다면 충분히 알아차릴 수 있었음에도 그러지 못했다. 그것은 분명 실수였고, 만약 전음의 주인이 말하지 못했다면 치명적인 결과가 될 수도 있는 상황이었다.

'누구이기에……'

연운비는 전음을 보내 주위를 준 이를 바라보았다.

무척이나 평범한 인상의 중년 사내였다. 특이한 것은 중년 사내의 한쪽 팔이 없다는 것이었다. 그럼에도 중년 사내는 당당했다. 너무도 당당하여 연운비는 마치 중년 사내의 근처에 있는 다른 이들이 이상하게 느껴질 정도였다.

중년 사내는 연운비가 자신을 직시하자 적지 않게 놀란 모습을 보였다. 완전히 기도를 감췄다고 생각했거늘 자신을 알아보았기 때문이다.

'놈. 기척을 완전히 감추고 있었거늘. 과연 대형의 핏줄답다. 대형께서 이 모습을 보신다면 얼마나 기뻐하실 것인가.'

만해도 그 숱한 무인들조차 자신을 알아차리지 못했다.

물론 만해도주나 삼봉공과는 맞닥뜨리지 않았지만 그들이라고 해서 크게 다르지는 않을 터였다.

그것이 중년 사내의 무공이었기에.

기환술사 단무극.

그 이름을 알고 있는 사람은 그 사실을 부정하지 못했다.

십장생(十長生).

세상을 얻고자 했던 무인들.

기환술만으로도 당당히 그 자리에 이름을 올린 단무극.

그리고 그를 부르는 또 하나의 칭호 수상객.

물에서는 무제라 할지라도 그의 상대가 안 된다는 평가를 받고는 있는 십장생 중 한 자리를 차지하고 있는 무인이었다.

단무극은 연운비의 시선이 자신에게 향했음에도 조금도 동요의 빛을 보이지 않았다.

마치 연운비가 자신의 존재를 발견한 것이 자신이 실력을 드러내서인 것처럼 행동했다.

"자신감이 있는 것은 좋되, 그것이 넘쳐서는 아니 된다."

누구보다 따랐던 대형이 항시 하던 말.

그 말에 담긴 뜻과 의미를 이제 자신이 하나밖에 없는 조카에게 해주어야 했다.

"나서라. 뒤는 내가 맡아주마. 이것을 빚으로 여기어도 좋다. 훗날 이 빚을 갚을 수 있을 실력을 쌓거라."

하대였지만 연운비는 묘하게도 그 말투가 거슬리지 않았다.

그리고 난생처음 들어온 음성이었지만 기이하게도 믿음이 갔다.

파팟─

연운비는 조금도 주저하지 않고 위창특이 있는 곳으로 몸을 날렸다.

그것은 전음에 대한 믿음이 있기에 가능한 일이었다.

쩌정─

기습은 하지 않겠다는 것인가?

훤히 내주고 있는 등판임에도 연운비는 신형을 움직여 위창특의 측면에서 일검을 날렸다. 기세는 담겨져 있지만 살기는 담겨 있지 않은 그런 공격이었다.

"웬놈이냐?"

여유가 있던 위창특의 표정이 변하며 말투 또한 달라졌다.

단 일검에 불과했지만 검에 실린 기세는 그조차도 무시할 수 없을 정도로 장중했다.

"장 대협, 이곳은 제가 맡겠습니다."

"고맙소."

장위타는 일말의 주저함도 없이 몸을 뒤로 뺐다. 연운비에게 절대적인 믿음이 있기에 가능한 일이었다.

위창륵 역시 그런 장위타를 쫓지 않았다.

연운비가 만만한 상대가 아니라는 것은 이미 파악한 상황이었고 오히려 장위타가 물러가 준 것이 고마울 정도였다.

"헐헐, 그렇구나. 네놈이 바로 신검이라 불리는 애송이구나."

얼굴 한쪽에 입은 화상.

위창륵은 대번에 연운비를 알아보았다.

서협, 남도, 북검.

이미 중원 천하에 그들을 모르는 이는 존재하지 않는다.

그중에서도 신검이라 불리는 연운비는 팔황의 제일척살 대상 중 한 명이었다.

"헐헐, 마침 잘 걸렸다."

위창륵은 갑판을 박차고 연운비에게 쇄도했다.

한참 어린 연배에게 하는 행동치곤 보기가 좋지 않았지만 상대는 이패, 삼검, 오왕의 뒤를 잇는 자였다. 사정을 봐주다가 당하는 것은 자신이었다.

더욱이 위창륵은 예전에 창왕 벽리극과의 싸움에서 크게 패퇴한 적이 있었기에 그들의 무서움을 알고 있었다. 만약 당시 진패륵과 미요파가 없었다면 백초도 버티지 못할 정도로 창왕은 강했다.

"헐헐헐헐!"

특유의 괴소를 흘리며 위창특은 한 쌍의 갈고리를 휘둘렀다.

피가 덕지덕지 묻어 있는 위창특의 갈고리는 수로맹 무인들이 그의 손에 얼마나 죽었는지를 여실히 보여주는 예였다.

우우웅—

연운비는 환영이 난무하는 상대의 공격에 담담히 제자리를 지키고 있을 뿐이었다.

그리고 그런 연운비의 검에서 한 줄기 검광이 솟구쳤다.

일운극뢰(一雲極雷).

연운비는 승부를 오래 끌 생각을 하지 않았다.

시간을 끈다면 그만큼 아군의 피해만 늘어날 뿐이라는 점을 잘 알고 있었기 때문이다.

"이놈이?"

위창특의 표정이 급변했다.

검세에 담겨 있는 극강한 기도.

그것은 위창특의 간담을 서늘하게 만들었고, 연이어 몰아친 대해와도 같은 장중한 기운은 위창력의 전신을 압박했다.

"가만두지 않겠다."

위축된 것에 자존심이 상한 것인가?

출수가 늦었던 탓에 이대로 부딪친다면 적지 않은 피해를 감수해야 함에도 위창특은 전신 내력을 끌어올려 마주 부딪쳐 왔다.

끼리리링—

거친 쇠 소리와 함께 누군가의 병장기가 부러져 나갔다.

그것은 위창특의 갈고리였다.

한쪽은 그나마 멀쩡했지만 다른 한쪽은 다섯 개의 고리가 모두 부러져 나갔을 뿐더러 나머지 부분 역시 심하게 금이 가 있었다.

연운비의 검에 담긴 내력을 위창특이 모두 해소시키지 못했기에 일어난 일이었다.

"이 노오옴!"

대노한 위창특이 이제는 하나밖에 없는 갈고리를 휘두르며 다른 한 손으로는 장력을 뿜었다.

위창특은 두 가지 무공에 능통했다.

하나는 조법을 응용시켜 갈고리를 사용하는 것이오, 다른 하나는 장법이었다.

그러나 이번 위창특의 상대는 너무 좋지 않았다.

물러서야 했다.

한 번 피해를 보았기에 다소 시간을 두고 상대가 어떻게 나오나 지켜봐야 했음에도 자존심 때문에 그러지 못했다. 그것은 더할 나위 없는 치명적인 실수였다. 상대는 자신보다 하수가 아니었다.

'시간을 끌어서는 아니 된다.'

연운비는 마음을 독하게 먹었다.

상대의 피를 보지 않는다면 그것은 곧 내 동료들의 피를 보는 것이라는 사실을 너무나 잘 알고 있었다.

단설참(斷雪斬).

이제 끝을 보고자 하는 초식. 그리고 또 다른 시작을 위해 나아가는 초식.

강한 초식이라고 해서 전부가 아니다.

반복해서 익히고 숙달된 초식이야말로 진정으로 강한 초식이다.

슈우욱—

웅혼하면서도 신랄한 검의 기운이 빠르게 쇄도했다.

검끝의 기운은 정확히 상대의 목젖을 노리고 쇄도했고, 그것은 알면서도 피할 수 없는 그런 성질의 공격이었다.

서걱.

단 일초.

일순간 정적이 일었다.

쿠당탕—

미처 모든 초식을 펼치기도 전에 위창특의 신형은 썩은 짚단처럼 무너져 내렸다.

"대형!"

"오라버니!"

그 모습을 본 남해삼괴 중 나머지 두 명이 기겁을 하며 급히 달려왔다.

"이, 이런 말도 안 되는……."

"어떻게 이럴 수가……."

그러나 그들이 볼 수 있는 것은 싸늘한 한 구의 주검뿐이었다.

대체 위창특이 누구이던가?

남해검문의 문주조차 기백 초를 버티지 못하고 물러선 무인이 아니던가?

그런 위창특이 십수 합을 견디지 못하고 죽었다. 아무리 방심한 결과라지만 믿을 수 없는 일이었다.

쐐애액—

그와 동시에 다섯 개의 칼이 연운비를 노리고 사방에서 쇄도했다.

그야말로 한 치의 오차도 없는 완벽한 기습이었고, 도저히 빠져나갈 수 없는 그런 치밀한 합공이었다.

"연 대협!"

"위험합니다!"

사방에서 경악성이 터져 나왔다.

제아무리 천하의 고수라도 벗어날 수 없는 위기. 그만큼 모습을 감추고 있었던 유령문의 살수들의 공격은 매서웠다. 그러나 그런 급박한 상황에서도 연운비의 표정은 담담할 뿐이었다.

전음의 주인.

그를 믿기에 가능한 일이었다.

"오라!"

연운비는 검을 들었다.

우우웅—

검망밀밀(劍網密密).

그리고 그 안에 담겨져 있는 또 하나의 초식 비폭유천(飛瀑流泉).

흐름을 끊고 막아내는 것이 아니라, 막아낸 후에 이어지는 상대의 공격을 막았다. 역초식이었지만 조금도 어색하지 않았고 마치 물이 흐르듯 자연스러웠다.

서걱—

가슴팍이 갈라지며 피가 튀었다.

즉사. 그러나 유령문의 살수들답게 그들은 일말의 비명 소리도 내지 않았다.

얼핏 유령문의 살수들이 만해도의 전선에 타고 있다는 사실이 이해가 가지 않을 수도 있겠지만 그것은 멋모르는 자들의 아둔한 생각에 불과할 뿐이었다.

팔황을 이끄는 모사가들의 능력은 뛰어났다.

그들은 적어도 적재적소에 전력을 배분할 줄 알았고, 유령문의 살수들이 극도로 능력을 발휘되는 것은 그들만의 기습이 아니라 다른 문파들과 연합할 시점이었다.

물론 유령문의 전투력 역시 약한 것은 아니었지만 서로의 전력을 극대

화시키는 데에는 그 방법이 나았다.

쐐애액―

동료의 죽음에도 불구하고 유령문의 살수들은 조금의 동요도 보이지 않았다.

오히려 동료의 희생을 발판 삼아 상대를 죽이려는 듯 더욱 매서운 살기를 뿜어내며 쇄도하고 있었다.

"파하하하―"

진력을 모아 검을 내려쳤다.

그것은 수비의 초식이라기보다는 공격에 가까웠고, 실제로 연운비의 모든 힘은 정면과 측면에서 쇄도하는 두 명에게 집중되어 있었다.

텅 빈 후미.

누가 보더라도 위험한 상황.

그 순간 나선 것은 외팔의 검수였다.

언제 나타났는지도 모르게 외팔검수는 연운비의 후미에서 쇄도하는 두 명의 살수를 베어갔다.

외팔검수의 검은 지독히도 빨랐다. 저런 쾌검이 존재할 수 있나 싶을 정도로 빨랐다.

파르르릇―

검끝이 떨리며 날갯짓을 하였다.

궤도는 곡선을 그리듯 아름다웠지만 사방에 뿌려지는 자욱한 피는 더할 나위 없을 정도로 섬뜩했다.

그리고 또 하나의 인영.

"이놈들!"

나직하지만 힘이 실려 있는 목소리. 그리고 어딘지 모르게 믿음을 주는 듯한 묘한 목소리. 백개명이다.

그가 자신의 몸을 방패 삼아 연운비의 후미를 막아섰다.

서걱—

한 자루의 섬뜩한 칼날이 그의 옆구리를 베고 지나갔다.

그러나 그 공격을 한 살수 역시 무사하지 못했다.

이미 유령문의 살수들을 한 번 겪어본 백개명이다. 그의 쌍장에 두개골이 으스러지며 유령문의 살수가 그 자리에서 즉사했다.

"백 대협!"

놀란 연운비가 급히 외쳤다.

"그저 스친 상처에 불과합니다."

그러자 백개명은 이 정도는 아무것도 아니라는 듯 손을 휘이 내저었다.

"큭……."

"해, 해치울 수 있었거늘……."

남아 있는 살수들 역시 이내 정리가 되었다.

이미 기습의 이점은 사라진 후였고, 신검에 기환술사 단무극이다. 그들이 버틸 수 없는 것은 당연했다.

살수들에게 복부를 베고 지나간 검보다 더 원망스러운 것은 목표한 상대를 죽이지 못했다는 데에 있었다. 본시 목표는 해웅이라 불리는 종과령이었지만 얼굴에 화상을 입은 무인을 본 순간 사정이 달라졌다.

신검.

특급 척살 대상으로 분류된 상대.

유령문의 척살 대상 명부에서 특급으로 분류된 이는 몇 되지 않았다. 고작해야 열 명 남짓할 뿐. 특급 척살 대상이 나타나면 현재 임무를 중단한 채 무조건적으로 대상을 척살한다. 그것이 바로 유령문의 율법이었다.

"고맙습니다."

"아직이다."

연운비가 감사의 인사를 건네자 외팔의 검수는 고개를 저었다.

"이놈!"

그 말이 미처 끝나기도 전에 누군가가 매서운 공격을 뿌려왔다. 바로 남해삼괴 중 남은 진패륵과 미요파였다.

그러나 그들은 한 가지 간과한 사실이 있었다.

혈충 위창륵의 무공은 그들 두 사람을 합친 것과 비슷하다는 사실이었고, 연운비가 그런 위창륵을 단 몇 초의 겨룸 끝에 무력화시켰다는 사실이었다.

더욱이 지금 같은 상황에서의 공격은 기습으로서의 의미도 크게 없었다.

화악―

곤륜의 검.

그리고 그 맥을 잇는 자.

세상을 향한 의로움. 그리고 먼 곳을 내다보는 가르침. 그것이 청명검 운산 도인이 연운비를 가르친 방식이었고, 그 방식은 이제 그 빛을 보려 하고 있었다.

철컹―

상대의 병장기를 가른 검광이 그대로 그들의 전신 요혈을 갈랐다.

즉사였다.

이곳은 전장터. 상대를 죽이지 않으면 내가 죽는다. 그나마 상대에게 고통을 주지 않는 것이 최선의 방법이었다.

'놈, 내가 도와주지 않았다 하더라도 충분했겠구나.'

그 모습을 본 수상객 단목극은 적지 않게 놀랐다.

신검이라는 명성은 그도 들어보았지만 이토록 강할 줄은 짐작도 하지 못했다. 그저 후기지수 정도를 뛰어넘는 수준이라고 생각했고, 그것이 기실 일반적으로 생각할 수 있는 범위였다.

그러나 그가 본 연운비의 무공은 최전성기의 자신과 비교해도 떨어지지 않았고, 어떤 면에서는 오히려 더 뛰어나 보였다.

"남해삼괴가 죽었다!"

"놈들의 수장이 죽었다!"

"놈들을 모조리 쳐부수자!"

사방에서 우레와 같은 함성이 울려 퍼졌다.

챙! 채채챙!

수로맹 무인들은 힘을 얻었다.

그것은 신검에 대한 믿음이었고, 불패를 향해 나아가는 신화에 대한 동경이 있기에 가능한 일이었다.

투귀에 승선한 만해도 무인들이 하나둘 목숨을 잃어갔다.

추가되는 병력이 있었지만 수로맹 무인들은 그들이 더 이상 갑판에 오르지 못하도록 철저히 견제를 했다.

"와아아―"

"놈들이 물러간다!"

수로맹 무인들이 함성을 내질렀다.

근접해 있던 만해도 전선들이 일제히 후퇴하고 있었다.

"추격하지 마라. 재정비가 우선이다. 곧 놈들의 추가 공격이 있을 것이다!"

장위타가 수하들을 진두지휘하며 아직 남아 있는 적들의 잔당을 소탕하며 정비를 시켰다.

적을 물리쳤다고는 하지만 겨우 한 번의 공격뿐이었다.

"실패하였는가?"

둥이타의 표정이 어둡게 변했다.

"너무 자신했다. 차라리 피해를 감수하고서라도 일제히 달려들었어야 했거늘……."

둥이타의 입에서 긴 탄식이 흘러나왔다.

"하늘이 우릴 돕지 않는구나!"

너무 큰 피해를 입었다. 이 비가 문제라면 문제였다. 변명을 하고자 하는 것은 아니었지만 분명 이 비만 아니었다면 보다 수월히 투귀를 공략할 수 있었을 것이리라.

"대체 누구인가?"

단순히 남해삼괴를 보냈다고 해서 필승을 자신한 것은 아니었다.

중요한 것은 상대의 전력을 정확하게 알고 있고, 상대는 아군의 전력을 전혀 알지 못한다는 사실이다.

더구나 이쪽에는 유령문의 살수들이 있었다. 살수라고 해서 그 누구도 유령문의 문도들을 무시하지 못했다. 그들은 살수였지만 유령문은 살수 집단이 아닌 하나의 문파였다.

팔황.

고금을 통틀어 살수의 문파가 당당히 한 세력으로 꼽힌 것은 전설의 살수 문파인 무음살문 이후로 유령문이 유일했다.

"변수가 있었다는 건가?"

둥이타는 생각에 잠겼다.

그렇지 않고서야 남해삼괴가 당할 리 없었다.

둥이타 자신도 남해삼괴 중 한 명과의 승부를 장담하지 못했다. 물론 이길 자신이 없는 것은 아니었지만 첫째인 위창록은 분명 강자였다.

"어떻게 해야 하는가?"

둥이타는 고민에 빠졌다.

이대로 물러나자니 그동안 입은 피해가 너무 컸고, 그렇다고 적을 치자니 변수가 부담이 되었다.

투귀를 꺾을 자신이 없는 것이 아니었다.

만해도의 적은 수로맹만이 아니었다.

무당과 호북무림 연합을 비롯하여 무수한 중원의 문파들. 그들 모두가 적이라고 해도 과언이 아니었다.

"쯧, 어렵게 되었군. 요인. 그의 부재가 이리도 아쉬울 줄이야……."

다른 모든 전단이 그러하듯 제사전단 적룡에도 참모가 존재했다.

지자라고까지 불리는 요인이 바로 그러했다.

그러나 요인은 지금 이 자리에 없었다.

병사(病死).

그렇지 않아도 몸이 허약한 요인은 남해 원정 중에 병을 얻었고, 그 병이 화근이 되어 목숨을 잃었다.

그 이후 제사전단에는 이렇다할 두뇌가 없었다.

만약 둥이타가 뛰어나지 않았다면 제사전단은 이렇듯 유지하지도 못했을 터였다.

"후우……."

둥이타는 좀처럼 결단을 내리지 못했다. 평상시의 그답지 않은 모습이었다.

그만큼 이번 결정은 중요했다. 물론 싸운다면 필승이다. 고작 전선 한 척을 이기지 못할 만해도 제사전단 적룡이 아니다. 설령 수로맹 제일전선 풍멸이 이 자리에 있다 해도 그것은 마찬가지였다. 그러나 투귀를 쓰러뜨리기 위해 입을 피해를 우려하지 않을 수 없었다.

"총공세를 펼친다!"

긴 고민 끝에 둥이타는 결정을 내렸다.

지금은 제사전단 적룡의 전력을 보전하는 것이 우선이 아니었다. 맹각이 보내온 전서에는 수로맹이 움직이려 하고 있다는 내용이 적혀 있었고, 제삼전단 백경만으로 대적하기엔 한계가 있었다.

차기 도주의 자리를 노리기 위해서는 자신의 전단의 전력을 최대한 보존해야 하겠지만, 그보다 우선인 것이 만해도의 승리였다.

둥! 둥! 두두둥!

진군의 북소리가 넓게 울려 퍼졌다.

그것은 적룡과 투귀의 마지막 싸움을 의미하는 것이기도 했다.

第52章

출생에 얽힌 비밀은 드러나고

제52장

"모두 어떠냐?"

"좋습니다."

"몸이 날아갈 것 같습니다."

"하하하!"

"그럼 자네 혼자 적들을 상대하게."

"그거 좋구만!"

적의 일차 공격을 막아낸 후 종과령이 살아남은 수하들을 향해 물었고, 그의 수하들이 웃으며 대답했다.

"적이 물러갈 것 같으냐?"

"그렇지는 않을 것입니다."

장위타가 단호히 말했다.

만해도 무인들은 적이지만 하나같이 지장에 용장이 아닌 무인들이 없었다.

만해도 전단들이 독자적으로 움직이고 자신들의 이익을 위해 암투를 벌인다는 사실은 알고 있었지만, 전체적인 싸움에서는 단 한 번도 그런 모습을 보인 적이 없었다.

그것이 만해도의 무서운 점이었다.

지금 물러선다면 그것은 제삼전단 백경을 버리겠다는 뜻이었다.

수로맹 무인들이 그렇듯 만해도 무인들 역시 동료를 저버리는 이들이 아니었다.

"당연한 말이다. 물러갈 리가 없지. 그렇다면 우리가 물러나야 하겠느냐?"

"하하!"

"크하하!"

수로맹 무인들이 대소를 터뜨렸다.

이런 상황에서도 농을 할 정도로 종과령의 배포는 컸다.

그 점이 바로 수로맹 무인들이 한결같이 종과령을 좋아하는 이유이기도 했다.

"놈들이 올 준비를 하는구나."

아직 만해도 전선들에게서는 아무런 움직임도 없었지만 종과령은 그들이 총공세를 펼칠 것이라는 사실을 느낄 수 있었다.

그것은 오랜 시간 물 위에서 싸워온 그의 육감이었다.

"준비들 해라."

종과령의 말에 수로맹 무인들이 일제히 전투 태세로 들어갔다.

"연 대협."

종과령은 한편에 낯선 외팔의 검수와 조용히 서로를 바라보고 있는 연운비를 불렀다.

"무슨 일이신지요."

연운비의 목소리는 조금 떨리고 있었다.

아니, 종과령이 그렇게 느끼는 것일 수도 있겠지만, 어딘지 모르게 종전과는 다른 모습을 보이고 있었다.

"연 대협은 백 대협과 함께 이만 떠나십시오. 준비시켜 놓은 비합선이 있습니다. 신호탄을 쏘면 연 대협을 모시러 올 것입니다."

종과령이 연운비를 바라보며 말했다.

연운비의 역할은 여기까지였다. 이후는 자신들의 몫이었다. 같이 싸워준 것은 고맙지만 그것이 생사까지 함께해서는 아니 되었다.

여기서 의미없이 죽어서는 아니 될 사람.

종과령은 이번 싸움에서 더더욱 그 사실을 온몸으로 느낄 수 있었다.

"저는… 이곳을 떠나지 않겠습니다."

그러나 그런 종과령의 바람과는 다르게 연운비는 단호히 고개를 저었다.

"연 대협?"

"어째서 패할 것이라 생각하십니까?"

"……."

종과령은 아무런 말도 할 수 없었다.

그러나 그 말은 종과령의 가슴에 비수가 되어 꽂혔다.

"우리는……."

"아직은 싸움이 끝난 것은 아닙니다."

연운비는 이보다 더한 싸움도 겪어보았다.

운남에서의 싸움.

그것은 피를 말리는 혈전이었다.

당시의 상황이 이보다 더 나빴으면 나빴지 좋지만은 않았다.

칠마.

희대의 마인들.

그들을 상대하며 느낀 것은 의지였다.

"맞습니다. 이제부터가 시작이 아니겠습니까?"

옆구리에서 꾸역꾸역 흘러나오는 피를 지혈시킨 백개명이 웃으며 말했다.

심한 부상을 입지 않은 사람이 어디 있겠냐만은 그중에서도 백개명의 부상은 심각했다.

독이 문제였다.

유령문의 살수들은 대부분 검에 독을 묻히고 다녔고, 워낙에 중했던 상처에 독이 깊숙이 들어왔는지라 중독 현상이 벌써부터 얼굴에 드러났다.

"걱정하지 마십시오."

돌연 백개명이 품 안에서 회색 단약을 꺼내 입에 넣었다. 그러자 파리하게 변해가던 안색이 조금씩 좋아지기 시작했다.

독을 완전히 해독한 것이 아니라 중화시킨 것에 불과했지만 그것만으로도 지금은 충분했다.

"제가 우현을 맡아보겠습니다."

이미 능력이 검증된 백개명이다. 그가 전면에 나서서 도와준다면 큰 힘이 되리라.

"고맙소."

종과령이 조용히 머리를 숙였다. 그것은 의를 아는 무인들에 대한 예의였다.

"제가 선봉에 서겠습니다."

"선봉만은 저희에게 맡겨주지 않으시겠습니까?"

"그렇게 하시지요."

연운비는 종과령의 뜻을 존중했다.

자신이 앞에 나선다면 보다 효율적인 싸움을 할 수 있을지는 모르겠지만, 사기 면에 있어서는 다른 이가 나서는 것보다 못하게 될 수가 있었다.

"저는 그럼 이만."

연운비는 종과령을 향해 가볍게 포권을 취한 뒤 몸을 돌렸다.

'신검이라……'

단무극은 눈을 감았다.

단순한 말이었지만 떠나지 않겠다는 말의 의미를 누구보다 잘 이해할 수 있었다.

'저놈은 대형을 너무도 닮았구려.'

피는 이어지기 마련이라고 했던가?

단무극이 보기에 연운비는 자신이 아는 그 누군가와 너무나도 닮아 있었다, 하다못해 진지한 그 눈빛까지도.

"저를 아십니까?"

성큼 다가온 연운비가 물었다.

"알고 있다."

"성함을 제가 여쭈어보아도 되겠습니까?"

"단무극 그것이 나의 이름이다."

"수상객!"

"마, 맙소사……"

연운비보다 오히려 더 놀란 것이 주위에 있던 수로맹 무인들이었다.

수상객.

그 호칭이 주는 의미를 알고 있는 사람이라면 그럴 수밖에 없는 일이었다.

"십장생……."

연운비는 단무극의 이름을 듣자마자 자연스럽게 십장생을 떠올렸다.

물 위에서 싸운다면 천하의 그 누구라 할지라도 승부를 장담하지 못하는 무인. 그가 바로 수상객 단무극이었다.

"곤륜의 연운비가 수상객 단 대협을 뵙습니다."

연운비는 정중히 포권을 취했다.

한때 천하를 얻고자 했던 패웅들이지만 십장생들에게는 그럴 만한 자격이 있었다.

소림에서조차 암천회를 적대시했지만 그들을 인정하지 않은 것은 아니었다.

패웅이었지만 마웅은 아니었다.

그들은 누가 뭐라 하여도 진정한 무인들이었다.

"단 대협이라…… 틀렸다."

단무극이 쓴웃음을 흘리며 고개를 저었다.

"무엇이 틀리다는 말씀이신지요?"

"너는 나에게 숙부라 불러야 한다."

"무슨……?"

연운비의 두 눈이 부릅떠졌다.

숙부라니?

이해할 수 없는 말이었다.

어째서 단무극은 자신에게 저런 말을 사용한단 말인가?

"설마……."

그 순간 연운비의 뇌리를 스치고 지나가는 것은 아련한 옛 기억이었다.

지독할 정도의 악몽.

연운비는 그 악몽 속에서 다섯 개의 홈이 파여져 있는 칼을 휘두르는 사람에게 한 팔을 잃었던 사람을 기억해 낼 수 있었다.

"기억하느냐?"

"정말 숙부님이십니까?"

연운비는 떨리는 몸을 주체할 수 없었다.

"그렇다."

"숙부님!"

연운비는 다가가 덥석 단무극을 끌어안았다.

다시는 볼 수 없을 것이라 생각했던 사람들.

기적이라도 일어난 것인가? 연운비는 이것이 기적이라고밖에는 생각할 수 없었다.

"개정대법이 헛되지만은 않은 것 같구나."

겨우 두 살도 되지 않은 어린아이가 어떻게 그 당시의 기억을 가지고 있을 수 있을까?

그것은 불가능한 일이었다.

그럼에도 연운비가 당시의 상황을 조금이나마 기억할 수 있는 것은 바로 개정대법 때문이었다.

연운비는 열두 달이 걸려 세상에 나온 아이었다.

그런 연운비를 위해 당시 십장생 중 무려 네 명이 연운비의 몸에 개정대법을 펼쳐 주었고, 그것으로 인해 연운비는 당시의 상황을 기억할 수 있던 것이었다.

"천하의 신검이 이래서야 되겠느냐?"

"이곳에는 어떻게 오셨습니까?"

누구보다도 아버지에 대해서 궁금했을 터인데 연운비는 아무런 언급도 하지 않았다.

　오히려 이 위험한 곳에 온 단무극을 걱정하고 있었다. 그것은 너무나
도 연운비다운 모습이었다.

　"만해도와 수로맹의 전력을 파악하기 위해서였다. 한데 네가 이곳에
있을 것이라고는 미처 생각지 못했다."

　"그렇군요."

　"너는 어찌하여 이곳에 있느냐?"

　단무극은 연운비가 이곳에 있다는 사실을 알지 못했다.

　수로맹에 있다는 사실은 알고 있었지만 수로맹주와 행동을 같이할 것
이라 생각했지, 이렇듯 사지에서 싸우고 있을 것이라는 생각은 하지 않
았다.

　"수로맹을 돕기 위해 이곳에 있습니다."

　연운비의 한마디에 주위가 숙연해졌다.

　어떤 이들은 가슴에서 차 오르는 감동을 참지 못해서 주먹을 불끈 움
켜쥐었다.

　"나도 마찬가지이다."

　"만해도에는 어떻게……."

　"천하에 내가 가지 못할 곳은 없다."

　단무극을 수상객이라고 부르기도 하지만 기환술사라고 부르는 이들도
적지 않았다.

　배교조차 인정한 술법가.

　그가 바로 단무극이었다.

　"몇 가지 묻고 싶은 것이 있습니다."

　"지금은 그럴 때가 아닌 것 같구나."

　둥! 둥! 두둥둥!

그 순간 무협을 울려 퍼지는 북소리와 만해도 전선들이 일제히 돌격해 오기 시작했다.

"우선은 이 싸움을 이기고 이야기하도록 하자."

단무극은 잠시 연운비를 바라본 뒤 몸을 돌려 종과령에게 다가갔다.

연운비는 조금은 아쉬운 눈빛으로 그런 단무극의 뒷모습을 바라보며 눈을 감고 심호흡을 조절했다.

이제 조금 전과는 비교도 안 될 사투가 눈앞에 기다리고 있는 것이다.

그러나 마음먹은 대로 그렇게 쉽사리 생각은 정리가 되지 않았다.

'그렇구나. 아버님께서 암천회의 무인이셨구나.'

평범한 사람은 아니라 생각했다.

수십, 수백에 둘러싸인 상황이 그러했고, 그들을 물리치는 네 명의 숙부 또한 그러했다.

십장생 중 일인인 단무극이 대형이라 불릴 정도면 암천회에서도 상당히 높은 지위였을 터이리라.

연운비는 개방에서 얻은 정보를 떠올렸다.

단무극이 대형이라고 부르는 무인.

그리고 암천회 소속.

모든 조건에 부합되는 사람은 단 한 명뿐이었다.

불패신룡(不敗神龍).

십장생 중에서는 유일하게 모든 것이 알려지지 않았던 무인.

강호에 나와 단 한 번도 패배하지 않았으며 만약 무제 밑으로 들어가지 않았다면 능히 한 시대를 풍미했을 것이라 호사가들이 입을 모아 이야기했다.

그러나 세상 그 누구도 불패신룡의 이름조차 알지 못했다. 알고 있다면 그것은 암천회의 무인들뿐이었다.

'그분이 내 아버님이셨던가?'

개방이 건네준 책자의 내용 중에서 불패신룡에 대한 자료들은 그다지 많지 않았다.

새외 기인에게 사사해 무인으로서는 조금 특이하게 십팔반무기 모두에 능하며 당시 강소성에서 다섯 손가락 안에 드는 고수인 패도 위충을 수십여 초만에 패퇴시키고, 칠성검진을 펼친 무당 장로 일곱을 상대로 승리를 일구어냈다.

십장생 중에서 무적패도와 함께 가장 강하다고 알려진 무인이 바로 불패신룡이었다.

연운비는 눈을 감고 불패신룡의 발자취를 따라 걸어갔다.

고되고 고된 길.

연운비는 암천회에 대해 완전히 알지는 못하지만 그들이 진실된 사람들이라는 것은 알고 있었다.

'아무럼 어떠하더냐? 중요한 것은 그분이 내 아버님이라는 사실이 아니던가.'

희대의 마인이라 하더라도 연운비는 결코 부모를 부정하지 않았을 터였다.

세상에 태어난 것.

그리고 많은 이들은 만나게 해준 것.

그것만으로도 연운비는 부모님께 하염없이 고마웠다.

"이제는 나를 위해 싸울 것이다. 기필코 이 싸움을 이기고야 말리라!"

듣고 싶은 말이 너무 많았다, 부모님에 대한 소식에서부터 자신을 알고 있었음에도 어째서 지금에서야 찾아온 이유까지도.

그리고 그러기 위해서는 반드시 이 싸움에서 살아남아야 했다.

"종 모가 단 선배를 뵈오."

종과령은 선배이자 한때 장강에서 제일의 고수라 할 수 있었던 단무극에게 정중히 포권을 취했다.

비록 한때는 적이었다지만 단무극에게는 충분히 그럴 만한 자격이 있었다.

"철 맹주는 잘 있는가? 어렸을 때 보고 보지 못했으니 나를 기억하려나 모르겠군."

"대형께서는 그 일을 아직도 잊지 않고 계십니다."

"그런가?"

세상은 모르지만 단무극과 철무경은 안면이 있는 사이였다.

정확히 말하자면 아주 어렸을 때 철무경은 잠깐이나마 단무극에게 무공을 배운 적이 있었다.

사승 관계라고까지 할 정도는 아니었지만 단무극이 도움을 준 것은 사실이었다.

"한데 그 팔은……."

"사정이 있었네."

단무극은 종과령에게 말을 놓았다. 종과령 역시 단무극이 말을 놓는 것에 대해 아무런 언급도 하지 않았다.

단무극이 비록 사십대 초반 정도로 보인다고는 하지만 실제로는 그보다 훨씬 나이가 많다는 것을 종과령이 알고 있었다.

"이곳에는 어떻게 알고 오셨습니까?"

"수로맹이 이대로 무너져서는 아니 되기 때문에 왔네."

"수로맹은 다른 이의 힘을 빌릴 정도로 약하지 않습니다."

"장강에 적을 두고 있는 한 내 편 네 편이 어디 있겠는가?"

단무극이 조용히 미소를 머금었다. 그런 단무극을 보며 종과령도 마주 웃었다.

이 상황에서 농담을 할 정도로 종과령은 배포가 있었고 단무극 역시 그런 종과령의 농에 선배로서 여유있게 대답했다.

"암천회는 아직 존재하는 것입니까?"

"천하에 그 누가 있어 회를 어찌할 수 있을까!"

"그렇군요."

단무극이 살아 있다는 말은 다른 십장생들 역시 살아 있다는 것을 뜻했다.

삼십여 년 전에도 천하에서 손꼽히는 강자들이 바로 십장생이었다.

시간이 더 흘렀으니 그들이 얼마나 더 강해졌는지는 아무도 모를 터였다.

물론 그사이 중원무림도 상당한 발전을 일구었다고는 하지만 그래도 십장생이었다. 더욱이 암천회주인 무제는 지금도 천하제일인이라고 꼽는 이들이 적지 않을 정도로 강한 무인이었다.

"지원군은… 있습니까?"

"그다지 많지는 않네. 그러나 후방을 교란시킬 정도는 충분하지."

"그 정도면 됩니다."

"승산은 얼마나 생각하나?"

"절반입니다."

단무극을 만나기 전까지만 해도 필패의 싸움이라 생각했다.

단지 시간을 끌어주면 그뿐. 그것이 종과령과 투귀가 맡은 임무였다.

그러나 단무극이 모습을 드러낸 지금 상황은 달라졌다. 단무객이 이곳에 나타나는 순간 종과령은 이 싸움에서 이길 수 있을지도 모른다는 희망을 발견했다.

수상객.

장강의 수많은 수채들이 암천회와 겨루었다고 하지만 실질적으로 암천회에서 나선 것은 수상객을 비롯하여 이십여 명의 극소수 무인들뿐이었다.

그럼에도 암천회가 장강을 뒤흔들 수 있었던 것은 수상객이라는 이름 하에 모인 이들 때문이었다. 그것이 기틀이 되어 장강의 수많은 수채들과 일전을 겨룰 수 있었다.

"후배, 그럼 멋지게 싸워보세나. 하하하!"

단무극이 호탕한 대소를 터뜨렸다.

실로 오랜만에 치르는 대규모 전투였지만, 긴장이라는 말은 그와는 어울리지 않았다.

"투귀를 격침시켜라!"

둥이타는 수하들을 독려하며 계속해서 일갈을 내질렀다.

피해를 각오한 이상 머뭇거려서는 아니 되었다. 그것이 피해를 가장 최소화하는 길이었다.

"단주님!"

그 순간 후방에서 다가온 한 척의 쾌속선에서 한 인영이 둥이타가 타고 있는 배로 건너오며 부복했다.

"무슨 일이냐?"

"후방에 적이 출현했습니다."

"뭐라?"

둥이타의 표정이 급변했다.

도저히 있을 수 없는 일이 벌어진 것이다.

"대체 무슨 소리냐? 적이라니?"

"자세히는 알 수 없지만 이십여 척에 달하는 소형 전선들이 빠른 속도로 다가오고 있습니다."

"선발대더냐 아니면 본대이더냐?"

이십여 척이면 결코 적은 규모가 아니었다.

그러나 그 정도로 만해도 제사전단 적룡에게 타격을 줄 수는 없었다.

그러나 선발대에 불과하다면 상황이 달랐다.

보통 선발대는 본대의 이 할 정도의 전력을 유지시킨다는 것을 가정해 보았을 때 전선 백여 척이라면 아무리 소형 전선으로만 이루어졌다고 해서 무시할 수 없었다.

"본대인 듯합니다."

"본대? 흐음……."

둥이타가 고민에 잠겼다.

장강 위에서 수로맹의 세력이 크게 축소된 후 정보만큼은 만해도가 틀어쥐고 있었다.

그 말은 적어도 잘못된 정보가 전해질 가능성은 극히 낮다는 것을 의미했다.

"무당이냐?"

무당과 호북 연합군이 주둔하고 있는 곳은 이곳과 그다지 떨어져 있지 않은 지강(枝江)이다.

당연히 가장 먼저 의심이 들 수밖에 없었다.

"아닙니다. 정체를 알 수 없는 흑기를 걸고 있었습니다."

"무당은 아니라는 소리군."

둥이타가 조금은 안심하는 표정으로 말했다.

명문정파 무당이다.

깃발 따위로 적을 속이는 짓은 하지 않을 터.

무당만 아니라면 크게 신경 쓰이는 적은 없었다. 물론 무당이라고 하여도 이십여 척의 전선으로는 한계가 있는 것은 마찬가지였다.

"후방에 중형 전선 두 척과 소형 전선 열 척을 배치한다."

"존명."

"나머지는 계속해서 진군하라."

둥이타는 더 이상 후미에 신경 쓰지 않았다.

지금은 최소한의 피해로 투귀를 쓰러뜨릴 방법을 마련해야 할 시기였다.

우지직—

수로맹 제일의 전투 전선 투귀는 그 명성만큼이나 포악하고 잔혹했다.

쇄도하던 두 척의 소형 전선이 파편만 남고 장강 깊숙한 곳으로 가라앉았다.

"활을 쏴라!"

"놈들은 얼마 남지 않았다!"

무수한 화살 비가 쏟아졌다.

그러나 철저한 대비를 하고 있던 수로맹 무인들은 화살 비에 거의 피해를 받지 않았다.

평상시라면 불화살로 어느 정도 피해를 줄 수 있었겠지만 이런 수중전에서는 그마저도 불가능했다.

"배를 대라."

"하지만 단주님께서 근접 전투는 지시없이는 하지 말라는 명령이 있으셨습니다."

"시끄럽다. 후일 단주님께는 내가 직접 죄를 청할 것이다."

다섯 편대주 중 일인인 호불야가 진척이 없자 다소 상기된 얼굴로 명령을 내렸다.

"아, 알겠습니다."

수하들이 마지못하는 표정으로 배를 투귀 쪽으로 몰았다.

워낙에 많은 전선이 공격을 퍼붓는지라 수로맹 무인들은 적들이 근접 전을 하기 위해 배를 지척까지 몰고 와도 이렇다할 제지를 할 수 없었다.

아니, 오히려 근접전을 벌인다면 쌍수를 들고 환영할 일이었다.

그만큼 수로맹 무인들은 열세에 처해 있었다.

그러나 수로맹 무인들은 끈질기게 저항했다. 무너질 것 같으면서도 다시 일어났고 방어선은 뚫릴 것 같으면서도 유지가 되었다.

"젠장……!"

호발야는 발을 동동 구르며 위를 올려다보았다.

수로맹 무인들의 격렬한 저항으로 이렇다할 진척이 없었다. 오히려 무리해서 올라가려다 보니 눈먼 화살에 아군이 피해를 입는 경우까지 발생했다.

"물러선다, 모두 물러서!"

결국 호발야는 어쩔 수 없이 배를 물렸다.

조금 더 수로맹 무인들을 지치게 만들어야 했다. 이대로라면 그것 이외에는 별다른 방도가 없었다.

물론 후미에 적들의 지원군이 나타났다고는 하지만 그 정도 규모로는 아무것도 할 수 없었다.

"언제까지 버틸 수 있나 두고 보겠다."

호발야는 살광이 번뜩이는 눈으로 거대한 투귀의 본체를 노려보았다.

전장은 실로 치열했다.

밀고 밀리는 혈투가 계속되었다. 이런 싸움에서 최절정고수가 할 수 있는 일은 많지 않다.

사기는 올릴 수 있다지만 그것은 어디까지나 볼 수 있는 곳에서였지 그 모든 곳에서 활동할 수 있는 것은 아니었다.

그런 면에 있어서 만해도는 유리했다.

여기저기서 절정고수 급 무인들이 활약을 펼치고 있었고, 그들에 의해서 수로맹의 피해는 누적되어만 갔다. 분명 피해가 더 큰 것은 만해도였지만 그들에게는 그 피해를 감수하고도 남을 충분한 전력이 있었다.

"적들의 화살 세례가 줄어들 기미가 보이지 않습니다. 더욱이 수하들이 너무 지쳐 있습니다. 이대로라면 싸워보지도 못하고 패할 수도 있습니다."

"조금만 더 버티면 지원군이 올 것이다."

사방에서 쏟아지는 수하들의 비명 소리를 들으며 장위타는 수하들을 독려했다.

종과령은 일선에서 빠졌다.

단지 선미에 서 있다는 사실로 종과령은 투귀의 지휘자로서 책임감을 다하고 있는 것이었다.

실제 대다수의 화살 세례가 선미로 집중되고 있었다.

탕! 타탕! 타탕!

그러나 그 모든 화살을 튕겨내고 있는 것은 종과령의 파운사가 아닌 연운비의 검이었다.

검망밀밀(劍網密密)!

그토록 무수한 화살 비 속에서도 종과령과 연운비는 상처 하나 입지 않고 있었다.

'대단하다. 차후 십 년이 지난다면 누가 이 사내를 막을 수 있겠는가?'

종과령은 절로 감탄이 나왔다.

단순히 남해삼괴를 패퇴시켰다는 사실 때문이 아니었다.

흔들림없는 눈빛과 신념.

무인이라면 누구나 가져야 할 태도이지만 실제로 그런 것을 갖추는 것은 쉽지 않은 일이었다.

"멀었습니까?"

종과령은 옆에 있는 단무극에게 물었다.

조금 전 한 차례 사투를 벌인 단무극의 옷에는 여기저기 선혈이 묻어 있었다.

대부분이 만해도 무인들의 피였지만 단무극 정도 되는 고수의 옷에 피가 묻어 있다는 것만으로도 그만큼 전투가 치열했다는 것을 의미하고 있었다.

"아직은 아니네."

단무극은 고개를 저었다.

때가 아니었다. 조금 더 기다려야 했다.

단무극은 저 멀리 보이지도 않은 망망대해와도 같은 곳을 바라보았다.

그곳에는 지난 이십여 년 동안 공들여 키운 수하이자 전우들이 다가오고 있었다. 보이지 않았지만 느낄 수는 있었다.

"시간이 없습니다."

주위를 둘러본 종과령이 말했다.

전세는 차츰 기울어지고 있었다. 장위타가 최선을 다해 지휘하고 있다지만 이제 그것마저도 한계에 이르고 있었다.

투귀는 움직여야 했다.

버티다 보면 한계에 이르기 마련. 그것을 이겨낼 수 있는 것이 바로 진군이었다.

"기다리게. 이제 곧……."

단무극도 초조하지 않은 것은 아니었다.

그 역시도 이번 싸움에 목숨을 걸고 있었고, 그것은 그의 수하들 역시 마찬가지였다.

'오라, 만해도여!'

단무극은 저 멀리 어디엔가 있을 적룡의 지휘자를 바라보았다.

적은 전력으로 상대에게 타격을 입히기 위해서는 무엇보다 진형이 중요했다.

분명 적들은 이십여 척의 전선이라 방심하고 있을 것이 틀림없었다.

그 틈을 이용해야 했다.

그리고 그 틈을 이용하기 위해서 필요한 것은 적들의 공세였다. 아직 만해도는 전력을 쏟아 붓고 있지 않았다.

단무극은 단순히 이번 싸움을 이기는 것을 목표로 하는 것이 아니라 적들을 섬멸시킬 생각이었던 것이다.

둥! 두두둥—

그 순간 마침내 숨죽이고 있던 적룡의 포효 소리가 장강에 울려 퍼졌다.

총공세.

지원군이 당도하기 전에 끝내 버릴 심산인 것이다.

"드디어 오는구나! 오라, 적룡이여!"

그에 맞서기라도 하듯 단무극이 일갈을 내질렀다.

그와 동시에 단무극의 손에서는 하나의 신호탄이 허공으로 쏘아져 올라갔다.

어두운 하늘에서도 알아볼 수 있을 정도의 선명한 빛이 신호탄에서 터져 나왔다.

진짜 싸움은 이제부터가 시작이었다.

"놈들이 우리를 기다리고 있군."

"후후, 죽을 자리를 스스로 찾아드는군."

느슨한 속도로 운행 중이던 스무 척의 배는 저 멀리 섬광이 보이는 것과 동시에 지금까지와는 비교도 되지 않는 속도로 쾌속 운행하기 시작했다.

소형 전선이라고는 하지만 실제 그 크기는 쾌속선과 그리 차이나지 않았다.

스무 척의 소형 전선에는 전선마다 적게는 열 명에서 많게는 스무 명의 인원이 타고 있었다.

"대주께서는 여전하시군."

"후후, 달리 대주이시겠나?"

"하하, 그것도 그렇군."

모두 소형 전선이라지만 그 크기가 한결같은 것은 아니었다.

그중에서도 선두에서 움직이고 있는 가장 커다란 소형 전선에는 두 명의 중년인이 말을 주고받고 있었다.

이제 잠시 후면 전투가 벌어질 시점이거늘 중년인들은 이런 일에 익숙하기라도 한 듯 너무나 태평한 모습이었다.

그런 중년인들의 몸 상태는 정상이 아니었다.

우선 한 명의 중년인은 다리 하나가 없었고, 다른 이는 외눈에 외귀였다.

그리고 중년인이 입고 있는 흑색이라고도 할 수 없는 암색 무복.

그것은 하나의 이름을 떠올리게 만들었다.

암천회(暗天會).

오직 그들에게만 허락된 이름.

중원 무림을 치를 떨게 만들었던 그들만의 징표이자 그들의 상징이나 다름없는 옷이었다.

"멀지 않았군. 이제야 쉴 수 있을 것 같아."

"그러게 말일세. 먼저 간 놈들이 우리를 반갑게 맞이해 줄려나 모르겠어."

"그래도 놈들의 자식놈들은 장성하게 키워놨으니 우리도 할 말은 있지 않겠나?"

외눈의 중년인이 주위를 둘러보며 말했다.

"그런가?"

"그렇지."

"하하하!"

"크하하하!"

한때 십장생 중 수상객 밑에서 장강을 호령했던 두 명의 무인. 곽불과 주태는 대소를 터뜨리며 힘차게 진군 명령을 내렸다.

"막아라!"

"이곳을 통과하게 하면 안 된다!"

중형 전선 한 척이라면 소형 전선 두 척을 상대하기에도 힘에 겨울지 모르겠지만 중형 전선 한 척과 소형 전선 세 척이라면 열 척에 가까운 소형 전선을 상대할 수 있었다.

활용성 면에서 가장 효율적인 것이 바로 중형 전선이었다.

그것이 만해도가 대형 전선을 보유할 수 있음에도 구태여 중형 전선을 고집하는 이유 중에 하나이기도 했다.

"대체 어디서 이런 자들이?"

후방 적들의 지원군을 막으려 움직인 적룡의 다섯 편대주 중 일인인 야막은 이를 악물었다.

　무려 세 척의 중형 전선과 열 척의 소형 전선을 이끌고 왔음에도 밀리고 있는 것은 오히려 아군이었다. 적들의 무공이 높다거나 혹은 전선의 능력이 처진다는 그런 문제가 아니었다. 그것은 전선을 움직이는 역량 때문이었다.

　전선을 움직이는 일이라면 누구에게도 처지지 않는다 생각하는 야막이었지만 분명 저들과는 차이가 있었다.

　콰직—

　다시 한 척의 소형 전선이 파괴되는 것과 동시에 그곳에 타고 있는 만해도 무인들이 물로 뛰어들었다. 이런 폭우 속에서는 자살 행위나 다름이 없었지만 그렇게라도 하지 않으면 살아날 희망조차 없었다.

　'수로맹이 아니다.'

　야막의 표정이 변했다.

　지난 일여 년 동안 싸워온 수로맹이다.

　모든 것을 알지는 못한다 하더라도 상당히 많은 부분에 대해 알고 있었다.

　'좋지 않다.'

　무당은 아니라고 했으니 아님에 틀림없을 터, 도대체 상대가 누구인지 확인조차 할 수 없었다.

　'버텨야 한다.'

　야막의 움켜쥔 손에 힘이 들어갔다.

　지금쯤 단주인 둥이타는 총공세를 펼치고 있을 터, 이곳에서 물러나면 아니 되었다.

　후미를 기습당한다면 그 피해는 이루 말할 수 없을 것이 틀림없었다.

　"절대 통과시켜서는 아니 된다!"

야막은 배수의 진을 쳤다.

이제는 시간 싸움이었다.

투귀가 무너지는 것과 저들이 이 방어선을 돌파하는 것. 빠른 쪽이 승리할 터였다. 야막은 승리를 장담은 못했지만 그렇다고 승산이 없다고도 생각하지 않았다.

"물러서지 마라! 놈들의 기동력을 따라붙을 수 없다!"

전해진 정보에 의하자면 스무 척의 전선의 속도는 그다지 빠르지 않았다. 그러나 실제 다가오고 있던 전선들의 속도는 상상을 초월할 정도였다. 쾌속선이 아니라 소형 전선을 감안한다면 비합선에 버금가는 속도였다.

"크윽……."

전투가 계속될수록 야막의 표정이 굳어져만 갔다.

애초 전투의 방향을 잘못 잡았다.

중형 전선을 앞세워 돌파하는 쪽으로 갔어야 하건만 그렇지 못하고 수비진을 취하고 있던 것이 실수라면 실수였다.

놀랍게도 적들은 무공조차 측정할 수 없을 정도로 높았다. 첫 교전에서 적들의 무공 수준은 별 볼일 없다고 생각한 것은 적들이 숨기고 있었기에 그런 것뿐이었다.

"하하, 깨끗하게 당했구나."

야막은 어느새 중형 전선을 제외하고는 모두 침몰한 소형 전선의 잔해들을 보며 통한의 대소를 터뜨렸다.

방향의 선회가 자유롭지 않았고 그사이 소형 전선들은 무참히 격침당했다. 더욱이 고작해야 적들의 전선은 두 척만이 부서진 상황이었고, 그것도 한 척은 반파된 정도이지 침몰한 것도 아니었다.

모두가 철저하게 계획된 일이 아니라면 도저히 일어날 수 없는 상황이었다.

"죽어서도 어찌 단주님을 본단 말인가?"

야막의 두 번째 실수는 배수의 진을 친 것이었다.

애초부터 적들은 단순히 방어선을 돌파하는 것이 아니라 이곳에 있는 자신들을 모두 물고기밥으로 만들고 지나가려 했던 것이었다.

보내주고 뒤를 추격했어야 했다.

적들의 전선은 전면전에 적합하도록 만들어진 것이었다.

"적어도 몇 놈 정도는 데리고 가리라!"

야막의 눈에서 섬뜩한 살기가 솟구쳤다.

"대단하군."

"그래도 만해도라는 것이겠지."

곽불은 침몰하는 세 척의 전선을 보며 안타까움을 금치 못했다.

세 척 중 한 척은 적의 전선이라고 하지만 두 척은 아군의 전선이었다.

전면전을 벌이면서도 고작 두 척의 전선만이 반파되었건만 단 한 척의 중형 전선을 상대하며 무려 두 척의 전선이 침몰했다.

마지막 순간 보여준 만해도 전선의 움직임은 그들로서도 탄성이 나올 정도로 획기적인 운용이었다.

좌로 회전하는 척하며 오히려 속도를 더하여 제자리에서 회전하며 한 척의 전선을 들이받고 그 반동을 이용하여 우측에서 쇄도하는 다른 전선과 자폭하였다.

"편대주이겠지?"

"아마도."

만해도가 수로맹을 알고 있는 것처럼 암천회 역시 만해도에 대해 잘 알고 있었다. 아니, 천하에 팔황에 대해 가장 잘 알고 있는 것이 바로 암천회라고 할 수 있었다.

각 전단의 편대주들은 실제로 독립적인 운용을 하였고 전단 안에서 그들만의 부대를 가지고 있었다. 그리고 그런 조직적인 체계에 수로맹이 무너진 것이다.

"이런 이들이 얼마나 많을 것인가?"

편대주가 다섯 명이라고는 하지만 실제로 편대주들에 못지않은 역량을 가진 이들이 무수히 많은 것이 바로 만해도였다.

그것은 상위 전단으로 갈수록 더했다.

각 전단의 세력이 비슷하다고 알려져 있지만 그것은 사실이 아니었다.

제일전단 사신(死神)은 다른 전단과는 비교조차 되지 않게 강했고 제이전단 귀망(鬼網) 역시 전력의 차이가 났다. 다만 그 이하 전단들만이 비슷할 뿐이었다.

"두려운가?"

"하하하, 두렵냐고?"

곽불이 통쾌한 대소를 터뜨렸다.

"자네 표정이 그리해서 말일세."

"이거 참. 내가 할 말을 자네가 하는군."

천하의 암천회다.

감히 누가 그들에게 두려움을 줄 수 있겠는가?

수십, 수백이 포위하고 있는 상황에서도 물러서지 않았고, 그런 상황에서도 상대를 압도했다.

혈수마번(血手魔幡) 마살지.

한때 강남을 쥐고 흔들었던 사파의 맹주 사혈맹에서 열 손가락 안에 들었던 무인.

그는 분명 곽불보다 강한 사내였다.

그러나 악양(岳陽)에서 무려 일곱 번의 싸움 끝에 승리한 것은 곽불이었다.

그것이 바로 암천회 무인들이다.

"가세."

"이제 얼마 남지 않은 마지막을 위해서!"

펄럭이는 암색 깃발과 함께 전선들이 일제히 출발했다.

第 53 章

우리에게 대형은 오직 불패신룡뿐이다

제53장

"곧 지원군이 올 것이다."

"싸워라, 장강의 형제들이여! 우리가 누구인지를 적도들에게 보여주자!"

"쳐라!"

거센 함성과 병장기의 소리.

밀고 밀리는 혈투는 점차 한쪽으로 기울고 있었다.

수적 열세.

그것은 제아무리 맹장이오, 제아무리 수전에 능한 수로맹 무인들이라 하여도 손쓸 수 없는 것이었다.

"더 이상은 무리입니다."

장위타가 지휘하는 것을 멈추고 선미로 왔다.

마침내 그토록 단단하던 지휘 계통조차 무너질 정도로 한계에 이른 것이다.

그러나 종과령은 아무런 대답도 하지 않은 채 저 망망대해와도 같은 먼 곳만을 바라보고 있었다.

'운이 닿지 않는구나. 하긴 이 비가 우리에게는 천운이나 다름이 없었지.'

종과령은 씁쓸한 미소를 머금었다.

곧 지원군이 올 것이라는 단무극의 말을 믿지 않는 것은 아니었지만 이제는 너무 늦었다.

어차피 애초 목적했던 바는 충분히 이루었다. 아쉽지만 뒤는 다른 사람의 몫이었다.

"형님."

"놈, 고생이 많았다."

종과령이 한 차례 장위타의 등을 두드렸다.

이미 연운비와 단무극은 싸움에 참여하여 수로맹 무인들을 돕고 있었다.

"이제는 내가 하마."

"그러나……."

"걱정하지 말거라."

종과령은 애병 파운사를 들고 치열한 격전이 벌어지고 있는 갑판 한가운데로 향했다.

"형제들!"

종과령이 큰 소리로 외쳤다.

"우리는 누구를 위해 이 자리에 있는가?"

대답은 없었다.

숨이 가쁠 정도의 혈투 속에서 대답을 한다면 그것이 오히려 이상한 일일 것이리라.

"후회하지 않도록 싸워보세나. 수로맹을 위하여!"

"우아아아아!"

그것은 대답이 아니라 함성이오, 기합성이었다.

"우어어헝!"

대성을 지르며 종과령은 파운사를 휘둘렀다.

걸리는 것은 무엇이든 짓이겨 버린다.

아주 찰나간에 불과했지만 일순간 열세가 회복되었다. 그러나 단순히 그것뿐이었다.

이미 한두 사람의 힘으로는 대세를 바꿀 수 없을 정도로 전장은 좋지 않았다. 사방팔방에서는 만해도 무인들이 갑판에 올라오고 있었고 쓰러지는 것은 수로맹 무인들뿐이었다.

"하하! 무엇이 두려운가! 내가 서 있는 이곳이 바로 투귀의 심장이거늘!"

종과령은 투귀를 본 순간 마음을 빼앗겼다.

애초 투귀는 종과령이 지휘하기로 되어 있던 것이 아니라 대해심(大海心) 경극이 맡기로 되어 있었다.

그러나 종과령의 억지에 수로맹 제삼전선이 되어야 할 투귀는 제사전선이 되었다. 대해심이라는 호칭답게 경극이 양보한 것이다.

'셋째 형, 이 아우가 곧 갈 것이외다.'

애초 투귀는 경극이 맡아야 했었다. 그렇지 않았다면 경극이 그렇게 허무하게 죽지도 않았을 터였다.

"누가 나를 막을 것인가!"

종과령은 쇄도하는 병장기들 앞에서도 조금도 위축되지 않았다.

칼날이 온몸을 베고 지나가도, 갈고리가 살점을 뜯고 지나가도 마찬가지였다. 그러나 얼마 지나지 않아 종과령의 움직임이 눈에 띄게 둔해졌다.

무릇 어림을 베고 지나간 한 자루의 칼 때문인가? 그래도 파운사 만큼은 쉬지 않고 휘둘렀다.

'네놈들 역시 절반 이상은 살아가지 못할 것이다.'

종과령은 최후를 직감했다.

여한은 없었지만 죽어서는 안 될 몇 사람이 이곳에서 최후를 맞이한다는 것은 안타까웠다.

시간이 조금만 더 있었더라면…

그랬더라면 이렇게 되지는 않았을 것이리라.

단무극은 자신의 말을 지키는 사내다.

그가 지원군이 온다고 하였으니 올 것이다, 그것도 상당한 전력의 지원군이.

"하하하하하하!"

마지막으로 근처에 있던 만해도 무인 몇을 저승길 동무로 데려가기 위해 종과령이 파운사를 치켜들었다.

부우우웅―

그 순간이었다.

긴 고동 소리와 함께 돌연 만해도 무인들의 공세가 눈에 띄게 현저히 줄어들었다.

'하필 이런 때에……'

사방에서 쇄도하는 병장기를 보며 종과령은 한탄을 토했다.

죽는다는 사실보다는 조금 더 많은 수하들을 살릴 수 없다는 안타까움.

"누가 그를 해하려 하는가!"

그 안타까움이 전해진 것일까?

그 순간 한 자루 날아든 검광은 종과령의 가슴에 틀어박히려던 칼날을 처낸 뒤 폭풍처럼 주위를 몰아쳐 갔다.

부드럽지만 그 안에 담긴 힘은 주위를 뒤흔들 만큼 강렬하다.

이 같은 이가 천하에 몇이나 있겠는가?

"연 대협!"

악전고투 속에서도 연운비의 표정은 담담하기 이를 데 없었다.

"아직입니다. 포기하기엔 이르지 않겠습니까?"

"하하, 물론이외다."

종과령은 웃었다.

"힘을 내라! 암천회가 놈들의 뒤를 칠 것이다!"

"와아아아!"

암천회.

천하에 누가 그 이름을 모를 것인가?

이 순간 수로맹 무인들의 사기는 드높기 그지없었다.

아무리 만해도라 할지라도 암천회가 나선다면 승리할 수 있다는 믿음이 있었다.

그리고 또 하나의 존재.

신검.

그가 함께하는 한 어느 누구도 투귀의 심장부에 칼을 꽂아 넣을 수 없으리라.

"쳐라!"

"놈들에게 장강의 매서움을 보여주자!"

죽어가던 이들이 병장기를 들었고, 밀리고 있던 이들이 오히려 적들을 압박했다.

살겠다는 의지보다는 이렇게 죽을 수 없다는 의지.

열세가 회복되는 데에는 그리 오랜 시간이 걸리지 않았다. 그것은 기적과도 다름없는 일이었다.

"무슨 일이냐?"

"후방에서 적의 지원군이 나타나 공격하고 있습니다."

"뭐라?"

일선에서 투귀를 공격하고 있던 둥이타가 믿을 수 없다는 듯 두 눈을 치켜떴다.

있을 수 없는 일이다.

혹시라도 모른다는 생각에 세 척의 중형 전선과 소형 전선 열 척을 내주지 않았는가?

그 정도라면 설령 무당의 고수들이 왔다손 치더라도 무너지지 않을 전력이다.

"누가 온 것이냐? 무당과 제갈가의 최정예라도 온 것이냐?"

"아닙니다. 그들은… 암천회의 무인들 같았습니다."

"아, 암천회라고?"

둥이타의 가슴이 철렁 내려앉았다.

암천회.

팔황에 적을 두고 있는 무인이라면 잊을 수 없는 이름.

삼십여 년 전 번천지계(飜天之計)가 실패로 돌아가게 된 가장 큰 이유.

그것이 바로 암천회의 존재 때문이 아니었던가?

당시 둥이타는 일개 평무사에 불과했지만 스승이자 아버지인 둥벽에 의해 전해 들을 수 있었다.

"하필 이런 때에……."

둥이타는 고민에 빠졌다.

이대로 물러서자니 입은 피해가 너무 컸고, 그렇다고 결전을 벌이자니 양측에서 협공을 당하는 입장이었다.

중형 전선의 가장 큰 문제가 여기서 드러났다.

진퇴가 자유롭지 못하다는 점.

"요인, 그가 있었다면······."

다시 한 번 참모의 부재를 뼈저리게 느끼는 순간이었다.

"참모가 없으니 내 식대로 간다. 후퇴는 없다. 이 자리에서 사생결단을 내겠다."

둥이타가 진격 명령을 내렸다.

하나의 전단을 이끄는 수뇌다운 모습은 아니었지만 더할 나위 없는 무인다운 모습이었다.

"방욱휘, 갈립. 너희들은 본대로 돌아가 이 사실을 알린다. 암천회가 출현했다는 사실을 알려야 한다."

"존명!"

"고철명."

"예."

"너는 쾌속선 한 척을 이끌고 제삼전단에 이 사실을 알려라. 어쩌면 그들 역시 당했을 수도 있겠지만······."

"명을 받듭니다."

싸울 때 싸우더라도 우선 해야 할 것이 있었다. 그것은 본단과 제삼전단에게 정보를 전해주는 것이었다.

"이제 홀가분하겠구나."

둥이타는 애병 귀두도를 꺼내 들었다.

직접 싸움에 참가하는 것은 오랜만의 일이었다. 중원에 들어와 단자강 해전에서조차 귀두도를 꺼내지 않은 그였다.

"후후, 너무 방심한 건가? 전력을 모두 보존했다면 이렇게까지 상황이 몰리지는 않았을 터인데……."

이곳에 있는 전력이 제사전단 적룡의 모든 것이라고는 할 수 없었다.

급하게 오다 보니 속도가 조금 처지는 배들은 후발대로 분류시켜 다른 길로 돌아가게 한 것이 실수라면 실수였다.

후발대의 전력은 전단의 사 할에 가까웠고 만약 모든 전력이 있었다면 제아무리 투귀요, 제아무리 암천회라 할지라도 방도가 없었을 터였다.

"오라, 투귀여! 이제 최후의 승자를 가리자!"

둥이타가 일갈을 내질렀다.

전투는 절정을 넘어서 끝을 향해 치닫고 있었다.

투귀는 정말 대단하다는 말밖에 나오지 않을 정도로 잘 싸웠다. 여기저기 상처 입고 부서진 모습이었지만 여전히 그 위용만큼은 처음과 다를 바가 없었다.

그러나 몇 차례의 혈전을 치른 투귀는 더 이상 예전의 그 모습이 아니었다.

여기저기 파손되고 심지어 커다란 세 개의 돛대 중 두 개가 부서졌다.

"일각이라는 시간이 아쉽구나!"

둥이타는 아쉬움을 금치 못했다.

일각, 아니, 반 각이라는 시간만 있었더라도 투귀는 장강 속으로 가라앉았을 것이리라.

그러나 이제 남은 자신의 전단이라고 해보아야 고작 십여 척에 지나지 않았다.

그 많던 전선들이 대부분 가라앉거나 움직일 수 없을 정도로 심하게 파손된 것이다. 물 위를 떠다닐 수 없을 정도로 심각한 전선들도 적지 않았다.

물론 암천회의 전선들 역시 절반이 파손되었다.

천하의 암천회라면 팔황 중 한 곳인 만해도이다.

제아무리 불의의 일격을 당하고 싸움이 어렵다 한들 호락호락 무너질 리는 없다는 뜻이었다.

"아직이다. 적룡은 사해의 무법자. 무법자다운 최후를 맞이해야 하지 않겠는가?"

둥이타가 주위에 있는 수하들을 바라보았다.

만해도 무인들은 아무런 대답도 하지 않았다. 그러나 그들의 눈빛에서 그들의 결의를 느낄 수 있었다.

"누구도 내 성지에 발을 들이고 살아 돌아갈 수 없다!"

둥이타는 이제 오히려 건너오려는 수로맹 무인 둘을 귀두도로 두 동강을 내버렸다.

적룡 본체라 할 수 있는 둥이타가 이끄는 전선에 타고 있는 만해도 무인들은 확실히 다른 전선에 타고 있는 무인들과 달랐다.

유리했던 상황에서의 패배, 그리고 전세의 역전.

전의가 떨어지지 않는다면 그것이 이상한 상황에서도 조금도 물러서지 않고 있었다.

"우하하, 겨우 이 정도냐!"

그 가장 앞에 서 있는 것은 둥이타였다.

거대한 귀두도를 휘두를 때마다 여지없이 수로맹이나 암천회 무인들이 죽어나갔다.

"그대가 둥이타인가?"

그런 둥이타의 앞을 누군가가 막아섰다. 바로 장위타였다.

"그러는 네놈은 누구냐?"

"장위타. 그것이 내 이름이다."

"들어본 적이 없는 이름이다. 해웅이라는 놈은 대체 어디에 처박혀 있기에 코빼기도 비치지 않는 것이냐?"

둥이타는 귀찮다는 태도로 귀두도를 내려쳤다.

챙!

장위타가 급히 그 공격을 받아쳤지만 뒤로 몇 걸음 밀려나는 것은 멈출 수 없었다.

'괴물 같은 자다.'

단 한 번의 충돌에 불과했지만 손목이 시큰거렸다.

"이 정도로는 어림없다."

그러나 장위타는 이를 악물며 역공을 가했다.

캉! 카캉!

두 병장기가 거세게 부딪쳤다.

"너 정도로는 아니 된다 하지 않았느냐!"

둥이타가 다시 한 차례 귀두도를 휘두르자 장위타는 더 이상 버티지 못하고 몸을 뒤로 피했다.

서걱—

귀두도가 어깨 어림을 스치고 지나가며 살점이 뭉텅 베어졌다. 피하는 것이 조금이라도 늦었다면 그대로 한 팔이 날아갔을 터였다.

만해도에서 다섯 손가락 안에는 들지 못해도 열 손가락 안에는 든다는 둥이타이다.

어찌 보면 장위타가 상대하지 못하는 것이 당연했다.

"해웅이라고 하더니 이제 보니 겁쟁이에 불과했구나! 종가 놈아 어서 썩 나오지 못하겠느냐! 하하하!"

"크윽……."

장위타는 분통함을 감추지 못했다.

종과령이라면 아무리 둥이타라 할지라도 충분히 상대할 수 있다. 실력은 처졌지만 실력이 모자란다면 패기로 상대를 압도하는 이가 바로 종과령이었다.

"이건 또 무슨 날파리들이냐!"

둥이타는 귀찮다는 듯한 태도로 좌측에서 기습하던 암천회 무인에게 일도를 날렸다.

확실히 암천회 무인들은 수로맹 무인들보다는 강했다. 한 수도 제대로 버티지 못하는 수로맹 무인들과는 다르게 대여섯 합을 겨룬 후에 상대가 되지 못함을 알고 몸을 피했다.

"하하하, 천하의 암천회라고 하더니, 겨우 이 정도였구나! 누가 나를 상대할 테냐!"

이제 전장에 남은 만해도 전선이라고는 적룡의 본체라 할 수 있는 둥이타의 전선이 전부였다.

그러나 지금 수로맹과 암천회에 합공을 가함에도 그 한 척을 쓰러뜨리지 못하고 있었다.

투귀로 들이받는다면 그대로 침몰할 터이지만 수로맹 무인들의 자존심이 그것을 허락하지 않았다. 더욱이 적의 전선에는 지금 적지 않은 아군도 타고 있었다.

탕—

"네놈은 또 누구냐?"

다시 한 명의 암천회 무인의 목이 떨어질려는 찰나, 누군가가 그런 둥이타의 귀두도를 막아섰다.

그러나 지금까지와는 다르게 둥이타의 얼굴에는 긴장감이 서렸다.

둥이타는 본능적으로 눈앞의 상대가 남해삼귀를 쓰러뜨린 자라는 것을 알아차릴 수 있었다.

"연운비라 합니다."

"신검!"

둥이타는 그제야 변수가 무엇이었는지를 알 수 있었다.

소문에 불과했지만 신검의 무위는 이미 오왕과 비교해도 떨어지지 않는다고 알려져 있었다.

그 정도라면 제아무리 남해삼귀라 할지라도 패하지 않을 수 없었을 것이리라.

'소문 이상이라는 건가…….'

그러나 분명 한편으로는 의아한 감도 없지 않아 있었다.

남해삼괴와 함께 움직인 유령문의 살수들조차 실패한 정도라고는 생각되지 않았기 때문이었다. 더욱이 연운비는 심각한 부상조차 입지 않은 모습이었다.

"신검이라면 내 상대로 부족함이 없지."

둥이타는 고개를 저으며 잡생각을 떨쳤다.

상황이 어찌 되었든 중요한 것은 신검이 눈앞에서 자신을 상대하기 위해 검을 들고 있다는 사실이었다.

"오라! 운남과 사천에 그 이름을 떨친 신검이여! 그 명성이 장강에서는 통하지 않는다는 것을 알려주겠다!"

둥이타는 선공을 취했다.

비록 한 전단의 지휘자였지만 무인으로 본다면 명성에서나 실력에서나 둥이타가 연운비에게 처지는 것이 사실이었다.

쒜애애액—

둥이타는 거세게 연운비를 몰아쳤다.

한 수 한 수에 전력을 실었다.

그것이 자신보다 고수를 상대할 때에 조금이나마 우위를 점할 수 있는 방법이라는 것을 알고 있었기 때문이다.

그러나 이번 둥이타의 상대는 그런 상황에 너무나도 익숙한 연운비였다.

좀처럼 선공을 취하지 않는 연운비로서는 주로 수비에서 공세로 전환하였고 이 같은 상황이 전혀 부담되지 않았다.

'이 정도라면… 도주님도 장담할 수 없다.'

공격을 하면 할수록 둥이타의 낯빛도 굳어져만 갔다. 도무지 틈이 없었다.

그 순간 연운비의 검에서 주위가 환해질 정도의 빛이 뿜어져 나왔다. 빛은 둥이타의 귀두도부터 시작해서 둥이타의 전신을 감쌌다.

털썩.

그리고 둥이타의 신형이 힘없이 무너져 내렸다.

"후욱후욱……."

아직 숨이 끊어지지 않았는지 둥이타는 대 자로 뻗은 상태에서 연운비를 바라보았다.

"그… 초식의 이름은……?"

둥이타는 아주 간신히 말을 이었다.

"만월파라 합니다."

"좋은… 초식이다."

둥이타의 고개가 떨구어졌다.

남해에서 무패를 자랑하며 용장으로 위명을 떨치던 그의 명성과는 어울리지 않는 초라한 최후였다.

*   *   *

휘이이잉—

바람이 불었다.

연운비는 바람에 스며 있는 혈향을 맡으며 눈을 감았다.

검에 목숨을 잃은 자들의 원망이 느껴졌다.

'스승님…….'

약해지지 말자고 다짐했건만 성격은 변하지 않는가 보다.

"연 대협."

그런 연운비를 본 장위타가 걱정스러운 표정을 지으며 다가왔다.

"어디 부상이라도 입으신 것입니까?"

"아닙니다, 괜찮습니다."

"저에게 마침 좋은 금창약이 있습니다."

"저에게도…….."

"여기 있습니다. 냄새는 조금 고약해도 성능 하나만은 최고입니다. 마수신의께서 직접 만드신 것이니까요."

"감사합니다."

극심한 혼란기이다.

금창약 정도 지니지 않고 다니는 이가 있겠는가?

그럼에도 연운비는 묵묵히 장위타가 건넨 금창약을 받아 들었다. 장위타가 건넨 것이 금창약이 아니라 호의라는 사실을 알고 있기 때문이다.

장위타라고 해서 모를까?

연운비의 품성은 하루만 같이 있어도 알게 된다.

어깨를 짓누르는 무게를 조금이나마 덜어주기 위한 행동, 그래서 장위타는 더더욱 연운비가 마음에 들었다.

"이곳에 계셨군요."

그 순간 누군가가 배로 건너왔다. 옆구리 부근이 피로 흠뻑 젖은 백개명이었다.

"몸은 좀 어떠십니까?"

"견딜 만합니다."

백개명이 희미한 미소를 머금은 채 대답했다.

"이거라도 바르시지요."

연운비는 장위타가 건네준 금창약을 백개명에게 건넸다.

호의를 무시하는 무례한 행동이라 할 수도 있겠지만 연운비를 아는 이라면 누구도 그렇게 생각지 못한다.

장위타가 그에게 호의를 전해준 만큼 그 역시 백개명에게 호의를 건네는 것뿐이었다.

"저는 이만 투귀로 건너가 봐야 할 것 같습니다."

장위타가 들고 있는 화섭자에 불을 붙이며 말했다.

이제 마지막 남은 한 척의 만해도 전선, 적룡의 본체는 파괴해야 했다.

"연 대협은……."

"제가 이곳에 남아도 되겠습니까?"

"물론입니다."

장위타가 환하게 웃었다.

아쉽지만 보내야 할 때라는 것을 알고 있었다.

그들이 나누는 말은 듣지 못했지만 수상객 단무극이 하는 행동으로 봐서는 오래전부터 알던 사이인 듯싶었다.

'이렇게 보내는구나…….'

생각하면 생각할수록 기이한 만남이다.

장강 위에서 그렇게 만나는 것은 천운이 닿지 않고서야 불가능한 일이었다.

어쩌면 그래서 헤어지는 것이 더 아쉬운 지도 몰랐다.

"백 대협은 어떻게 할 생각이십니까?"

"저는……."

장위타의 질문에 백개명은 연운비와 장위타를 번갈아 보며 차마 대답을 하지 못했다.

있어야 할 곳.

백개명이 능력을 발휘할 수 있는 곳은 암천회가 아니라 수로맹이었다.

백개명도 그것을 알고 있었고, 다른 이들 역시 그 사실을 모르지 않았다.

그럼에도 백개명이 머뭇거리고 있는 것은 그만큼 연운비의 존재가 마음에 크게 자리 잡았다는 뜻이리라.

"백 대협, 수로맹을 도와주십시오."

연운비가 그런 백개명의 마음을 읽고 그의 손을 부여잡으며 나직한 목소리로 말했다.

지금 그가 있어야 할 곳은 수로맹이었다.

참모.

흑상어 갈유목과는 또 다른 길을 걷는 지자. 그가 수로맹을 도와준다면 큰 힘이 되리라.

"휴우… 알겠습니다."

"감사합니다."

움켜쥔 연운비의 손 위에 백개명이 다른 한 손을 포개었다.

따스한 기운이 느껴지는 손.

언제 다시 만날지 기약없는 이별. 마음에 가는 사람이었기에 그 아쉬움은 더했다.

"가시지요."

장위타가 조심스레 말을 건넸다.

두 사람의 기분을 모르는 것은 아니었지만 지금으로서는 시간이 그리 많지 않았다.

이곳에서의 전투가 전부가 아니다. 지금쯤 수로맹 주병력은 더한 전투를 벌이고 있을 것이리라.

"갑시다."

마지막으로 연운비를 바라본 백개명이 성큼 발을 떼었다.

"다시 볼 수 있겠습니까?"

"장강이 존재하는 한 다시 만날 일이 있겠지요."

"하하, 물론이지요. 장강이 존재하는 한 어찌 다시 만나지 않겠습니까!"

장위타가 크게 웃었고 연운비가 담담한 미소로서 그 웃음에 답해주었다.

"다 끝났느냐?"

장위타와 백개명이 투귀로 건너가자 단무극이 다가왔다.

"그렇습니다."

"가자."

"어디로 가야 합니까?"

연운비는 왜 가야 하는지를 묻지 않았다.

가야 한다는 것 정도는 알고 있었다. 그러나 어디를 가야 하는지는 알지 못했다.

"따라오면 알 것이다."

"알겠습니다."

연운비는 단무극을 따라 암천회의 전선으로 건너갔다.

"이놈이 그놈입니까?"

"그렇다."

"허약해 보이는군요."

곽불이 연운비를 아래위로 훑어보다가 혀를 찼다.

신검을 앞에 두고 할 말은 아니었지만 모진 풍파를 겪은 그들의 눈에는 아직 애송이로만 보였다.

"그래도 자네보다는 강할 걸세."

주태가 그런 곽불을 보며 농을 던졌다.

"나보다 강하다는 것은 인정하지. 하지만 적어도 물속에서는 내가 더 강하니 지금만큼은 애송이가 아닌가?"

"하하, 그도 그렇군."

"이놈아, 네가 대형의 핏줄이냐?"

"어느 분을 말씀하시는 것인지요."

무례하다 할 수 있는 두 사람의 태도에도 연운비는 공손한 태도를 잃지 않았다.

"누구긴 누구이겠느냐. 우리에게 대형이 한 분밖에 더 있단 말이냐?"

"자네가 이해하게. 이놈이 원체 그 당시에 어려서 모를 수도 있지 않겠나."

"하긴 그도 그렇군. 이놈아 똑바로 들어라. 불패신룡 연청비. 그분이 바로 우리의 대형이시다."

"불패신룡……."

짐작은 하고 있었지만 막상 그것이 사실임이 밝혀지자 그 여파는 적지 않았다.

불패신룡.

강호에 등장하여 단 한 번도 패하지 않았던 무인, 암천회주만 아니었다면 어쩌면 천하제일인의 자리를 다투었을지도 몰랐던 무인이 바로 그였다.

이제 불패신룡의 진실한 이름이 밝혀지는 순간이었다.

"제 스승님께서는 이 사실을 알고 계셨습니까?"

"몰랐을 것이다."

대답을 한 이는 단무극이었다.

"알고 있었다면 너에게 이야기를 했겠지."

"그렇군요."

어찌 보면 어리석기 그지없는 질문이었다.

알았다면 어째서 운산 도인이 말을 하지 않았을까?

연운비에게 있어 운산 도인의 존재는 어쩌면 부모님보다 더 중요한 존재일 수도 있었다. 그리고 운산 도인 역시 연운비를 그렇게 생각하고 있었다.

"저에 대해 알고 계셨습니까?"

"그렇다.

"하면 왜 찾으러 오지 않으셨습니까?

단무극이 눈살을 찌푸렸다.

하나 연운비의 눈빛을 보고 난 연후에 한 차례 고개를 끄덕였다. 탓하는 것이 아니다. 연운비는 그저 그 이유에 대해서 궁금해하고 있을 뿐이었다.

'대형, 보이십니까? 그 핏덩이가 이렇게 컸습니다..'

원망스러웠을 것이다. 그러나 그것을 있는 그대로 드러내서는 아니

된다.

무인이라면 그래야 한다.

연운비는 이미 강호에 어울리는 무인이었다.

"찾으러 가지 않은 것이 아니라 못한 것이다. 우리가 네 존재를 눈치 챈 것은 네가 배교와 격돌하고 나서였으니까."

"그렇군요……."

연운비는 문득 그 당시의 일이 떠올랐다.

스승님인 운산 도인과 함께 기련산에 정착하기 위해 머물 곳을 찾던 중 배교에 쫓기는 기련쌍괴를 만나게 되었고 그것이 인연이 되어 아직까지 이어지고 있었다.

놀라운 것은 암천회의 정보력이다.

아마도 운산 도인을 감시한 것이 아니라 배교를 감시한 것일 테지만 그래도 그 정도라면 개방과 비교해도 부족함이 없었다.

"곽불, 사설은 그만하고 배를 출발시키게."

"알겠습니다."

전선이 서서히 움직이기 시작했다.

'수로맹 무인들도 이 정도는 아니었거늘…….'

조금의 흔들림도 없는 배를 보며 연운비는 감탄을 금치 못했다.

물론 당시 사정과 지금은 달랐지만 확실히 암천회 무인들이라 생각되는 이들의 개개인의 능력은 뛰어났다.

"대형에 대해서는 궁금하지 않느냐."

"궁금합니다."

"너에게 해줄 말이 많은 듯싶다. 그러나 맨 정신으로는 하지 못하겠다. 들어가자, 술이라도 한잔해야 하겠으니."

"그전에 한 가지 묻고 싶은 것이 있습니다."

"말해보거라."

"수로맹은 어떻게 되는 것입니까?"

"그들은… 이미 그들의 몫을 충분히 했다."

단무극은 조금은 머뭇거리는 모습으로 대답했다.

"수로맹은 지금 만해도 제사전단과 싸우고 있었습니다. 그리고 삼전단 절반에 가까운 병력이 다른 곳으로 갔다고 들었습니다."

"그렇다."

"수로맹은 이길 수 있는 것입니까?"

"아마도 힘들 것이다. 그러나 패하지는 않겠지. 아마 양측 중에 한 곳이 후퇴하는 것으로 마무리될 것이다. 총력전을 펼치기에는 양측 다 입은 피해가 너무 클 터이니 만해도의 입장에서도, 이제 남은 전력이 없는 수로맹으로서도 말이다."

"저희가 돕는다면 가능한 적은 피해로 만해도를 물리치는 것이 가능하지 않겠습니까?"

"솔직히 말하마. 지금 우리는 더 이상 수로맹을 도와줄 여력이 없다."

"무슨 말씀이십니까?"

"다른 전단들을 아무리 쳐봐야 잔가지를 쳐내는 것밖에는 되지 않는다는 뜻이다. 현재 장강 지척에 있는 모든 문파가 돕고 모든 전선을 끌어다 쓴다고 해도 만해도를 이길 수 없다. 싸움에서는 이기지만 전투에서는 패하는 형국이 될 것이다. 때문에 어떻게 해서든 만해도 본단을 무너뜨리고 산발적인 전투로 전황을 몰고 가야 한다."

어찌 보면 냉정하기 그지없는 말이었다. 단무극의 말은 수로맹을 버린다는 것과도 크게 다를 바가 없었다.

"다른 방법이 없겠습니까?"

"없다."

단무극이 단호히 말했다.

"수로맹을 돕고 차후에 만해도 본단을 공격해도 무리가 없지 않겠습니까?"

"틀렸다. 애초 이곳에 온 것부터가 무리였다. 그러나 수로맹이 이대로 무너진다면 본대를 쳐보았자 아무런 소용이 없기에 도운 것뿐이었다. 뭣들 하는가? 어서 출발하라!"

전선이 좀처럼 앞으로 나아갈 생각을 하지 않자 단무극이 한 차례 호통을 내질렀다.

"제가 들은… 암천회의 무인들은 이렇지 않습니다!"

그 순간 연운비의 입에서 커다란 외침이 터져 나왔다.

"항상 당당하다고 들었습니다. 떳떳하기에 당당할 수 있다고 들었습니다. 그리고 진정한 무인들이라고 들었습니다. 제가 들었던 모든 말들이 틀린 것입니까?"

연운비의 목소리는 크지 않았다.

그러나 배에 타고 있던 모든 이들 중 연운비의 말을 듣지 못한 이는 없었다.

"……."

좌중이 침묵에 빠졌다.

그 누구도 입을 열지 못했다.

―떳떳하기에 당당하다.

삼십여 년 전 그토록 모진 풍파를 겪으면서도 변하지 않았던 마음.

'허허, 허허허허…… 단무극아, 단무극아. 너는 삼십 년을 헛되이 살

왔구나.'

단무극이 마음속으로 깊은 한숨을 토했다.

그저 복수를 하겠다는 마음에 급급했다.

암천회가 처음 발족할 당시의 목표.

서로를 믿고 의지하며 힘에 굴복하지 않고 세상을 자유롭게 살아간
다.

"하하! 하하하하!"

단무극이 자신도 모르게 대소가 터져 나왔다.

'오랜만에 이런 기분이 들게 하는구나.'

세상을 얻고자 했던 맹세.

열아홉 중, 이제 그 맹세를 지킬 사람은 불과 일곱 명밖에는 남아 있지
않았지만 맹세가 지켜지는 것이 중요한 것이 아니었다.

맹세를 지키기 위해 노력하는 것.

그것이 진정한 암천회 무인들다운 모습이 아니겠는가?

"곽불, 주태."

"예."

"배를 돌려라. 수로맹을 돕는다. 만해도 제삼전단과 제사전단은 앞으
로 존재하지 못할 것이다!"

"흐흐, 역시 단주시오."

"내 이 말이 나오기를 기다렸소. 갑시다, 놈들에게 본때를 보여주자
고!"

곽불과 주태는 신이 난 표정으로 뱃머리를 돌렸다.

"숙부님……."

"너에게 못난 모습을 보였다."

"아닙니다."

"놈! 그렇다고 기어오르지는 말아라. 아직 네놈은 아직 멀었으니."

단무극이 연운비의 등짝을 한 차례 후려쳤다.

암천회 전선들은 그렇게 수로맹과 만해도가 전투를 벌이고 있는 격전지로 항해를 시작했다.

第54章

세상을 얻고자 하니
그 누가 그들을 막을 것인가!

제54장

콰콰쾅—

한 차례 포격과 함께 우회를 하던 중형 전선 한 척이 포탄에 격중되며 크게 유동을 쳤다.

그러나 포탄 한두 발에 침몰할 정도로 중형 전선은 허술히 만들어지지 않았다.

"꽉 붙잡아라. 어떻게 해서든 후미에 붙은 놈들을 따돌려야 한다."

수로맹과 만해도 제삼전단 백경이 전투를 벌이고 있는 곳. 그곳은 그야말로 난전이었다.

통제는 진작부터 이루어지지 않고 있었고, 수많은 전선들은 얽키고설키여 상대를 무차별적으로 공격했다.

물론 애초부터 전투가 이런 식으로 전개된 것은 아니었다.

제아무리 만해도 제삼전단 백경이라고 해도 단독으로 수로맹을 상대할 순 없었다.

패색이 짙어질 무렵.

수로맹 후미에서 나타난 제사전단 적룡의 후발대로 말미암아 수로맹은 포위된 형국에서 싸우게 되었고, 어쩔 수 없이 상황은 난전으로 치닫게 되었다.

"이럴 수가……."

수로맹주 철무경은 침몰하는 아군의 전선들을 보며 통탄을 금치 못했다.

승리를 손안에 움켜쥐려는 순간 급작스럽게 나타난 복병으로 인해 모든 것이 물거품으로 돌아갔다. 그리고 그보다 더 가슴 아픈 것은 투귀에 타고 있는 이들이 모두 죽었을 것이라는 사실이었다.

'곰, 이 녀석아, 너마저 갔느냐…….'

만해도 제사전단이 이곳에 왔다는 것은 투귀가 무너졌음을 뜻하는 것이었다.

유일한 가정은 만해도 제사전단이 운무 협곡을 지나지 않고 긴 거리를 돌아 우회하여 돌아왔다는 것인데 구태여 그럴 필요가 없는 이상 그 확률은 지극히 적었다.

더구나 제 시간에 상대가 도착하지 않는다면 투귀가 이동하여 우회하는 길목을 막기로 되어 있었다. 그러니 어찌 되었든 투귀가 무너졌다는 가정은 변치 않았다.

"누구도 이곳에서 살아 돌아가지 못하리라!"

철무경은 모든 것을 포기했다.

만해도주에게 빚을 직접 갚지 못하는 것은 억울했지만 언젠간 그들 역시 무너질 날이 올 것이리라.

지휘 계통이 나누어져 있는 만해도라면 몰라도 수로맹이라면 아직 명령을 내릴 수 있었다.

그러나 그러지 않고 있는 것은 이곳에서 만해도 두 전단과 함께 산화할 생각이기 때문이었다.

이미 적지 않은 병력을 잃은 상황이었고, 남은 병력으로는 어차피 만해도 한 개 전단조차 상대할 수 없었다. 그럴 바에야 이곳에 있는 이들이라도 수장시키는 것이 나았다. 그나마 도망쳐 다른 전단과 합류한다면 그만큼 상황이 악화되기 때문이었다.

"이제 보니 수로맹주는 미친놈이었구나!"

난전 속에서 갑판에 오른 제삼전단 백경의 다섯 편대주 중 일인인 웅조수(鷹爪手) 우강이 살기를 내뿜으며 쇄도했다.

아무리 보아도 이것은 같이 죽자는 식으로밖에는 보이지 않았다.

"꺼져라!"

그러나 우강은 철무경에게 다가서기도 전에 누군가에 의해 가로막혔다.

바로 장강삼귀 중 일인인 흑귀였다.

흑귀의 전선은 난전 속에서 부서진 뒤였고, 흑귀는 간신히 풍멸에 올라타 부상을 치료한 후 싸우고 있었다.

캉!

우강의 무위는 흑귀보다 떨어지지는 않았지만 오랜 싸움 뒤에 지쳐 있던지라 몇 수 주고받지 않아 밀리기 시작했다.

"큭… 네놈은 누구냐?"

"장강삼귀 중 흑귀가 바로 나다."

"오냐, 원한다면 네놈부터 죽여주마."

"내가 할 소리다."

우강은 모든 내력을 끌어올렸다.

어찌 되었거나 이곳은 적진. 이기든 지든 시간을 오래 끌지 않겠다는 의도였다.

그러나 그런 의도를 파악한 흑귀는 교묘히 우강의 공격을 피하며 우강이 지치기만을 기다리고 있었다. 그렇게 두 무인의 싸움은 장기전 양상으로 흘러갔다.

"대형은 이곳에서 끝장을 보실 생각이군."

전신이 피로 뒤덮여 있는 자.

장강의 포살자라고 불리우는 흑상어 갈유목이 지칠 대로 지친 몸을 이끌고 칼을 휘두르고 있었다.

이미 그의 병기인 도는 난전 속에서 잃어버린 지 오래였다.

무기를 놓쳤다는 것은 무인에게는 있을 수 없는 일. 그것은 그만큼 갈유목의 몸이 정상이 아니라는 것을 뜻했다.

기실 갈유목이 선봉을 맡았다는 사실을 생각한다면 아직까지 살아 있는 것은 기적과도 같은 일이었다.

쇄애액―

좌우측에서 쇄도하는 두 명의 만해도 무인을 상대로 갈유목이 또다시 도를 휘둘렀다.

서걱―

그중 한 명은 단칼에 저승으로 갔지만 다른 한 명은 갈유목의 허벅지에 깊숙이 삼지창을 찔러 넣었다.

"감히!"

갈유목의 눈에 불길이 일었다.

수로맹의 총군단장이 바로 자신이었다.

적어도 적들의 수장 급이 아니라면 누구도 자신의 목숨을 취할 자격이 없었다.

"내가 바로 흑상어다!"

분노한 갈유목의 칼이 만해도 무인을 난도질했다.

"후욱후욱……."

그러나 그럴수록 갈유목은 빠르게 지쳐만 갔다.

출혈이 너무 심했다. 더구나 독각와룡 흑도산을 상대하며 입은 부상이 악화되고 있었다.

"후후, 그래도 내 몫은 한 셈이지 않은가?"

갈유목은 이제 최후가 멀지 않았음을 직감했다.

'이 빚은 내세에서나 갚으마.'

갈유목은 주위를 둘러보았다.

지금까지 주위를 지켜준 수하들에게 고마웠다. 그들이 목숨을 버리면서까지 싸우지 아니했다면 진작에 자신은 장강에 수장되었을 것이리라.

"총군단장님, 이제 그만 백경으로 가십시오."

"맞습니다. 몸을 보존하셔야 합니다. 이곳은 우리가 맡도록 하겠습니다."

갈유목의 움직임이 눈에 띄게 둔화되자 수로맹 무인들이 걱정 어린 표정으로 말했다.

"내가 내 배를 두고 어디를 간단 말이냐? 언제부터 수로맹의 무인들이 배를 버리고 도망갔는가!"

갈유목이 수하들을 호되게 질책했다. 그러나 눈시울이 시큰해지는 것만은 어쩔 수 없었다.

"야, 이 머저리 같은 놈아. 그냥 꺼지란 말이다. 이곳은 우리가 맡겠다고 하지 않았느냐?"

결국 보다 못한 수로맹 무인들 중 하나가 욕설을 내뱉었다.

엄벌에 처해도 지나치지 않는 발언. 하나 갈유목은 그를 탓할 수 없었다.

말투 하나에도 진심이 담겨 있다.

욕을 한 무인은 어떻게 해서라도 갈유목을 풍멸로 보내려 하는 것이었다.

풍멸로 돌아간다면 만에 하나라도 살아남을 가능성이 있겠지만 이곳에서라면 필사였다.

"나는… 절대로 이 배를 떠나지 않는다."

갈유목이 단호하게 고개를 저었다.

철무경이 이곳에서 산화하기로 결정을 내렸다면 갈유목은 그보다 더 전에 이 전투에서 살아남기를 포기한 상황이었다.

'아쉽구나. 조금만 더 밀어붙였다면 이 같은 피해를 입지 않아도 되었을 터인데……'

불과 반 시진이었다.

그 시간만 있었다면 만해도 제삼전단 백경을 섬멸시키고 후미에서 지원 온 제사전단 적룡을 각개격파로 무너뜨렸을 것이다.

일 대 일과 일 대 이는 다르다.

그 차이가 이번 승패를 가른 결정적인 요소였다.

'하늘이 돕지 않음인가?'

이대로 조금만 더 시간이 지난다면 수로맹은 돌이킬 수 없는 피해를 입게 된다.

그렇다고 병력을 물리자니 남은 만해도 전선들이 다른 전단과 합류한다면 결국 이번 싸움의 의미가 사라졌다.

'종 아우, 이 못난 우형이 곧 따라가겠네.'

갈유목은 배를 좌전방에 위치한 중형 전선을 몰게 했다.

저 배와 자폭하는 것, 그것이 갈유목이 할 수 있는 최선의 선택이었다.

그 순간이었다.

"와아아아!"

"투귀가 오고 있다!"

열화와도 같은 함성이 울려 퍼졌다. 그것은 후미에서 시작되어 점차 전장 전역으로 퍼져 나갔다.

"무슨……."

갈유목이 이해할 수 없다는 표정으로 후미를 돌아보았다.

투귀라니?

어떻게 투귀가 이 자리에 있을 수 있다는 말인가?

만해도 전단이라면 제아무리 투귀라 한들 상대가 될 리 만무했다. 적어도 수로맹 다섯 전선 중 두 척과 적지 않은 규모의 중, 소형 전선들이 받쳐 주어야 싸움이나 해볼 수 있었다.

그래서 애초 투귀가 출정할 때 시간을 끌려 하는 것이 주목적이 아니었는가?

그러나 저 멀리 보이는 거대 전선은 투귀가 분명했다.

여기저기 상처 입고 날카로운 이빨도 부러져 나가 있었지만, 그것은 분명 투귀였다.

"앞뒤 꽉 막힌 곰 같은 녀석아, 네 녀석이 결국 일을 저질렀구나!"

갈유목의 눈에서 눈물이 흘러내렸다.

사지에서 살아 돌아온 의형제의 생환. 일어날 수 없는 일이라 생각했기에 더욱 기뻤다.

"지원군이다!"

"또 다른 지원군이 도착했다!"

그 순간 또다시 함성이 터져 나왔다.

투귀의 뒤로 보이는 적지 않은 수의 전선들. 투귀와 대형을 이루고 있는 것으로 보아서는 적의 전선이 아닌 것이 분명했다.

"모두 물러선다. 진형을 갖춰라! 적이 도망치지 못하도록 뱃머리를 틀지 못하게 하라!"

갈유목이 장강이 떠나갈 듯이 소리를 질렀다.

반전이었다. 다 합친다면 스무 척도 되지 않았지만, 그 선두에 선 것이 바로 수로맹 제일의 전투 전선 투귀였다. 수로맹의 사기는 절정에 달하고 있었다.

"하늘이 수로맹을 버리지 않는구나."

적지 않은 피해를 입었지만 그래도 치명적일 정도로까지 피해를 입은 것은 아니었다.

갈유목은 수중의 칼을 움켜쥐었다. 싸움은 이제부터 다시 시작이었다. 그리고 그 싸움의 승자는 수로맹이 되리라.

*   *   *

쏴아아아—

처절한 싸움이 끝나고 하늘에서는 장대비가 내렸다.

검붉게 변한 강물을 흘러보내기라도 하듯 장대비는 거칠게 쏟아져 내렸다.

혈전이었다.

천오백 명이 넘는 만해도 무인들 중 살아 돌아간 만해도 무인들은 기백이 되지 않았다.

"처참하구나……."

철무경은 눈을 감았다.

목불인견(目不忍見)의 참상.

저 검붉은 강물에는 만해도 무인들이 흘린 피만 들어가 있는 것이 아니었다.

수백의 수로맹 호걸들의 넋 또한 잠들어 있었다.

"얼마나 살아남았는가?"

"절반이 조금 넘는 정도입니다."

"그렇군."

"맹주, 자책하지 마시게. 우리는 정말로 잘 싸웠으니."

동정어온 허곤이 옆구리에 소도가 찔려 있는 채로 난간에 기대어 간신히 말을 이었다.

"몸은 좀 어떠십니까?"

"허허, 이 늙은이는 살만큼 살지 않았나? 유가 놈도 갔는데 혼자 남아서 무엇을 하겠나?"

"어르신……."

그제야 철무경은 허곤의 몸에 박혀 있는 소도를 볼 수 있었다. 손잡이만 남았을 정도로 소도는 깊이 박혀 있었다.

"맹주는 무엇을 안타까워하는가? 어차피 삼십 년 전에 죽었어야 할 목숨이네……."

허곤의 얼굴에서는 빠른 속도로 핏기가 사라져 가고 있었다.

"여전하시군요."

그 순간 몇 명의 인영이 풍멸의 갑판 위로 올라왔다.

그들을 경계하던 수로맹 무인들이 한 사람을 보고 양옆으로 비켜섰다.

신검.

수로맹 소속 무인들을 제외한다면 천하에 그 누구보다 믿을 수 있는 사람이었다.

"자네가 어찌……."

허곤의 두 눈이 부릅뜨여졌다.

그것은 연운비를 보아서가 아니라 연운비 옆에 서 있는 암색 무복을 입은 무인을 보고 나서였다.

"오랜만입니다."

"자네가… 살아 있었나?"

허곤이 떨리는 목소리로 물었다.

천하에 암색 무복을 저토록 자신있게 입고 다닐 수 있는 이들이 몇이나 되겠는가?

암천회.

중원 천지를 뒤흔들었던 이름.

암색 무복은 바로 그들을 상징하는 것이나 다름이 없었다.

"운이 좋았습니다."

"하면 다른 이들은……."

"세 명만이 살아남을 수 있었습니다."

"그렇구먼."

허곤이 긴 탄식을 흘렸다. 그 탄식에는 적지 않은 의미가 들어가 있었다.

"하면 무한에서도……?"

허곤의 뇌리에 무엇인가가 스치고 지나갔다.

무한 해전 당시, 수로맹은 도저히 도망갈 곳이라고는 없었던 상황에서 일단의 흑의인들과 장강삼귀의 도움으로 무사히 빠져나올 수 있었다.

장강삼귀가 그곳에 도착할 수 있었던 것은 한 통의 전서 때문이었다고 했다.

내용은 믿을 수 없었지만 그곳에 찍힌 직인은 소림 방장의 것이었고,

장강삼귀도 흑의인들의 정체를 알 수 없었다고 한다.

물론 흑의인들의 신분을 대충이나마 짐작할 수는 있었지만 그것은 확신이 없으면 함부로 거론할 수 없는 말이었다.

"그렇습니다. 철권(鐵拳)의 무공을 이어받은 놈입니다."

"인피면구였나?"

"아닙니다. 그 무공을 익히면 그렇게 보일 뿐입니다."

"허허, 그렇구먼. 내 자네에게는……."

"거기까지만 하십시오."

단무극이 고개를 저었다.

"그래도 마지막으로 자네를 만날 수 있어서 다행이었네."

"철 모가 단 선배를 뵈오."

뒤늦게서야 단무극을 알아본 철무경이 가볍게 포권을 취했다. 너무 오랜 세월만에 만나다 보니 단무극을 진작에 알아보지 못한 것이다. 물론 거기에는 단무극의 외모가 상당히 변했다는 것도 한몫 차지하였다.

"오랜만일세."

"단 선배는 많이 변했구려."

"세월을 빗겨갈 수는 없는 것이니까."

철무경은 안타까운 표정으로 단무극의 비어 있는 한쪽 소매를 바라보았다.

"나에게 맹주와 마지막 말을 나눌 시간을 줄 수 있겠는가?"

허곤이 가쁜 숨을 흘리며 간신히 말을 내뱉었다.

"원하신다면 그리해 드리겠습니다."

조금 망설이던 단무극이 허곤의 몸을 몇 차례 어루만졌다.

"쿨럭, 고맙네."

한 차례 검붉은 울혈을 토해낸 허곤이 자리에서 일어났다. 조금 전까

지 죽어가던 사람이라고는 믿기지 않을 정도로 안색도 많이 밝아져 있었
다.

회광반조.

철무경은 그 현상이 무엇인지를 너무나도 잘 알고 있었다.

'이것이 바로 쇄맥혈이구나.'

암천회 무인이라면 누구나 펼칠 수 있지만, 또한 펼쳐서는 아니 되는
수법.

누구에게나 회광반조의 현상이 오는 것이 아니지만 그 현상을 인위적
으로 유도할 수 있는 것이 바로 쇄맥혈이었다.

언뜻 생각한다면 죽음을 앞둔 이에게 조금이라도 시간을 주는 그리 악
독한 수법이 아니라고 생각되지만 그것을 전투에서 사용한다면 상황이
달랐다.

그것이 대다수의 정도 문파들이 암천회를 배척한 이유 중에 하나이기
도 했다.

"자리를 잠시 옮길 수 있겠나?"

"물론입니다."

철무경이 허곤을 부축하기 위해 걸음을 움직였다. 그러나 허곤은 고개
를 저으며 혼자 힘으로 걸어갔다.

'이건 대체⋯⋯.'

철무경은 또 한 번 놀랐다.

아무리 보아도 마치 허곤은 전혀 부상을 입은 것 같지 않은 모습이었
다, 당장에라도 싸울 수 있을 것 같은 정도로.

"허허, 이 정도의 효과도 없다면 어째서 모든 문파들이 암천회를 두려
워하였을까?"

"암천회와는 어떤 관계이십니까?"

철무경이 조심스러운 태도로 물었다.

허곤은 무엇인가를 알고 있는 것이 틀림없었다.

이상하게도 당시 암천회와 직, 간접적으로 관계가 있던 무인들은 하나같이 암천회에 대해 언급하기를 꺼려했다.

"나에게 주어진 시간이 그리 많지 않다네."

"어르신……."

"암천회에 대해서는 모르는 것이 좋다네, 그들이 그것을 원치 않았으니. 그러나 그들이 결코 세상에 알려진 것과는 달랐다는 것을 잊지 말게나. 그들의 방법이 옳았다고는 말할 수 없지만 그렇다고 틀리다고 말할수도 없었네. 당시에 그들로서는 그것이 최선이었으니. 중요한 사실은 그들은 억울하였지만 억울한 마음을 품지 않았다는 것이고 스스로의 선택을 후회하지 않았다는 것이네."

"……."

철무경은 침묵했다.

그도 암천회의 무인들이 마인들이 아니었다는 사실 정도는 알고 있었다.

수상객 단무극만을 보아서도 그렇다.

더욱이 십장생 중에서는 중원에는 잘 알려져 있지 않았지만 요동 쪽에서 협명을 떨쳤던 풍백도 강철산이나 의원들 사이에서 잘 알려져 있는 백초신의도 포함되어 있었다.

그들은 천하가 아는 의인들이었다.

물론 십장생 중에서 마도 쪽이라 생각되는 이들도 많았다.

그 대표적인 예가 결코 적을 살려두지 않는다고 알려진 무적패도와 광살수였다.

"맹주."

"말씀하십시오."

"암천회를 도와주게. 그것이 장강이 암천회에게 진 빚을 갚는 것이라네."

"장강이 암천회에게 빚진 것이 있다면 갚겠습니다. 그러나 당시 장강의 수채들은 어쩔 수 없는 상황이었습니다."

"맹주, 이것 하나만 말해주겠네. 수룡신은 자네가 아는 것과는 다른 인물이었네."

수룡신 파무극.

그는 삼십여 년 전에 장강을 삼분한 대룡채의 채주였다.

당시 장강에는 이렇다할 세력이 없었고 중구난방으로 수채끼리는 싸움을 일삼았다.

그러던 것이 세 명에 의해 세력이 개편되었고, 그들 중 한 명이 바로 수룡신 파무극이었다.

"무슨 뜻입니까……?"

"후우……."

허곤이 긴 숨을 내쉬었다.

"파무극은… 장강의 사람이 아니었네."

"노사?"

철무경의 눈에 불신이 어렸다.

이제 대체 무슨 소리란 말인가?

비록 암천회와의 전투에서 패사했다고는 하지만 파무극은 엄연히 장강에 소속된 대룡채의 채주였다.

"그는… 배신자였네. 사실이네. 나중에 밝혀진 사실이었지만 그는 만해도의 첩자였네."

"어떻게 그럴 수가……."

철무경이 눈을 감았다.

철무경은 암천회를 그다지 좋아하지 않았다.

그 가장 큰 이유라면 암천회가 포로로 잡은 파무극을 참살했기 때문이었다.

포로를 참살하는 것은 사파에서도 웬만해서는 하지 않는 일이었다.

그토록 공경하고 우상시하던 수상객 단무극과도 연락을 전혀 주고받지 않은 것이 바로 그런 이유 때문이 아니었는가?

"암천회는 어째서 그 사실을 밝히지 않은 것입니까?"

"증거가 없었으니까. 물증은 부족했지만 심증은 있었지."

"심증만으로 대룡채를 공격한 것입니까?"

"그러나 확신은 있었지. 당시 단무극은 그 사실에 목숨을 걸었고, 후일 사실이 아니라고 밝혀진다면 자신의 목숨을 걸겠다고 말했네."

심증만으로도 장강을 삼분하고 있는 수채를 공격한다?

비록 나중에 사실이 밝혀졌다지만 그것은 누가 보더라도 미친 짓이나 다름이 없었다. 어째서 암천회가 강호 모든 문파들에게 척을 졌는지 그 이유를 알 수 있는 모습이었다.

그런 행동을 하고 다녔으니 대다수의 무인들이 암천회를 좋은 눈으로 보지 않았으리라.

"쿨럭, 시간이 없군. 오늘 들은 것은 비밀로 하여야 하네."

허곤이 한 차례 울혈을 토했다.

"왜 그것은 이제야 말씀해 주시는 것입니까?"

"허허, 우리는 암천회에게 빚을 졌지. 그리고 암천회는 당시 상황이 밝혀지기를 원치 않았네."

"어째서였습니까?"

"그들은 그런 사람들이었으니까."

철무경은 할 말을 잃었다.

충격은 컸다.

지금까지 생각하고 있던 모든 것들이 무너지는 순간이나 다름이 없었
다.

"무제는 살아 있는 것입니까?"

"나도 모르네. 분명한 것은 십장생 중 여섯은 시체가 확인되었다는 것
이네. 허허, 말이 너무 길었군. 유가 놈이 어서 오라고 저곳에서 손짓을
하는구면."

"노사……."

"자네와 함께할 수 있어서… 행복했네."

허곤의 눈이 천천히 감겨졌다.

한 시대를 풍미했던 또 하나의 별이 떨어지는 순간이었다.

"단 선배, 나는……."

"말할 필요 없네. 어차피 시간이 지나면 잊혀질 일들 무엇이 중요하겠
는가?"

"……."

철무경은 말없이 단무극을 바라보았다.

한때는 우상시하였으나 뒤틀어진 일로 인해 증오하게 되었고, 증오할
수 없었기에 잊으려 하였다.

장강의 자부심.

그 누가 수상객 단무극을 향해 포권을 취하지 않을 수 있었겠는가!

"자네가 흑상어라 하였지."

"그렇습니다."

여기저기 상처 입고 지친 몸을 이끌고 풍멸에 올라온 갈유목이 대답

했다.

수로맹에 다소 뒤늦게 합류한 갈유목은 철무경이나 종과령과는 달리 단무극과 안면이 없었다.

"수로맹이라… 좋군, 아주 좋아. 하하하! 이제 여한없이 싸울 수 있겠어."

단무극이 미소를 머금었다.

"철 맹주, 허 선배에게 들어 우리에게 진 빚이 있다는 것을 알고 있을걸세."

"그렇소."

"나는 그 빚을 이제 받으려 하네. 이것은 수상객 개인으로서가 아니라 암천회를 대표하는 입장에서일세."

"말씀하시오."

"이것에 적힌 내용대로 해주게."

"이것은……."

단무극이 철무경에게 건넨 것은 한 장의 양피지였다.

양피지는 암천회가 중요한 내용이 적힌 전서를 보낼 때 사용하던 혈서였다.

"단 선배!"

혈서의 내용을 읽은 철무경의 안색이 변했다.

수로맹 주병력은 후일을 기약하게. 그리고 전서구를 날리거나 어떻게 해서든 흑암에 다음과 같은 내용을 전달해 주게. 제이전단 귀망을 무한 도강으로…….

후일을 기약하라니?

그게 대체 무슨 소리란 말인가? 대체 그것이 도망치라는 말과 무엇이 다르단 말인가?

어찌 보면 철무경의 분노는 당연한 것이었다.

더구나 흑암에 보내는 전서의 내용은 흑암을 사지로 밀어 넣는 것과 다를 바가 없었다. 그렇지 않아도 외로운 싸움을 하고 있는 흑암이다. 도 와주지는 못할망정 버릴 수는 없었다.

"그럴 수는 없소."

철무경이 단호히 고개를 저었다.

"장강을 그들에게 내줄 생각인가?"

"아직 싸움은 끝나지 않았소."

"흑암은 신수귀장의 혼이 담긴 수로맹 제일의 전투 전선일세. 그들이 라면 가능할 것일세."

"어둠 속에서만이라는 것을 잊지 말아주시오."

"철 맹주, 시간이 없네."

단무극이 철무경의 눈을 직시했다. 철무경 또한 그런 단무극의 두 눈 을 바라보았다.

"희생이 필요한 시기일세."

"버릴 수는 없소."

"흑암이 실패한다면 우리 또한 그곳에서 뼈를 묻을 걸세."

단무극은 안타까운 표정으로 철무경을 바라보았다.

철무경의 마음을 모르는 것은 아니었지만 지금은 사사로운 정에 연연 할 시기가 아니었다.

암천회가 숨겨두었던 전력이 있다 하지만 정면으로 만해도 전단들과 맞붙을 정도는 아니었다. 그것은 수로맹이 가세한다고 해서 별반 다르지 않았다.

만해도 일, 이전단의 힘은 나머지 전단 모두를 합친 것과 비슷했다. 더욱이 아직 해상에 나가 있어 합류하지 않은 두 개의 전단이 합류한다면 그때는 그야말로 필패의 형국이었다.

애초 모든 계획이 흑암을 중심으로 돌아가는 것은 아니었다.

그러나 수로맹을 도와주기 위해 방향을 튼 것이 계획을 변하게 만들었다.

"무당은 그리 녹록한 곳이 아닐세. 계획이 성공한다면 만해도는 전력을 분산시키지 않을 수 없을 걸세. 그때를 노리게."

"반드시 그래야 하오?"

철무경이 떨리는 목소리로 물었다. 그 목소리에는 안타까움이 절실히 깃들어 있었다.

"미안하네."

단무극이 처음으로 철무경의 시선을 피했다.

철무경의 마음은 단무극 역시 장강의 사내로서 누구보다 잘 알고 있었다.

'아우, 이 빚은 반드시 내세에서 갚아주겠네.'

철무경의 눈에서 한 줄기 뜨거운 눈물이 흘러내렸다.

그것은 한 평생 외로운 싸움을 해온 한 사내를 위해 흘리는 눈물이었다.

그가 마지막 가는 길까지 외로운 싸움을 하게 될 것이라 생각하자 가슴이 미어졌다. 다른 이는 모르겠지만 그만큼은 흑암을 이끌고 있는 혈도의 진실한 신분을 알고 있었다.

"알겠소. 하지만 지금 우리로서는 흑암에 전서를 보낼 능력이 없소."

"인장이 찍힌 전서를 준다면 우리가 보내겠네."

단무극은 시선을 돌려 하늘을 바라보았다.

세상을 얻고자 하니 그 누가 그들을 막을 것인가! 199

모든 준비는 끝났다.

그가 할 수 있는 일은 여기까지였다. 이제 일의 성공 여부는 하늘만이 알고 있으리라.

언제부터인가 개일 것 같았던 먹구름이 점차 넓게 퍼져가고 있었다.

"이제 되었느냐?"

단무극은 고민에 빠진 철무경을 뒤로하고 걸음을 옮겼다.

선택은 수로맹주인 철무경의 몫이었다.

단무극은 어디까지나 부탁을 하는 입장이었지 강요를 하는 입장은 아니었다.

그러나 단무극은 수로맹이 어떤 결정을 내릴 것인지 구태여 고민하지 않아도 짐작할 수 있었다.

갈유목의 기세는 무인의 기세였지만 눈빛만큼은 달랐다.

물러날 때를 아는 자.

적어도 수로맹에 갈유목이 남아 있는 한 수로맹은 섣불리 움직이지 않을 것이다.

"잠시만 시간을 주십시오."

"알았다."

단무극에게 동의를 얻은 연운비는 한편에 묵묵히 서 있는 백개명에게 다가갔다.

"이제 정말로 작별이군요."

"하하하, 연 대협답지 않은 말씀입니다. 장강이 마르지 않는 한 다시 만날 것이라고 연 대협께서 직접 말씀하지 않으셨습니까?"

"그렇군요. 장강이 마르지 않는 한……."

불과 헤어진 지 몇 시진도 되지 않았거늘 백개명은 또다시 변화해 있었다.

자신만의 생각인지는 모르겠지만 연운비는 쇠락해 가고 있는 개방이 어쩌면 그로 인해 다시 부흥하게 될지도 모른다는 생각이 들었다.

"부디 보중하십시오."

"보중하십시오."

연운비와 백개명이 서로에게 정중한 포권을 취했다.

"끝났느냐?"

"그렇습니다."

"가자."

"숙부님……?"

연운비가 조금은 의아하다는 눈빛으로 단무극을 쳐다보았다.

이해할 수 없었지만 단무극은 마치 무엇에라도 쫓기는 사람처럼 서두르고 있었다.

"괜찮으십니까?"

"아무것도 아니다. 어서 가자."

"알겠습니다."

연운비는 단무극을 따라 암천회의 전선으로 옮겨 탔다.

"괜찮으십니까?"

곽불이 수심 어린 표정으로 사다리를 이용하여 풍멸에서 내려오는 단무극을 바라보았다.

암천회의 전선에 옮겨 타고 단무극은 곧장 선실로 들어갔다.

선실이라고 해보아야 화살을 피할 수 있는 방책이 세워져 있는 곳에 불과했다.

암천회 전선들을 구조가 돌격형 전투형 전선인지라 앞면이 단단하게 만들어져 있는 반면 측면이나 후미의 공격에서는 무척이나 취약한 모습을 보였다.

"배를 출발시키게."

"존명."

곽불이 배를 움직이기 위해 선실에서 나갔다.

"우웩!"

그와 동시에 단무극이 한 차례 울혈을 내뱉었다.

기이한 것은 단무극이 내뱉은 피가 붉은 것이 아니라 시퍼렇다는 사실이었다.

"숙부님!"

그 모습을 본 연운비가 급히 단무극에게 달려갔다.

"괜찮다."

"저에게 내상약이 있습니다."

"후후, 내상약이라……."

단무극이 씁쓸히 웃으며 고개를 저었다.

"제가 몸을 살펴보아도 되겠습니까?"

"되었다. 백초 늙은이도 포기하였거늘 천하에 누가 있어 내 몸을 고칠 수 있겠느냐?"

"숙부님……?"

연운비가 놀란 눈으로 단무극을 바라보았다.

백초신의라 하면 삼대신의 중 한 명으로 불렸다. 그가 고치지 못한다는 것은 곧 천하에 그 누구도 단무극을 치료할 수 없다는 것을 의미했다.

"그런 눈으로 쳐다보지 말거라. 바로 내가 십장생 중 수상객 단무극이니."

"어찌하여……."

연운비는 차마 말을 잇지 못했다.

이제 겨우 만나게 된 숙부이다.

그가 스스로의 죽음을 말하고 있다. 사람인 이상 슬프지 않을 수 없는 일이었다.

"걱정할 필요가 없다, 아직 내 몸은 멀쩡하니. 그래도 진행이 생각보다 조금은 빠르게 되는 것 같군."

"잠력을 사용하신 것입니까?"

연운비가 떨리는 목소리로 물었다.

"그렇다고도 할 수 있겠지. 잠능파천공(潛能破天功)이라고 들어보았느냐?"

"처음 듣는 말입니다."

"아마도… 그렇겠지. 그것이 내가 사용한 무공이다. 너에게 이야기해 줄 것이 많겠구나."

단무극은 어디선가 술 한 병을 꺼내왔다.

"도가에서는 이것을 곡차라 하지. 운산 도인이 애주가이었으니 제자인 네가 술을 마시지 못할 리는 없을 터. 한잔 받거라."

"알겠습니다."

전선에 제대로 된 술잔이라고 있을 리는 없으니 연운비는 술병을 잡고 한 모금을 마신 뒤 다시 단무극에게 건넸다.

"잠능파천공은 내가 대형께 배운 무공이다. 대형은 우리에게 제이의 스승님이나 다름없는 존재였다."

연운비는 침묵했다.

드디어 듣게 된 아버지의 흔적. 지난 삼십여 년의 세월이 주마등처럼 뇌리를 스치고 지나갔다.

누구일까 생각을 해보지 않은 날이 없었다.

원망이라는 감정보다는 그리움이 먼저였다. 그것은 연운비이기에 가능한 일이었지만 만나게 된다면 가장 먼저 하고 싶은 말은 보고 싶다는 말이었다.

"너도 어느 정도 짐작은 했을 터, 아버지보다는 어머니의 이야기가 듣고 싶겠지."

단무극은 다시 한 모금을 마신 후 말을 이었다.

"대형께서 우리에게 스승님과 같았다면 형수님께서는 우리에게 어머니와도 같은 분이셨다. 언제나 자상하고 사려 깊게 우리들을 보살펴 주셨지. 형수님께서 구워주시는 생선 구이는 정말 별미 중에 별미였지. 직접 담그시는 술 역시 그러했고."

"어머니의… 성함을 알 수 있겠습니까?"

"그것이 무엇이 어렵겠느냐. 형수님의 성함은 단리연이었다. 그리고 나의 누님이기도 하셨지."

"그럼……."

"내 누님 때문이 아니라도 나에게 있어 대형의 핏줄은 조카나 다름이 없다. 물론 너는 내 친조카이지."

"숙부님……."

친혈육이었음인가?

처음 만났을 때부터 어딘지 모르게 친숙한 느낌이 들기는 하였다.

숙부라고 그랬을 때에도 설마 하는 느낌은 있었지만 설마 실제 숙부일 것이라고는 생각지 못했다.

"그리 오래 이야기해 줄 시간이 없다. 나는 늦어도 반 시진 뒤에 운기조식에 들어가야 한다."

단무극이 연운비의 말을 끊으며 말했다.

연운비의 마음을 모르는 것은 아니었지만 그에게는 시간이 그리 많지 않았다.

"내가 대형을 알게 된 것은 누님을 통해서였다. 그때 대형을 보고 나는 이상하지 않을 수 없었다, 누님에게 듣기로는 대형은 학사라고 하였으니. 그러나 내가 본 대형은 무인임에 분명했다. 어느 정도인지는 짐작조차 하지 못했지만 무인임은 알아볼 수 있었다. 대형은 기를 죽였지만 모두를 숨길 수는 없었지. 그래도 당시에는 나도 제법 한수 한다고 자부하는 입장이었으니. 하하하!"

옛 생각이라도 난 것일까?

눈을 감은 단무극의 입가에 미소가 그려졌다.

"그렇다고 대형께서 누님을 속이신 것은 아니다. 대형은 학사라고 말하였지 무인이 아니라고 말한 것은 아니었으니까. 그리고 정말 우연치 않게도 많은 이들을 만나게 되었다. 폼만 잡는 송학, 겉모습은 싸늘하지만 속은 더할 나위 없이 따스한 냉면귀, 주책 맞은 노망탱이 백초 영감. 정말 신기한 일이었지. 어떻게 그리도 많은 이들을 만날 수 있었던 건지……."

단무극은 다시 한 모금의 술을 들이켰다.

"그리고 그놈들도 그때 만났지."

일순간 단무극의 전신에서는 주체할 수 없는 살기가 뿜어져 나왔다. 그 살기가 너무도 지독하여 연운비조차 감당할 수 없을 정도였다.

"숙부님?"

"초무량, 태무극. 이 두 이름을 잊지 말거라. 네가 결코 잊어서는 아니 되는 이름이니까."

"무슨… 말씀이십니까?"

"내가 배운 술법 중에는 일정 시간 동안의 일을 계속해서 기억나게 하는 술법이 있다. 몽유술이라고 하지."

"하면……."

"그렇지 않았다면 네가 어찌 당시의 일을 기억할 수 있겠느냐? 무적패도, 당시 내 팔을 자른 놈의 이름이자, 한때는 십장생의 일원이었던 그가 바로 대형을 해친 원수이자 회를 배신한 놈이다. 아니, 원래부터 그것을 목적으로 우리에게 접근하였으니 배신이라고 말할 수도 없겠지. 그리고 그 모든 것을 주재한 이가 바로 태무극이다. 신산귀재라고 불렸던 놈이기도 하다. 정말 어리석었지. 번천지계를 실패한 이상 또다시 간자를 넣을 리 없다고 생각한 것이 실수였다. 크나큰 실수였지."

"……."

연운비는 충격에서 헤어나올 수 없었다.

정말 돌아가신 것이란 말인가?

자신을 알고 있었음에도 오지 않았다는 사실로 어느 정도 짐작은 했지만 그래도 살아 있을지도 모른다고 생각했다.

그것은 실낱같은 희망이었다.

지금 그 희망이 산산이 부서지는 순간이었다.

"고육지계(苦肉之計)였다. 단순해 보이는 듯하면서도 너무나도 완벽했지. 신산귀재는 애초부터 의심할 여지가 없었고, 냉면귀만이 초무량에 대한 의심을 거두지 않았지만 물증이 없었지. 놈은 우리 모두를 한꺼번에 잡기 위한 덫을 놓고 있던 것이다. 깨끗이 당하였지."

"어디였습니까?"

"그런 무인을 키워낼 만한 곳이 얼마나 되겠느냐?"

"마곡이었습니까?"

"아니다. 팔황이었다면 우리가 눈치 채지 못할 리도 없었거니와 그렇게 속수무책으로 당하지도 않았을 것이다, 이미 우리는 팔황의 무공을 적지 않게 파악하고 있었으니."

"하면……."

"놈! 마음을 진정시켜라!"

돌연 단무극이 일갈을 내질렀다.

흔들림.

연운비의 어조가 평소와 달랐고 주체할 수 없게 떨리는 신형이 그러했다.

주화입마의 초기 증상.

그것을 알아차린 단무극이 일갈로 연운비의 정신을 일깨운 것이다.

"죄송합니다. 못난 모습을 보였습니다."

연운비가 급히 마음을 추슬렀다.

평정을 잃다니… 자신답지 않은 일이었다.

그러나 그것은 실로 당연한 일이었다. 그 누가 부모의 죽음을 알고도 흔들리지 않을 수 있겠는가?

"알면 되었다. 한 번 실수는 병가지상사라 하였으니 오늘 이 일을 결코 잊지 말거라. 무인으로서 그런 실수는 한 번이면 족하다. 오늘은 때가 아닌 듯싶구나. 그곳이 어디인지는 차후에 다시 이야기해 주도록 하겠다."

"알겠습니다."

당장에라도 그곳이 어디인지를 알고 있었지만 조금 전 한 실수를 알고 있었기에 연운비는 순순히 고개를 끄덕였다.

"혹시나 하는 생각에 말해두겠다. 빚은 우리들이 갚는다. 넌 그저 지켜보고만 있으면 된다. 대형도 그것을 원하실 것이다."

"숙부님……."

"놈, 내가 바로 수상객이라 하지 않았느냐? 그리고 암천회는 아직 무너진 것이 아니다."

단무극은 술병에 남아 있는 술을 모두 들이켰다.

"조금 전에 연락이 왔다. 무당이 무너졌다. 정확하게는 패퇴라고 하는 편이 맞겠지. 그것이 만해도 제일전단의 힘이다."

"그럴 수가……."

전부도 아니었다. 그저 우선 회군한 제일전단 전력의 절반만이 왔을 뿐이었다. 아직 흑선과 제일전단의 나머지 전력은 호북과 강서의 경계인 무혈(武穴)에 있었다. 무당과 호북무림이 그 절반의 힘을 감당하지 못하고 패퇴하였다는 사실은 믿기지 않는 것이 당연했다.

"그것이 만해도 제일전단의 힘이다. 무당이 그토록 쉽게 무너진 데에는 수전을 몰랐다는 데에 있었다. 한 번의 승리가 그들에게는 오히려 독이 되었다. 조직적이지 못했고 또한 청사신(青死神)을 견제할 만한 전선이 없었다. 그나마 다행인 것은 물러설 때를 알았다는 사실이다. 후퇴하지 않고 자존심을 지키고자 했다면 전멸을 면치 못했을 것이다. 무당과 호북무림의 힘이 남아 있을 때 일을 처리해야 한다. 그렇지 않다면 앞으로 다시는 기회가 없을 것이다."

"방법이 있습니까?"

"흑암이 시간을 끌 것이고, 고죽노괴가 다른 하나의 전단을 책임질 것이다. 우리가 상대할 것은 만해도 제이전단 귀망이다."

"만해도주가 아니란 말씀이십니까?"

"너는 쌍두룡이라는 말을 들어보았느냐?"

쌍두룡(雙頭龍).

전설 속에서 나오는 머리가 두 개인 용을 뜻했다.

하나의 머리는 불을 뿜고 다른 머리에서는 호풍환우(呼風喚雨)를 하니 일반적인 용에 비해 몇 배에 달하는 힘을 지녔다고 하니 그 어떤 마룡이나 악룡이나 할지라도 그 힘에 견줄 수 없었다.

"만해도주는 한 명이되 또한 두 명이라고도 할 수 있다."

"제가 불민하여 알아듣지를 못하겠습니다."

"도주가 한 명이 아니고 두 명이라는 뜻이다."

"어떻게 그런……."

연운비가 믿을 수 없다는 표정으로 고개를 주억거렸다.

만해도, 팔황 중 일익이다.

하다못해 길거리에 채고 채이는 소문파의 문주들도 한 명이거늘 만해
도 같은 거대 문파에서 문주가 두 명이 있다는 것은 있을 수 없는 일이었
다.

그러나 그런 연운비의 표정이 바뀌는 데에는 그리 오랜 시간이 걸리지
않았다.

"혹시……."

"네 생각이 틀리지 않을 것이다."

"태무극, 그자입니까?"

'놈…….'

연운비의 입에서 태무극이라는 이름이 흘러나오는 순간 단무극의 얼
굴에는 찰나간이나마 감탄의 기색이 어리고 지나갔다.

단무극은 누구보다 연운비에 대해 잘 알고 있었다.

그가 아는 연운비는 불패신룡이라고까지 불린 연청비의 피를 이었다
고 보기가 어려울 정도로 평범했다.

기재라고 하기에는 부족함이 있다는 뜻이었다. 그나마 개정대법이 아
니었다면 그조차도 어려웠을 터였다.

그러나 지금 보이는 연운비는 실로 문일지십(聞一知十)의 기재라 할
수 있었다.

최절정을 넘어서고 무경의 경지에 이르며 생긴 현상이다.

관조.

모든 것을 포용하는 상청무상검도와 무경의 경지가 만들어내는 절묘한 조화였다.

기재라고 하여 반드시 상승의 무공을 대성하는 것은 아니다.

유리한 것은 사실이지만 그것이 전부는 아니라는 뜻이다. 그것을 누구보다 연운비가 잘 보여주고 있었다.

기다림을 아는 자.

후일 호사가들이 검선과 파검의 재림이 한 사람에게 이루어진 것이 가능했던 것은 연운비였기에 가능했던 일이라 칭했을 정도였다.

"그렇다."

"하면 우리가 지금 상대하러 가는 것이……."

"누구인지는 나도 모르겠다. 둘 중 하나겠지. 그러나 상관없다. 쌍두룡 중 머리 하나만을 베어버린다 할지라도 그 힘이 크게 반감되는 것은 틀림없으니."

또 다른 비사.

그것은 수로맹이 그토록 연전연패할 수밖에 없었던 이유를 말해주고 있었다.

지휘관이 누구냐에 따라 전력을 운용하는 것은 다르다.

아무래도 사기 면에 있어 문주가 나서는 것과 그렇지 않은 것은 차이가 있기 마련이다.

그럼에도 각 대문파의 수장들은 아직까지 전면에 나서지 않고 있는 이유라면 패했을 경우 지게 되는 부담감 때문이었다.

한 문파의 수장이 나서고서도 그 싸움에 패하게 된다면 그 심적 타격은 이루 말할 수 없었다. 더욱이 부상이라도 입거나 패사하게 된다면 그 여파는 더할 터였다.

무한 해전에서 수로맹이 그토록 대패한 것은 전력의 차이도 있었지만 만해도주가 직접 그 전투에 참여하지 않을 것이라는 예측이 빗나갔기 때문이었다.

당시 수로맹으로서는 그런 생각을 할 수밖에 없었고, 기실 지금도 팔황 중 문주가 전투에 직접 나서고 있는 곳은 만해도가 유일한 실정이었다.

지금 단무극은 만해도주가 전투에 나설 수 있었던 이유를 말해주고 있었다.

"차라리 만해도주를 치러 가는 것이 낫지 않겠습니까?"

연운비가 조심스럽게 의견을 밝혔다.

"그것도 괜찮은 방법이기는 하다. 그러나 아쉽게도 회에는 흑선을 감당할 전선이 없다. 교전을 믿기에는 그렇게 되기까지의 피해가 너무 크다."

암천회 무인들이 흑선에 승선하기만 한다면 제아무리 만해도라 할지라도 감당할 수 없을 터였다.

천하와 겨루었던 암천회이다.

제아무리 팔황 중 만해도라 할지라도 단독으로는 뭉친 암천회의 힘을 감당할 수 없다.

그러나 문제는 흑선에 승선하는 데에 있었다.

흑선은 흑암처럼 홀로 움직이는 전선이 아니었다.

수많은 만해도의 전선들이 흑선을 호위하고 있었고, 그 호위하는 전선들이 겨우 절반의 전력으로 무당과 호북무림을 패퇴시킨 제일전단 사신이었다.

"두 개의 머리 중 하나를 자른다면 그것으로서 충분하다. 나머지는 수로맹과 무당, 그리고 호북무림이 해줄 것이다. 그러나 만약 대형께서 살아 계셨다면……."

단무극은 안타까워하는 기색이 역력했다.

불패신룡 연청비.

단순히 무공에 있어서가 아니라 존재만으로도 의지가 되는 이름이었다.

그 누가 감히 불패신룡의 앞을 가로막을 수 있을까!

물 위라고 해서 그것은 별반 다르지 않았다.

불패신룡이 나선 싸움에서 암천회는 단 한 번도 패하지 않았다.

불패의 전설.

그 전설을 만들어가기까지의 과정을 암천회의 무인들은 누구보다 잘 알고 있었다.

기이한 것은 불패신룡을 이야기하면서 무제에 대한 이야기를 하지 않는다는 사실이었다. 불패신룡이 강하다고는 하지만 분명 무제의 무위는 천하제일을 논할 정도로 뛰어났다.

"암천회는… 대형이 만든 문파였다. 아니, 문파라기보다는 그저 대형의 뜻이 담긴 곳이었다. 대형을 따랐던 만큼 우리 일곱 명의 의형제는 모두 암천회에 가입을 했지. 그중에서는 이미 은연중에 세력을 일군 형제들도 있었고, 지인들이 많은 형제들도 있었지. 암천회는 그렇게 만들어졌다."

단무극이 호흡을 고르며 말했다.

그것은 마침내 긴 시간 비밀로만 전해지던 암천회의 비사가 밝혀지는 순간이기도 하였다.

"세인들은 십장생이 급작스럽게 튀어나왔다고는 하지만 그것은 사실과 많이 다르다. 이미 형제들 중에서는 나나 백초영감처럼 강호에 위명을 떨치고 있는 이들도 있었고, 고죽노괴나 냉면귀처럼 은자들 사이에서만 알려져 있는 사람도 있었다. 물론 실제로 대형이나 호접처럼 알려지지 않은 사람들도 있었지. 마도 그놈 역시도……."

"암천회는 세상을 얻고자 했다 들었습니다."

"그렇다."

"어째서 그리했던 것입니까?"

"중원은 우리의 땅이다. 단 한 번이라도 우리가 새외를 침범한 적이 있었느냐? 군부라면 몰라도 적어도 강호는 그런 적이 없었다. 새외라고 살기가 척박하다고? 그렇지 않다. 그들은 그저 욕심을 내고 있을 뿐이었다. 군림하고자 하는 욕심."

"……."

"시작은 막내인 천리독행이 몇 가지 정보를 알아내면서부터 시작되었다. 번천지계… 그것은 실로 비겁하기 그지없는 일이었다. 백여 년 전 팔황의 난이 끝나고 이십여 년이 흘렀을 무렵, 팔황에서는 여러 문파에 간세를 심었다. 잠입하기 쉬운 문파부터 시작해서 그것을 연줄로 삼아 사혈련이나 독곡, 심지어 소림이나 무당까지… 그 세월이 무려 반백 년이었다."

"하면……."

"그렇다. 초기 우리가 비무를 방자하여 죽음으로 몰고 갔던 그들은 대부분 팔황의 간세들이었다."

"어째서 사실을 밝히지 않았던 것이었습니까?"

"결정적인 증거가 없었다. 그러나 확신은 있었지. 그리고 아무리 결정적인 증거가 있었어도 놈들은 언제나 도망갈 구멍을 만들어놓고 있었지. 참으로 치밀한 자들이었다. 애초 그들을 상대로 그렇게까지 마구잡이로 강경하게 나가려던 것은 아니었다. 설득하고 또 설득하려고 했지. 그러던 중… 막내가 죽었다. 그것도 거대 문파라는 것들을 설득하려고 하는 도중에… 이제 겨우 좋아하는 사람을 만나 신혼의 꿈에 젖어 있던 놈이었다. 대형께서는 분노하셨지. 천하에 그 누가 있어 대형의 분노를 막아낼 수 있을까? 당시 회와 중원 무림의 전쟁은 그렇게 시작된 것이다."

단무극의 표정은 비통하기 그지없었다.

"억울하냐고? 그렇지 않다. 억울했다면 일을 그렇게 처리하지 않았지. 그것이 바로 대형의 방식이었고 우리들의 방식이었다."

'아버지…….'

그리운 분.

그리고 누구보다 당당했던 분. 고작 이백도 되지 않는 인원으로 중원 전체와도 싸움을 피하려 하지 않았던 분. 불패신룡이라는 말이 조금도 모자라지 않았다.

"우리는 세상을 얻고자 했다. 아니, 정확하게 말하자면 우리들이 자유롭게 살아갈 세상을 얻고자 했다. 묻겠다. 너는 우리의 생각이 잘못되었다고 생각하느냐?"

"아닙니다."

연운비가 일말의 머뭇거림도 없이 대답했다.

방법은 조금 잘못되었을지 몰라도, 그들의 뜻이 잘못되었다고는 할 수 없었다.

"그리고 일이 어느 정도 마무리되었다고 생각했을 무렵, 그 일이 일어났다."

"그 일이라 하시면……."

"철기풍운막이 배신했다는 정보였다. 처음에는 믿을 수 없었다. 사실 우리가 강남에서 그토록 세를 떨칠 수 있었던 것도 철기풍운막이 멸문을 위장한 채 암중에서 도와주었기 때문이기에. 그러나 그 정보를 가져온 것이 신산귀재 그놈이기에 믿지 않을 수 없었지. 이미 그 당시에 우리는 그들과 의형제까지 맺고 있었으니까. 더욱이 그들이 가져온 정보는 너무나 철저하게 조작되어 있어 우리나 철기풍운막으로서나 빠져나갈 구멍이 없었지. 그렇게 우리는 함정에 빠지게 되었다. 그 이후는 너도 알고 있을 것이다."

"하면 숙부님을 제외하고는……."

"그렇다. 못난 이놈을 살리기 위해 나머지 형님들과 동생들이 희생했지. 그나마 술법으로라도 도망칠 가능성이 있는 것이 나뿐이었으니까. 그만큼 놈은 치밀했다. 오죽했으면 만에 하나라도 놓칠 가능성을 대비해 나부터 공격을 했겠느냐. 후우우……."

단무극이 돌연 긴 한숨을 내쉬었다. 그런 단무극의 모습은 몹시도 지친 기색이었다.

"괜찮으십니까?"

"후욱후욱… 시간이 다 된 듯하구나. 나머지 이야기들은 내가 깨어나서 해주도록 하겠다."

"제가 지켜 드리겠습니다."

"녀석……."

똥오줌도 가리지 못하던 아기가 이제 헌원장부가 되어 자신을 지켜주겠다고 한다.

단무극은 연운비의 모습을 보며 천천히 운기조식에 들어갔다.

*　　　　*　　　　*

전해진 또 한 장의 서신.

수로맹 제일의 고수이자 어둠 속에서 그 누구도 대적할 적이 없다는 흑암의 주인, 혈도는 서신을 보며 눈을 감았다.

서신에는 그다지 많은 글자가 적혀져 있지는 않았다.

세상을 얻고자 하니 그 누가 그들을 막을 것인가!　215

그러나 그 내용만큼은 그 어떤 서신보다도 중요한 내용을 담고 있었다.

"재미있군······."

불과 보름 사이에 날아든 두 장의 서신.

평소 같았다면 있을 수 없는 일이었다.

그랬기에 의심하지 않을 수 없었으나 서신에 찍혀져 있는 인장은 분명 수로맹주 철무경의 것이었다.

"누구인가? 이 서신을 쓴 이는······."

인장은 철무경의 것이었지만 이 서신을 철무경이 썼다고는 믿을 수 없었다.

혈도가 아는 철무경은 결코 이런 내용의 서신을 보낼 사람이 아니었다.

그리고 그랬다면 구태여 서신을 두 번에 걸쳐 따로 보냈을 리도 없었다.

악주(鄂州)에서 칠 주야만 더 제이전단 귀망의 발목을 붙잡아주게. 암천회가 나섰네. 그들과 합류하는 시간은 십 주야 후 무한 도강일세.

서신에 적혀져 있는 내용.

그것은 죽으라는 소리와 진배없었다.

지금껏 버티고 있는 것만 하여도 기적이다. 애초 수로맹이 원했던 시간은 나흘.

이제는 물러나야 할 때였다.

은신처는 하나둘 발견되고 있었고, 흑암의 손과 발이라고 할 수 있는 귀사망량들은 점차 지쳐 가고 있었다.

지금 무한으로 물러난다 할지라도 덜미를 잡힐 수 있었다.

혹암의 기동력은 당대 최고라 할 수 있지만 그것은 어디까지나 중, 대형 전선들 중에서였지 아무래도 소형 전선이나 쾌속선에 비한다면 처졌다.

혹암이 꺼려하는 것은 중, 대형 전선들이 아니라 그런 전선들이었다.

자칫 포위망에 갇히기라도 한다면 혹암의 특성상 제대로 된 전투조차 펼치지 못하고 침몰될 수 있었다.

"그래도 가야겠지."

"흐흐, 우리를 이곳에서 모조리 죽일 심산인가?"

귀사망량의 실질적인 수장, 혈면귀가 조소를 흘리며 말했다.

아무리 계약으로 맺은 관계라고 하지만, 그래도 공대를 하던 혈면귀의 말투조차 바뀌었다.

"죽어도 같이 죽는다."

혈도가 음울한 목소리로 대답했다.

"흐흐, 죽게 된다면 당신 목은 내 손으로 먼저 따주도록 하지."

"그거 좋겠군."

지금은 동료이지만, 그 흘린 피 값은 반드시 갚아야 했다. 그것이 애초 이들과 약속한 바였다.

"흐흐 이제부터 당신 옆에 붙어 있어야겠군, 마지막을 내 손으로 장식해 주기 위해서는."

"그게 좋을 수도 있겠군."

"흐흐……."

잠시 혈도를 노려보던 혈면귀가 신형을 돌려 걸어갔다. 혈도는 그런 혈면귀의 등을 말없이 바라보았다.

그러나 혈도는 등을 돌린 혈면귀의 눈빛이 조금 전과는 전혀 다르다는 것을 알지 못했다.

그의 두 눈에 감도는 것은 분명 원망이라는 감정이 아니라 안타까움이
었다.

"너무 오랜 시간이었다. 이제는 편히 쉴 수 있겠지……."

혈도는 품 안에서 보름 전 철무경이 보낸 서신을 꺼내 보았다. 이미
몇 번이고 읽어본 서신이었지만 버릴 수 없었던 것은 그 안에 담긴 철무
경의 마음이 전해졌기 때문이었다.

　장강의 사내답네.

그것은 장강의 사내가 되기로 약속한 한 사람과의 맹약이 담긴 서신이
었다.

第55章

올로 싸우는 것은 외롭지 않으나
혼자된 마음은 서글프다

제55장

콰콰콰콰—

풍랑에 의해 물살이 거세졌다.

어둠 속이라서 그런지 물살은 더욱 거세 보였다. 그런 거센 물살을 헤치며 움직이던 한 척의 전선이 그 자리에 멈춰 섰다.

여기저기 파손되어 있는 부분으로 인해 어딘지 모르게 흉측하게 보이는 전선은 다름 아닌 흑암이었다. 아니, 이제 그것은 흑암이라도고 할 수 없을 정도였다.

"흐흐, 추격대는?"

"더 이상 추격자는 없습니다."

"흐흐, 모두 전투 태세를 해제한다. 휴식은 각자 알아서 취한다. 살고 싶은 자는 구역질이 나도 처먹어라. 먹지 않는 자는 죽겠다고 생각한 것으로 알고 내가 죽여주겠다."

혈면귀가 지쳐 쓰러져 있거나 몸을 기대고 있는 귀사망량들을 매서운 눈길로 노려보았다.

그러자 귀사망량들이 어쩔 수 없다는 듯 억지로 몸을 일으켜 선실로 향했다.

모든 귀사망량들이 선실로 들어간 후에야 혈면귀가 선미로 향했다.

그곳에는 등을 보인 채 바다와도 같은 강을 보고 있는 혈도가 서 있었다.

"남은 인원은?"

"흐흐, 백팔십여 명 남짓이다."

"스물이라……"

혈도, 진실한 이름은 사마무악인 그가 말했다.

또다시 두 번의 전투로 인해 스무 명의 귀사망량이 목숨을 잃었다.

커다란 전투가 아니었음에도 이 정도의 피해를 입었다는 것은 귀사망량들이 계속되는 전투로 인해 지쳐 간다는 것을 의미했다.

더욱이 이각이면 족히 끝날 것이라 생각했던 전투가 반 시진가량 계속되었다.

전력의 누수.

흑암이 제 역할을 해주지 못하니 귀사망량이 더 힘에 겨웠고 그런 귀사망량의 수가 줄어들다 보니 흑암이 당연히 제 역할을 하지 못하고 있었다. 악순환의 연속이었다.

"다음 목표는 단풍… 하류이다."

깊이 숨을 들이 마신 사마무악이 마지못하는 표정으로 입을 열었다. 평소와는 다른 침중한 말투였다.

"……"

"듣지 못하였나? 명령을 내려라. 다음 목표는 단풍 하류이다."

"흐흐, 제대로 말한 것이 맞는가? 상류가 아니라 하류가 맞느냔 말이다."

"그렇다."

"호호, 호호호……."

혈면귀가 괴소를 흘리며 말을 이었다.

"함정임을 알면서도 가겠다는 것인가?"

함정이 틀림없었다.

물살이 그것을 말해주고 있었고 주위에 퍼진 음울한 기운이 그것을 말해주고 있었다.

제 딴에는 함정인 척 보여주지 않으려 정찰조를 반대로 파견하고 위장하였다지만 귀사망량, 그들의 눈을 속일 수는 없었다. 제아무리 팔황이고 만해도라 하여도 실제 능력으로 치자면 상대가 될 리 없었다. 더욱이 단풍 하류라면 구태여 지나치지 않아도 상관없는 곳이었다.

어차피 목적지는 무한.

지금 흑암의 상태로는 그곳에 도착할 수 있는 지도 의문이 드는 상태였다. 그런 상태에서 함정인지 뻔히 아는 곳을 한 번 더 타격한다는 것은 미친 짓이나 다름이 없었다.

"적들의 화를 돋우어야 한다."

"호호, 먹이를 물 것 같은가?"

"천하의 흑암, 그리고 천하의 귀사망량들이 있는데 어찌 물지 않을 것인가?"

"호호, 호호호……."

혈면귀가 말없이 괴소만을 흘렸다.

"지금이라도 돌아가고 싶다면 그리해도 좋다."

"호호, 그럴 생각이었다면 애초 그곳에서 당신의 제의를 받아들이지도 않았을 것이다."

"그런가?"

일순간 사마무악의 눈에 아련한 빛이 스치고 지나갔다.

마지막 싸움이다. 기실 처음부터 귀사망량 그들을 끌어들일 생각은 아니었다. 그러나 수로맹은 너무 약했다. 무엇보다 흑암을 운용하기 위해서는 일류고수와 절정고수의 수가 부족했다. 그 부족을 메우기 위해 선택한 것이 귀사망량이었다.

거래를 주고받았다지만 마음만큼은 편치 않았다. 아니, 편할 수가 없었다. 편하다면 그것이 이상한 일일 것이리라.

귀사망량, 그들은 알지 못하겠지만 사마무악은 그들과 남이 아니라고 할 수 있었다.

그 사실을 밝힐 수 없다는 것.

무엇보다 사마무악에게 있어 그 사실은 더할 나위 없는 고통이자 괴로움이었다.

"비라도 한바탕 왔으면 좋겠군."

사마무악이 하늘을 올려다보았다.

지독히도 쓸쓸한 눈빛.

그것은 홀로 싸우고 있는 자만이 보일 수 있는 눈빛이었다.

"흐흐, 왜 그날이 생각나기라도 하는 거요? 소방주? 아니, 이제 방주라 불러야겠구려."

쿵—

순간적으로 사마무악의 눈에 파문이 일었다. 파문은 점점 심해져 풍랑이 되었다.

"알고… 있었는가?"

얼마나 시간이 지났을까?

간신히 마음을 진정시킨 사마무악이 떨리는 말투로 입을 열었다.

"흐흐, 그럼 모를 것이라 생각했소, 방주?"

혈면귀의 말투가 달라졌다.

말투와 함께 달라진 것은 태도였다. 그것은 주종관계에서나 보일 수 있는 태도였다.

"……."

사마무악이 천천히 눈을 감았다.

응당 모르리라 생각했지만 놀랍게도 혈면귀는 모든 사실을 알고 있는 듯싶었다.

그렇다면 이 배에 있는 다른 귀사망량들 역시 그 사실을 모르지는 않을 것이리라.

"언제부터인가?"

"흐흐, 십 년 정도 되었소."

"처음부터라는 소리군."

애초 너무 쉽다 생각했다.

그러나 그 이유를 자신과 결부시키는 못했다. 단지 다른 이유가 있다고만 생각했을 뿐이다. 그만큼 이 십 년이라는 시간은 그 정도의 의미는 가지고 있었기에.

백교방(白蛟幇).

한때 수로맹과 함께 장강을 양분하던 문파.

그러나 실제 그런 방파가 존재하였는지를 아는 이들은 극소수에 불과했다.

백교방은 그런 문파였다, 존재하는 것조차 사실이었는지가 의심이 드는 그런.

그런 이유 때문에 백교방이 멸문했을 때에도 그 심각성을 아는 이는 몇 되지 않았다.

물론 그에는 여러 가지 이유가 있었다.

실제 수로맹과 장강을 양분했다고 하지만 백교방의 세력이 미치는 곳은 그다지 넓지 않았고 단지 요충지 몇 곳을 장악하고 있을 뿐이었다.

중요한 것은 물길에서 그들의 능력은 타의 추종을 불허한다는 사실이었다.

특히 요격전과 야간 기습에 있어 그들의 능력은 독보적인 것이었다.

수로맹이 아니라면 누가 그들에게 위협이 될 수 있겠는가? 아니, 설령 수로맹이라 하더라도 백교방은 무시할 수 있는 문파가 아니었다.

그런 그들이 하루아침에 멸문당했다.

모두들 수로맹을 의심하였지만 수로맹은 부인하였고, 실제 당시 수로맹의 주축을 이루던 세 척의 전선은 다른 곳에 있었다는 것이 밝혀졌다.

결국 그 사건은 유야무야 서서히 잊혀져 갔고 이제 그 사실을 기억하는 이는 얼마 되지 않았다.

사마무악이 당시 유일하게 살아남았던 백교방주의 유일한 혈육이었다. 그리고 이곳에 있는 귀사망량들은 멸문의 화를 피한 백교방의 무인들이었다.

"하하, 하하하하!"

사마무악이 돌연 대소를 터뜨렸다.

그것은 그간 가슴속에 쌓여 있던 모든 것을 푸는 울분의 대소였다.

그러자 흑암 곳곳에 퍼져 있는 귀사망량들이 사마무악을 중심으로 모여들기 시작했다.

혼자 싸우는 것은 외롭지 않았다.

그러나 언제나 혼자일 수밖에 없는 마음은 서글펐다.

하나 이제는 혼자가 아니라 그토록 원하던 옛 동료와 전우들과 함께였다.

"축하하네, 사마무악으로 돌아온 것을."

누군가가 그런 사마무악의 등을 한 차례 두드려 주었다.

"노사."

"허허, 사마무악. 얼마나 듣기 좋은 이름인가?"

사마무악의 등을 두드린 이는 다름 아닌 신수귀장 곡비양이었다. 사마무악의 진실한 신분을 알고 있던 몇 안 되는 이들, 그들 중 한 명이 바로 곡비양이었다.

"이제부터라도 그렇게 살아가게, 백교방주 사마무악으로."

사마무악의 등을 한 차례 더 두드려 준 곡비양이 선실 깊숙한 곳에 있는 조타실로 걸어갔다.

그런 곡비양을 향해 사마무악이 깊숙이 허리를 숙였다.

그가 지금까지 버틸 수 있었던 아마도 곡비양이 있기에 가능했던 일이리라.

"오래 기다렸나?"

사마무악이 물었고 귀사망량, 아니, 백교방 무인들은 대답하지 않았다.

그들은 그저 묵묵한 표정으로 사마무악을 바라보고 있을 뿐이었다. 가족을 잃고 동료를 잃으며 그들은 모든 감정을 잊어버렸다. 아니, 그들 스스로가 버렸다. 오로지 복수를 하고자 지금껏 살아남아 있었을 뿐이었다.

그러나 사마무악을 바라보는 그들의 눈빛은 더할 나위 없이 뜨거웠다. 그것은 결코 감정을 잃어버린 이들이 보일 수 있는 눈빛이 아니었다.

"긴 시간이었다. 그렇지 않은가?"

이십 년 전.

백교방을 멸문시킨 것은 바로 만해도와 유령문이었다.

소수 정예로 방을 유지하던 백교방은 두 거대 문파의 기습에 속절없이 무너졌다.

백교방의 정예가 다 모여 있었다면 그렇게 쉽게 무너졌을 리 없겠지만 전력이 분산되어 있던 탓이 컸다.

당시 팔황이 은밀히 무너뜨린 문파는 백교방만이 아니었다. 청해에 적을 두고 있는 문파 청백문이 그러했고, 복건에 적을 두고 있던 문파 만수곡이 그러했다.

그런 문파들의 하나같은 공통점은 특수한 능력을 보유하고 있으며 외부와 교류가 많지 않다는 데에 있었다.

"빚을 갚지 못해 억울한가?"

빚을 갚고자 했지만 그럴 수 없었다.

아무리 그들이 힘을 키웠다고 하지만 만해도에 비한다면 초라할 정도로 빈약한 힘이었다.

그러나 사마무악은 물론이고 그를 바라보는 백교방 무인들의 눈빛 그 어디에도 억울하다는 모습은 찾아볼 수 없었다.

"아버님은 늘상 이런 거대 전선을 보유하기를 원하셨지……."

백교방이 인근한 곳에는 중요 요충지가 많았고 수군의 견제로 인해 백교방은 거대 전선을 보유할 수 없었다.

백교방주는 늘상 그 점을 안타까워하였으나, 이제 그 후대가 장강을 떨쳐 울리는 전선의 지휘자가 되어 그 한을 풀어주고 있었다. 누가 무어라 하여도 당대 장강의 제일전선은 흑암이었다.

"우리의 복수는 장강의 친구들이 해줄 것이다. 만해도 제이전단이라면 마지막 상대로는 부족함이 없을 터. 방주로서 마지막 명령을 내리겠다!"

사마무악이 쩌렁쩌렁한 소리로 외치며 품 안에 무엇인가를 꺼내 들었다.

사마무악이 품에서 꺼낸 것은 하나의 문양이 그려져 있는 커다란 깃발이었다.

모두가 긴장된 표정으로 그런 사마무악을 바라보고 있었다.

백교방 무인들은 그 깃발이 무엇인지 모르지 않았다. 아니, 모른다면 그것이 이상한 일이리라.

백교방의 깃발.

그것은 그들의 자부심이자 모든 것을 대신하는 상징이었다.

혈살기가 한때 장강이남을 공포로 지배했다면 장강을 군림했던 그들의 징표.

그것이 지금 흑암의 선미에 걸렸다.

"장강의!"

"사내답게!"

누가 먼저랄 것도 없이 흑암에 탄 모든 이들이 하나가 되어 크게 외쳤다.

"출정한다!"

흑암. 그리고 백교방의 무인들의 마지막 출정이 시작되었다.

천하는 혼란에 빠져들었다.

혼란의 시작은 사혈련의 출현에서부터 시작되었다.

혈살기를 내걸며 남하한 사혈련은 무벌 휘하 모든 분타들을 무차별적으로 공격했다.

이해할 수 없는 일이었다.

천하가 팔황으로 인하여 전란에 휩싸여 있었다.

아무리 사파라고는 하지만 그래도 엄연한 중원의 문파가 아닌가?

한때나마 사도의 종주를 자처했던 것을 생각한다면 이것은 배신 행위나 다름없는 일이었다.

그런 와중 또 하나의 충격이 중원을 휩쓸고 지나갔다.

그것은 무당과 호북무림이 만해도에 대패한 사실이었다.

무당이 누구이던가.

천년소림과 함께 정도무림의 정신적 지주이자, 구파일방을 이끌어가는 방파가 아니던가.

아무리 암천회에 의해 큰 피해를 입은 무당이라고는 하지만 그래도 충격이 있지 않을 수 없었다.

그나마 다행인 점이라면 수로맹이 만해도 두 개 전단을 패퇴시켰다는 사실이었다.

누구도 예상하지 못한 전과였다.

비록 수로맹주가 수로왕이라고까지 불린다고는 하지만 한낱 수적 떼로만 생각되던 수채들이었다.

기실 명문정파나 거대 문파에서는 수로맹이라 부르지도 않을 때가 많았다.

격변의 시대.

후일 호사가들은 이 시기를 가리켜 한 치 앞도 예측할 수 없었으며 강호 역사상 최고의 부흥기이자 또한 최악의 혼란기라고 칭하였다.

솨사사사—

전선은 빠른 속도로 움직였다.

의창(宜昌)을 지나 지강(枝江) 하류를 거쳐 형주(荊州)를 지나쳤다.

놀라운 것은 암천회 전선들이 만해도 경계망에 전혀 걸리지 않는다는 사실이었다.

필요한 식량이 있으면 도저히 배를 대기 어렵다고 생각한 곳에서 지원을 받았고 적게는 한 척, 많게는 서너 척씩 흩어졌다 모이기를 반복했다.

전선과 상선은 다르다.

그토록 많은 배들이 장강을 이동함에도 만해도가 장강을 철저히 통제할 수 있던 것은 바로 그런 이유에서였다.

물론 신분을 속이고 상선에 타고 이동하는 자들까지야 어쩔 수 없다.

그러나 무공을 익히지 않았다는 것을 감출 정도로 실력이 되는 무인들이 그렇게 많은 것도 아니었고, 그 정도 수로 할 수 있는 일에는 한계가 있었다.

그런 면에서 암천회의 전선은 특이했다. 배 정면만 교묘히 위장한다면 알아볼 방법이 없었다. 그저 사람을 실어 나르는 호송선이라고 생각할 정도였다.

"하하, 강위 네놈도 왔구나."

"쳇, 내가 조금 늦은 건가."

"이놈들아, 형님을 보았으면 인사를 해야지."

"누가 형님이라는 거냐?"

왁자지껄한 소리.

일차 목적지인 단자강이 가까워지며 암천회의 전선은 점차 늘어나고 있었다.

대체 어디에 그렇게 숨어 있던 것인지는 모르겠지만, 스무 척도 되지 않았던 전선은 어느새 오십여 척에 육박하고 있었다.

'이들이 모두 암천회의 무인들이란 말인가?'

연운비는 고개를 저었다.

아닐 것이다.

연운비가 알기에 삼십여 년 전에도 암천회의 무인은 이백이 넘지 않았다고 한다.

더욱이 개개인이 절정고수가 아닌 이들이 없었다.

그러나 전선에 타고 있는 이들 중 절정고수라고 생각되는 이들은 손에 꼽을 정도였다.

수상객 단무극.

그 이름이 가진 힘이었다.

수로맹주나 해웅조차 한때 우상시 하던 그였으니 무슨 다른 말이 필요하겠는가?

"무당은 얼마나 피해를 입은 것입니까?

"삼 할 이상. 무엇보다 일류 고수들이 상당수 죽었고 장로 두 명과 일대제자 이십여 명이 죽었다."

"그런……"

연운비가 탄식을 흘렸다.

장로 두 명이 죽었다면 그 피해가 어느 정도인지는 짐작조차 할 수 없을 정도였다.

거대 문파라고 해서 장로 급 무인이 많은 것은 아니다.

그중에서는 은거에 들어간 사람도 있었고, 혹시 모를 적의 공격에 대비해 본산에 남아 있어야 하는 이들도 있었다.

더욱이 다시 장로 급 무인이 충원되기 위해서는 시간이 필요했다. 지휘자가 없다는 것은 그만큼 전력의 누수가 심하다는 것을 의미했다.

"목적지는 어디입니까?"

"무한(武漢)이다, 우리가 놈들을 요격할 곳은."

무한이라면 적의 심장부.

가장 방비가 강한 곳을 친다.

그럼에도 조금의 주저함도 없었다. 그것은 지극히 암천회다운 모습이었다.

"그렇군요……."

연운비는 그동안 단무극과 이야기를 나누지 못했다.

운기조식을 마친 단무극은 긴 잠에 빠져들었다.

심각할 정도가 아니라면 내공을 익힌 무인이라면 수마에서 벗어날 수 있다. 그러나 단무극은 마치 죽은 사람처럼 잠만 잤다. 바로 그것이 잠능파천공을 사용한 대가였다.

한 번 사용할 때마다 잠에 빠져드는 시간은 늘어나고 결국 죽음에 이르게 되는 것이 잠능파천공이었다.

"더 이상… 무공을 사용하지 마십시오."

"들었더냐?"

"그렇습니다."

"곽불 그놈이 쓸데없는 말을 주절거렸군."

"부탁드리겠습니다."

"내 일은 내가 알아서 하겠다."

"숙부님……."

연운비가 안타까운 눈으로 단무극을 바라보았다.

"그만해라. 이런 이야기나 하려고 나를 보자고 한 것이냐?"

연운비는 더 이상 말을 하지 못했다.

말린다고 해서 들을 사람도 아니거니와 그렇다고 해서 막을 힘을 가지고 있지도 못했다.

그러나 연운비는 한 가지 사실에 대해 모르고 있는 것이 있었다.

잠능파천공을 일정 이상 사용하게 되면 더 이상 무공을 사용하지 않는다고 해서 폐해가 없는 것이 아니었다. 단무극은 이미 그 일정 이상의 단계를 벗어난 지 오래였다.

"암천회주는 어떤 분이셨습니까?"

"회주에 대해서 알고 싶으냐?"

"그렇습니다."

"후우……."

단무극이 긴 한숨을 내쉬었다.

당연히 궁금할 것이리라.

불패신룡을 거둘 수 있었으며 암중 천하제일인이라고까지 불리었던 무인.

그러나 중원이 그에 대해 아는 것이라고는 실로 전무하다고 할 수 있었다.

"회주는… 어떻게 보면 참으로 불운한 분이셨다."

단무극의 눈에 아련함이 깃들었다.

천하를 풍미했던 암천회.

이제 그 존재는 희미한 추억으로만 세인들에게 기억되고 있었다. 수십 년의 시간이 지나고 세월이 더 흐르면 그 누가 암천회를 기억해 줄까?

세상을 얻고자 했으되 군림하고자 했던 것은 아니다.

그 마음을 알아준 이는 몇 되지 않았지만 함께할 수 있는 동료가 있었기에 외롭지 않다 생각했다.

그러나 분명 마음 한구석에 아쉬운 감정이 깃드는 것은 어쩔 수 없었다.

"기실 암천회를 만든 것은 회주라기보다 대형이셨다. 회주는… 그저 강한 자와 겨루기를 원하셨던 것뿐이지. 무인. 그 말이 어울리는 분이 회주였다. 강함만을 말함이 아니다. 정말 무인다운 강함이 있던 분. 천하에 회주와 견줄 사람은 대형을 비롯해서 몇 되지 않을 것이다."

"하면 그분도 함정에 걸려……."

"그렇다. 정말 치밀한 합공이었지. 유령문주, 구양노사라 불리웠던 마곡의 무인, 배교의 술법가들, 만해도의 호법들… 그러나 그런 합공 속에서도 회주님은 조금도 물러서지 않았지. 중과부적이라는 말을 아느냐. 비겁했다. 정말로 비겁한 짓이었지. 그들은 상황이 여의치 않자 수하들을 방패막이로 내세우며 인해전술로 나왔다. 아무리 회주라 한들 피륙으로 이루어진 인간이 아니겠느냐? 수십, 수백 시진을 싸울 수는 없는 것이다. 만약… 사혈련이 아니었다면 그 누구도 그곳에서 살아 나오지 못했을 것이다."

"사혈련이라 하시면……."

연운비가 놀란 눈빛으로 물었다.

사혈련이라 하면 한때 암천회와 치열한 전투를 벌인 문파였다. 그런 문파에서 도움을 주었다 하니 놀랍지 않을 수 없는 일이었다. 그러나 그 전쟁 속에 얽힌 내막이 단무극의 입을 통하여 밝혀졌다.

"위장이었다. 위장이었으되 회주와 사혈련주와의 싸움은 진실이었지. 어차피 위장 따위로 놈들을 속일 수는 없었음으니… 그것은 무인 간의 정당한 비무였다. 그런 비무에 승복하지 못한다면 애초부터 사혈련과 뜻을 같이하지도 않았을 것이다. 그리고 보면 특이한 일이었다. 사혈련만큼은 당시 우리의 말을 믿어주었으니……."

"하면 그분은 어떻게 되었습니까?"

"모르겠다. 그곳에서 무사히 벗어났다는 말은 들었지만… 아무도 모르는 일이다. 당시 그곳에 끝까지 남은 사람은 회주뿐이었고, 회주는 죽으면 죽었지 등을 보이실 분이 아니었으니."

"아직까지 연락이 없었다는 뜻입니까?"

"삼십 년이다. 아직도 한가닥 믿음은 있지만… 대형조차 돌아가신 마당이다. 이제는 미련을 버려야 할 때이겠지."

단무극이 하늘을 바라보았다.

홀로 싸우는 것은 외롭지 않으나 혼자된 마음은 서글프다 235

강하디강했던 무인.

무인이라는 말이 어울렸으며 어떻게 보면 암천회가 존재할 수 있었던 것도 불패신룡과 무제 때문이었으리라.

그러나 회주로서는 부족한 면이 있던 것도 사실이었다. 실제 암천회를 이끌어 나간 것은 불패신룡이라고 할 수 있었다. 그러나 존재감에 있어서는 그 누구도 무제와 비교할 수 없었다.

"또 물어보고 싶은 것이 있느냐?"

"성공할 가능성이 있겠습니까?"

"하하, 모사재인(謀事在人) 성사재천(成事在天)이라, 무엇을 두려워하겠느냐? 우리가 존재하였었다는 사실만으로도 충분하다."

먼저 간 의형제들과 동료, 그리고 수하이자 또한 스승이기도 했던 이들.

복수를 꿈꾸는 것이 아니다. 단지 그들이 틀리지 않았다는 사실을 보여주고 싶을 뿐이다.

"지금쯤이면 사혈련과 소림, 그리고 십팔도궁이 일을 시작하였을 것이다."

"무슨 말씀이십니까?"

"무벌, 그들을 치기 위해 움직였다는 소리이다."

"그들이 진정……."

연운비는 차마 말을 잇지 못했다.

여러 가지 정황으로 무벌이 이상하다는 것은 생각하고 있었다. 그러나 소림과 십팔도궁, 사혈련이 나서 쳐야 할 정도라면 그 정도는 도를 넘어섰다는 사실이었다.

"배교가 어째서 움직이지 않고 있다고 생각하느냐?"

"하면……."

"배교의 전력 중 절반이 무벌을 돕고 있는 상황이다. 아무리 소림과 사혈련, 십팔도궁이라도 쉽지 않을 것이다. 전부는 아니더라도 이미 그들에게 포섭된 이들이 적지 않을 것이고, 애초 팔황의 첩자였던 자들도 상당수 존재하니……."

번천지계.

하늘을 뒤엎고 새 하늘을 열고자 했던 팔황의 야망. 그것이 암천회에 의해 물거품으로 돌아가자 그들은 오히려 암천회를 이용하여 계략을 꾸몄다.

그렇게 탄생한 것이 무벌이었다.

천하를 뒤흔들었던 암천회가 만들어질 수 있었거늘, 다른 세력이라고 만들지 못할 리 없었다. 적어도 무적패도라고 불리는 초무량에게는 그럴 능력이 있었다.

불귀곡(不歸谷).

이제는 잊혀진 이름이지만 백여 년 전 도저히 사람이라고도 부를 수 없는 사파의 마두들이 공적으로 낙인찍혀 중원 무림의 추격을 받자 천혜의 험지로 몸을 피하였다.

사혈련이 사파라고는 하지만 그들은 인륜을 거스르거나 천륜을 저버리는 짓을 하지는 않았다.

그러나 불귀곡으로 몸을 피한 마두들은 인간 말종이나 다름없는 자들이었고, 이백여 명의 뜻있는 인사들이 힘을 합쳐 불귀곡까지 쳐들어갔다.

하나 결과는 실로 참혹했다.

요소요소에서 이어지는 암습과 독을 사용한 함정, 절정고수가 아닌 이가 없었지만 불귀곡에 쳐들어가서 살아 나온 이는 고작 수십에 불과했다.

그리고 그곳에서 살아 나온 이들의 한결같은 발언.

놀랍게도 불귀곡에 들어간 마두들은 내공이 두 배 가까이는 증가해 있던 것이다.

중하수(重下水).

중수였던 물이 오랜 시간에 걸쳐 천반암과 섞이며 변하게 되면 중하수가 되는데 중수와는 달리 마실 수 있을뿐더러 그 물을 마시게 되면 일시적으로 공력이 크게 상승한다.

그러나 중하수는 그런 효과를 주는 반면 폐해도 있었으니 그것은 중하수 속에서만 산다는 하수석균을 먹지 못하면 내장이 녹아들어 간다는 사실이었다.

중하수는 무인에게는 있어 축복이지만 또한 더할 나위 없는 제약이기도 하였다.

그 문제는 하수석균에 있었다.

하수석균은 중하수가 아니라면 자라지 않았다. 또한 중하수에서 꺼내게 되면 하루도 넘기지 못하고 말라비틀어지는데 보관이 어려운 것은 중하수가 녹피 주머니나 다른 곳에 담을 경우 급속도로 말라 증발해 버린다는 사실이었다.

결국 한 번 중하수를 먹게 되면 중하수가 있는 곳에서 멀리 떨어지지 못한다는 사실이었다.

결국 그들은 생존하기 위해 자충수를 둔 것이었다.

그 사실을 알게된 중원 무림은 불귀곡을 중심으로 반경 이백여 리에 걸쳐 금지로 정하고 출입을 제한하였다.

"불귀곡이라 들어보았느냐."

"스승님께서 언급하신 적이 있습니다."

"칠십 년이라는 세월은 결코 짧지 않았음이니… 그들을 너무 경시했다. 아니, 생존하고자 하는 인간의 본능을 너무 경시하였다."

"하면 무벌이……."

"그렇다. 그들은 마침내 중하수의 중독을 해결한 것이었다, 비록 그것이 완전하지는 않았지만."

중하수 중독의 해결.

그것이 가져오는 파장은 실로 적지 않았다. 아니, 경천동지할 사건이라 해도 과언이 아니었다.

"대체 어떻게……."

"너무 걱정할 필요는 없다, 그들 역시도 완전히 해결한 것은 아니니. 그랬다면 진작에 무벌을 박차고 나왔겠지."

"무슨 말씀이십니까?"

"그들이 어째서 그곳에 무벌을 세웠다고 생각하느냐? 그곳 역시 중하수가 존재하기 때문이다."

"아……."

그제야 연운비는 무벌의 총단이 지리상 그다지 좋지 않은 백운산(白雲山)에 자리 잡은 것인지 알 수 있었다.

"지금쯤이면 소림과 사혈련, 그리고 십팔도궁이 무벌을 치고 있을 것이다."

"그렇군요."

연운비는 그다지 놀라지 않았다.

애초 무엇인가 정세가 이상하게 돌아간다는 사실 정도는 짐작하고 있었다.

무벌이 팔황과 손을 잡았다는 사실까지는 짐작하지 못했지만 소림이 침묵하고 있는 이유에 대해서는 알고 있었다.

"군사께서 도착하셨습니다."

그 순간 문밖에서 곽명의 목소리가 들려왔다.

"모시게."

"들어가시지요."

드르륵 하는 소리와 함께 문이 열리며 청수한 중년 문사가 안으로 들어섰다.

어딘지 모르게 기품이 느껴지는 중년 문사였다.

그것은 옷차림이나 생김새와는 전혀 다른 그 사람에게서 흘러나오는 기품이었다.

"왔는가?"

"늦으시기에 무슨 일이라도 생긴 줄 알았습니다."

"별일 아니었네."

단무극이 담담히 대답했다.

그러나 그 모습을 본 중년 문사의 얼굴에 수심이 깃들었다.

그 역시 무공을 익힌, 그리고 또한 쇄맥혈을 아는 무인으로서 단무극의 몸 상태를 모르지 않았다.

단무극의 현재 몸 상태는 그가 헤어지기 전 상태보다 더욱 악화되어 있었다.

"이분은……."

"소개가 늦었구나. 인사드려라. 회의 군사 직을 맡고 계시는 분이다."

"처음 뵙겠습니다. 연운비라고 합니다."

"하면 이 소협이……?"

제갈명이 시선을 돌려 단무극을 바라보았다. 그러자 단무극이 묵묵히 고개를 끄덕였다.

"삼가 제갈명이 중원 무림을 대표하여 불패신룡의 후인에게 예를 표합니다."

돌연 제갈명이 반례를 하며 허리를 숙였다.

그것은 흔히 강호인들이 상대에게 극공의 예를 보일 때 하는 모습이었다.

그 모습에 놀란 연운비가 급히 마주 허리를 숙였다.

"어찌……."

"받아라. 너는 대형을 대신해서 그 예를 받을 자격이 있다."

그 순간 단무극이 단호한 모습으로 입을 열었다.

"하지만……."

"너는 네 아버지를 부정할 생각이더냐!"

대노한 단무극이 일갈을 내질렀다.

적어도 연운비는 그의 아버지를 대신해서 중원의 모든 무인들에게 그런 예를 받을 자격이 있었다.

그제야 연운비는 어쩔 수 없다는 듯 작은 한숨을 내쉬며 제갈명의 반례를 받았다.

억울하였으되 그 감정을 다른 이에게 풀지 않았고, 배신을 당하였으되 그 분노를 대를 이어 전하게 하지 않았다.

그런 무인들의 넋을 기리기 위해 제갈명은 떠난다는 말을 남기고 홀연히 사라졌다.

그가 향한 곳.

그곳은 바로 암천회였고, 그는 중원무림이 암천회에게 진 빚을 갚고자 하였다.

신기제갈(神技諸葛).

그 호칭의 진실된 주인.

이제 제갈세가가 키운 희대의 지략가가 세상에 그 모습을 보이려 하고 있는 것이다.

"소문은 익히 들었습니다. 암천회의 군사를 맡고 있는 제갈명이라 합니다."

제갈명은 그의 이름 앞에 제갈세가라는 말을 붙이지 않았다. 그것은 그가 제갈세가의 무인이기에 앞서 암천회에 소속되어 있다는 것을 말하고 있음이다.

"말씀을 낮추시지요. 제가 부담스럽습니다."

"그래도 되겠는가?"

제갈명은 연운비의 제의를 거절하지 않았다.

중원의 무인으로서 불패신룡의 대한 예의는 지켰다. 예의를 지켰다면 남아 있는 것은 배분과 지위.

비록 신검의 위명이 구주팔황을 울린다 하지만 암천회를 이끄는 군사로서 또한 제갈가의 맥을 이은 지략가로서 제갈명은 연운비의 공대를 받을 자격이 있었다.

"시간이 멀지 않은 듯합니다."

"그렇다네."

단무극은 스스럼없이 제갈명에게 말을 놓았다.

한 문파의 군사. 어느 문파와 같았다면 그럴 수 없겠지만 그것은 오직 암천회이기에 가능한 일이었다.

세상을 얻고자 했던 이들.

암천회가 추구하는 것은 누구보다 자유로운 삶이었다. 회주나 율법이 그들을 구속하는 것이 아니라 그들의 의지가 그들을 붙들고 있는 것이다.

"흑암은?"

"안타깝지만… 약조한 곳까지는 당도하지 못할 듯싶습니다."

"그렇구만."

일순간 단무극의 얼굴에 안타까운 빛이 스치고 지나갔다.

또 한 명의 무인.

장강을 사랑했으며 그랬기에 스스로의 신분조차 속이고 어둠을 자처하였으며 홀로 외로이 고군분투하고 있는 자.

만약 흑암이 아니었다면 수로맹은 결집된 만해도의 힘에 무너졌을 터였다.

"승산은 얼마나 되겠는가?"

"삼 할입니다."

"나쁘지 않군."

승산이 전무한 싸움도 숱하게 치른 암천회였다. 그럼에도 암천회는 아직까지 존재하였고 지금까지도 싸우고 있었다.

항상 승리한 것만은 아니었다. 그러나 단언하건대 물러난 적은 없었다.

"제오전단은?"

"사혈련이 미끼를 던졌습니다."

"그들이 큰 희생을 치렀군."

사혈련을 치기 위해 남하했던 제일전단과 제오전단 중 제일전단의 전력 절반만이 돌아온 것은 괜한 이유에서가 아니었다. 사혈련이 나서지 않았다면 그것은 불가능한 일이었고, 사혈련에서도 시간을 끌기 위해 적지 않은 타격을 입어야만 했다.

"그들이 해야 할 일이었습니다."

"이제는 우리 몫이로군."

단무극의 전신에서 싸늘한 기도가 피어올랐다. 그것은 지금까지 보여준 단무극의 모습과는 또 달랐다.

천하와 싸운 암천회의 힘.

그리고 그 주축이 되었던 십장생 중 일인. 장강의 호걸들이 우상시 했던 그의 진면목이었다.

"태무극, 이제 끝이다. 이 지루하고도 오랜 악연에 종지부를 찍어주마."

단무극의 눈빛이 새파랗게 빛났다.

장강에서는 그 누구라 할지라도 자신을 꺾지 못할 것이라 호언장담하는 무인. 그것은 오만이 아니라 그의 자부심이었다. 그런 그가 마지막 싸움을 준비하고 있었다.

*　　　*　　　*

콰쾅—

물기둥이 솟구쳐 오르며 자욱한 물보라가 퍼져 나갔다.

펑— 퍼퍼퍼펑—

물기둥은 하나가 아니었다.

어지간한 배는 그 파동으로만 뒤흔들만한 십수여 개의 물기둥이 솟구쳐 오르는 것은 실로 장관이라 할 수 있었다.

그러나 그 물기둥을 보는 이들의 가슴속에 스며드는 것은 경외감이 아니라 초조함이다.

"속도는?"

"지금이 한계입니다."

"한계라, 언제부터 한계라는 말이 있었나? 백교방 무인들은 그런 말을 사용하지 않는다. 속도를 올려라."

"크큭."

혈면귀는 웃었다.

평소 보이는 자조적이거나 씁쓸한 미소가 아니라 즐거워 웃는 미소였다.

그 미소를 본 사마무악 역시 마주 웃었다.

사마무악이라고 해서 진심으로 그런 명령을 내렸을까?

아니었다. 그리고 그렇기 때문에 두 무인은 서로를 보며 웃을 수 있는 것이다.

"방주."

"아쉬운가?"

"그렇소."

"무엇이 아쉬운가?"

"방주와 더 이상 함께하지 못하는 것이 아쉽소."

혈면귀, 한때 백교방의 선봉장이었던 그의 목소리는 진심이 담겨 있다.

방주를 잃고 혈육을 잃고 수하들을 잃었다.

그나 귀사망량들에게 남은 것이라고는 오직 불타는 복수심밖에는 없었다.

그런 와중 한 사내를 만났다. 한눈에 알아볼 수 있었다, 그가 한때 장강을 뒤흔들었던 주군의 핏줄이라는 것을.

삶의 목적이 바뀌었다. 그 이후 그와 귀사망량은 새로운 방주를 위해 살아갔다. 알아주지 못한다 하더라도, 무슨 이유 때문에 감추고 있는지 모르더라도 그 마음만큼은 변하지 않았다.

"그러고 보니 내일이 벌써 약속한 날이로군."

머나먼 길.

약속한 장소까지는 아직도 백수십여 리나 남아 있었다. 평소 같았다면 몇 시진이면 주파할 거리였지만 지금은 아니었다.

칠 주야.

흑암은 잘 싸웠다.

이제 잘 싸웠다는 것조차 욕이 될 만큼 그들은 잘 싸웠다.

"후미의 상태는 어떤가?"

"절반이 파손된 상태입니다. 수리는 불가능합니다."

"절반이라……."

사마무악은 하늘을 올려다보았다.

어제부터 차츰 어두어지기 시작하던 하늘은 화마가 휩쓸고 지나가기라도 한 듯 온통 잿빛이었다.

"죽기에는 나쁘지 않은 날씨군."

빗방울이 떨어져 내리지는 않았지만 잿빛 구름은 쉬이 걷힐 기세가 아니었다.

그러나 단지 그뿐이었다.

더 이상의 먹구름은 몰려오지 않을 듯싶었고, 날이 어두워지려면 두시진은 족히 있어야 했다.

"후후, 시간이 아쉬워 보기는 오랜만이군."

사마무악은 손 안에 들고 있는 전서를 움켜쥐었다.

단 몇 시진, 아니, 하다못해 몇 각의 시간만이라도 있었다면… 그랬다면 상황은 달라졌을지도 모른다.

'대형, 우리는 정말 잘 싸웠소. 이들에게 더 이상 요구하는 것은 무리일 듯싶구려.'

사마무악은 시선을 돌려 동쪽 저 어딘가에 힘겨운 싸움을 하고 있을 수로맹주 철무경을 떠올렸다.

신분이 증명되지 않은 자신을 믿어주었을 뿐만 아니라 흑암까지 맡기었다.

천자라 할지라도 그런 배포는 보여줄 수 없을 터였다.

"모두들… 수고가 많았다."

사마무악과 귀사망량, 아니, 백교방 무인들의 눈빛이 마주쳤다.

귀사망량들이 배를 조정하던 것을 멈추고 하나둘 사마무악 곁으로 모여들었다.

가쁜 호흡들.

하나하나 일류고수가 아닌 이가 없었지만 제대로 성한 이들이라고는 눈을 씻고 찾아봐도 몇 되지 않았다.

악주에서 무한까지 무려 수백 리가 넘는 수로를 쫓기고 쫓겨온 것이다.

그 와중에도 수시로 상대를 괴롭혔고 오죽하였으면 만해도 무인들 중 선봉에 나서는 이가 없으려 할 정도였다.

"흐흐, 징그럽게도 몰려오는군."

혈면귀가 특유의 실소를 흘리며 말했다.

흑암의 속도가 떨어지자 추격하던 중, 소형 전선들이 기세를 올리며 따라붙었다.

"이 정도면 충분하지 않은가?"

백교방 무인들은 구태여 사마무악의 말에 대답하지 않았다. 말을 하지 않아도 사내는 서로의 마음을 읽을 수 있는 법이다.

"뱃머리를 돌려라. 백교방의 깃발을 더욱 높이 휘날리게 하라. 이제는 공격이다. 백교방의 무인답게!"

사자후.

사마무악의 의지가 담긴 외침.

흑암이 선미를 돌렸다.

상처 입은 맹수가 이제 마지막 공격을 준비하려 하고 있었다.

*   *   *

후두두둑—

유난히도 비가 많이 내리는 늦가을이었다.

이제 겨울이 얼마 남지도 않았건만 잿빛 하늘에서는 한 차례 장대비가 쏟아졌다.

기온이 급격히 떨어졌다.

노를 젓는 이들의 손이 온통 시퍼렇다. 그러나 단 한 명도 불평 어린 소리를 하는 이가 없었다.

그들의 눈빛에서 읽을 수 있는 것은 투지였다.

암천회.

중원 전체를 상대함에도 조금도 주저함이 없던 이들. 그 자부심이 그들의 기도에 스며 있다.

마지막 격전.

암천회는 이 싸움을 끝으로 장강이북의 싸움은 물론이오, 장강 역시 관여하지 않는다. 섬서 저 끝 언저리에서 격전을 벌이고 있는 이들도 서서히 회군하고 있었다.

삼검 중 일인인 청허 진인이 나서지 않고도 섬서 무림이 빙궁과 대막 혈랑대의 합공 속에서도 밀리지 않을 수 있던 이유는 단 하나뿐이었다.

열화장(烈火掌) 백염.

그의 손이 휘둘러지면 사방에는 잿빛 물결만이 넘실거렸다.

강호인들을 그를 일컬어 마화수라도고 불렀다. 그리고 그는 암천회의 전면에 나섰던 팔대기주 중 일인이었다.

십장생이 암천회를 떠받치는 기둥이었다면 팔대기주는 암천회를 실질적으로 이끌었던 이들이다.

　지독한 손속에 의해 한때 오대세가의 공적으로 낙인찍혔지만 불패신룡은 조금의 주저함도 없는 그 당당한 눈빛에 그를 믿었다.

　그 믿음에 보답하고자 그는 일말의 주저함도 없이 도피를 택한 비겁자라는 오명을 뒤집어썼으며 이제는 빙궁과의 싸움에서 선봉으로 나서고 있었다.

　무력.

　백염은 강했다.

　십장생과 팔대기주간의 무공 차가 그렇게 큰 것은 아니었다. 차이는 있지만 그것이 단계라는 뜻은 아니다.

　물론 십장생 중에 불패신룡이나 무적패도 같은 이미 무경의 경지에 이른 무인들도 있었지만 몇을 제외하고는 비슷비슷한 수준이었다. 중원 무림이 암천회를 그토록 두려워했던 이유는 다른 것이 아니었다.

　그리고 무엇보다 그는 극한의 무공을 사용하는 빙궁을 상대하는 데에 최적의 무인이었다.

　'또 비라니……'

　연운비는 잿빛 하늘을 올려다보았다.

　운남에서 그러했던 하늘은 실로 우중충했다.

　기이한 것은 금방이라도 내릴 것만 같았던 비가 이제야 내린다는 사실이었다.

　'이 비가 어떤 결과를 가져올는지……'

　이상하게도 마음이 불안했다.

　예기치 않은 기상의 변화는 항상 변수를 동반했다.

　그러고 보니 그때도 이랬다.

　막내 사제 유이명이 상대의 계략에 말려 위험에 빠지던 날.

이상하게 전날 밤부터 마음 한구석이 답답하고 좌불안석 정신이 사나웠다.

'이것은 무슨 의미인가?'

연운비는 일학자가, 아니, 정확히는 귀곡자가 그에게 전한 전서를 다시 꺼내 보았다.

생사필여라, 자네의 마음이 향하는 곳, 그곳에 자네 사제가 있을 것이네.

종잡을 수 없는 말이었다.

연운비의 목에는 아직까지 전서가 걸려 있었다.

부적지 붉게 물들지 않았기에 일학자를 찾아갔고, 귀곡자는 연운비를 위해 하나의 전서를 남겨놓았다.

'마음이라……'

연운비는 고심하고 또 고심했다.

이번 싸움에서 살아남을 수 있을지 그 누구도 장담하지 못했다.

그 순간이었다.

휘리릭—

한 줄기 돌풍이 연운비를 스치고 지나갔다.

그와 동시에 목에 걸려 있던 부적이 바람에 휘날렸다.

가슴이 철렁 내려앉았다.

그토록 심한 격전을 치렀음에도 색조차 변하지 않았고 단 한 번도 목에 붙어 흘러나온 적이 없었다.

"무슨 생각을 하느냐?"

급작스러운 일에 떨리는 가슴을 진정시키지 못하고 있던 연운비는 단무극의 목소리에 뒤를 돌아보았다. 그곳에는 단무극을 비롯하여 곽명과 제갈명이 서 있었다.

"아, 아무것도 아닙니다."

연운비는 마음을 추슬렀다.

중요한 싸움을 앞두고 있는 시점이다. 지금은 짐이 되어서는 아니 되었다. 아니, 오히려 힘을 보태주어도 모자란 상황이었다.

"녀석, 싱겁기는."

단무극은 무엇인가 이상하다는 생각은 들었지만 그저 연운비가 긴장하고 있거니 생각했다. 이 같은 큰 전투를 앞두고 긴장하지 않는다면 그것이 이상한 일일 터였다.

"얼마나 남았나?"

"반 시진입니다."

곽명이 대답했다.

"흑암은?"

"반나절 전부터 소식이 완전히 끊겼습니다."

"그렇군."

단무극의 얼굴에 일순간이나마 안타까움이 스치고 지나갔다.

쌍두룡의 머리를 따는 것은 반드시 무한(武漢)이어야 했다.

싸움에서 중요한 것은 상대를 이기는 것만이 아니었다. 전투에서 이긴다고 할지라도 전쟁에서 패하는 경우는 부지기수였다. 당장 흑암이 처한 상황만 보더라도 그것은 알 수 있었다.

상징적인 전투가 필요했다.

상대를 무력화시키고 사기를 꺾는.

암천회는 그런 전투를 원했다. 그러기 위해서는 수로맹이 패했던 무한에서 상대를 꺾어야 했다. 그래야지 수로맹이 다시 일어설 수 있었고, 그래야지 장강이 저들의 손에 넘어가지 않을 수 있었다.

어느 정도는 생각했던 일이긴 하지만 흑암이 당도하지 못했다는 것은 계획을 부득이 변경시켜야 한다는 말과도 동일했다.

"어떻게 하시겠습니까? 이제 결정을 내리셔야 합니다."

"알고… 있다."

단무극이 어렵사리 대답했다.

그라고 해서 지금 돌아가는 분위기를 모르지 않았다. 그러나 그는 무인이기 이전에 적지 않은 수하들을 이끌고 있는 수장이었다.

책임.

그것이 단무극의 마음을 짓누르고 있는 것이다.

"적은 반드시 이곳으로 옵니다. 이곳에서 기다리면 그뿐이지요."

나선 것은 제갈명이었다.

참모가 필요한 것은 냉철한 판단을 위해서였다. 제갈명은 스스로 나서야 할 시기를 알고 있었다.

흑암은 오지 못했고, 구하러 갈 수는 없었다.

모두가 알고 있는 사실이었지만 말하는 못하는 것은 안타까움 때문이다.

유난히 안개가 많은 지역.

이보다 매복이나 요격전이 용이한 지역은 장강을 통틀어도 몇 되지 않았다.

"명령을 내려주십시오."

제갈명은 스스로 악역을 자처했다.

"후……."

단무극이 긴 한숨을 내쉬었다.

그로서도 내키지 않은 명령, 그러나 계속해서 머뭇거리기만 한다면 사기에 악영향을 끼칠 수도 있었다. 그것을 알고 있는 단무극이 마지못하는 표정으로 명령을 내렸다.

"모두… 전투태세로 대기한다. 진형을 구축하라. 놈들은 이곳으로 반드시 온다. 우리는… 우리는… 이곳에서 그들의 원한을 갚아준다."

"존명!"

단무극의 일갈과 함께 전선들이 일제히 흩어지며 진형을 구축했다.

적은 수의 전선으로도 오히려 많은 수의 전선을 포위 섬멸할 수 있는 능력이 그들에게는 있었다. 수로맹이 장강의 물길을 다스린다고 하지만 암천회 역시 그런 수로맹과 싸운 적이 있었다.

수상객 단무극.

그가 있기에 가능한 일이었고 이제 그가 수로맹이 아닌 만해도를 상대하려 하고 있었다.

그러나 흩어져 가는 전선들을 보는 연운비의 마음은 무거웠다.

연운비 역시 흑암을 구하러 가지 않는 이유에 대해서는 잘 알고 있었다.

'이것은 아니지 않은가?

이겨야 하는 이유에 대해 알고 있고, 이번에 싸움보다 앞으로의 대세가 더 중요하다는 것을 알고 있다. 그러나 마음만은 그것을 허락하지 않고 있었다.

그리고 또 한 가지 이유.

수로맹주 철무경은 아니라 말했지만 지금 이 순간 혈도가 그의 사제일 것이라 확신이 드는 것은 무엇 때문일까?

'마음이 향하는 대로라……'

한 번도 즉흥적으로 움직인 적이 없었다. 그러나 지금은 마음이 향하는 대로 움직이고 싶었다.

오랜 고민 끝에 연운비는 마음을 정했다.

"숙부님, 한 가지 부탁이 있습니다."

"말해보거라."

"저에게 쾌속선을 한 척 내주실 수 있겠습니까?"

연운비는 수로맹을 도울 때처럼 말하지 않았다.

지금은 그래서는 아니 되었다. 아쉬운 것은 단무극이나 다른 암천회 무인들 역시 마찬가지일 터였다. 그럼에도 그들은 그 울분을 가슴 속 깊이 억누르며 참고 있는 것이다. 그들의 울분을 풀어주지는 못할망정 사기까지 떨어뜨려서는 아니 되었다.

"무슨 소리냐?"

단무극의 눈썹이 치켜 올라갔다.

"흑암으로 가고 싶습니다."

쿠쿵―

빌려달라는 말은 하지도 않았다.

그것은 지극히 연운비다운 모습이기도 하였다.

"놈……."

"보내주십시오."

연운비는 단무극의 눈을 바라보았다.

그 눈에 언뜻 물기가 보인 것은 연운비만의 착각이었을까?

"배를 몰 사람조차 없다."

"저 혼자라도 충분합니다."

"길은 알고 있느냐?"

"제가 향하는 곳이 바로 길이 아니겠습니까?"

잡으려고 하는 안타까움과 그 마음을 알기에 대놓고 거절하지 못하는 아쉬움.

두 사람은 그렇게 서로를 바라보고 있었다.

"비합선을 타고 가거라. 사람을 붙여주겠다."

"아닙니다. 저 혼자……."

"되었다. 너 혼자 배를 몰 수도 있겠지. 그러나 그 뿐이다. 혼자서 하는 데에는 한계가 있기 마련이다."

수로맹은 암천회에게 두 척의 비합선을 내주었다.

수로맹에게 있어 비합선은 무엇보다 소중한 전력이었다. 장강의 대부분을 만해도가 지배하고 있는 지금, 비합선이 아니라면 정보든 무엇이든 얻을 수 없었다.

그럼에도 암천회에게 두 척의 비합선을 내준 것은 사지로 향하는 그들에게 최소한의 도움이 되고자 하는 의지였다.

하나, 지금 누구보다 비합선이 필요한 것은 연운비일 터. 그것은 떠나보내는 조카를 위한 단무극의 마지막 배려였다.

"종운, 협심. 그대들이 같이 가주지 않겠는가?"

"물론입니다."

"쿨럭, 당연한 말씀을 하시는군요."

전선 내부, 그곳에서 배를 움직이게 하는 수부 두 명이 걸어나왔다. 아니, 걸어나왔다기보다는 두 손으로 기어 나왔다고 하는 편이 정확했다.

두 다리가 없는 두 명의 무인.

그러나 눈빛만큼은 형형하기 그지없었다.

"이렇게라도 기회를 주셔서 정말 감사합니다."

"그동안 단주를 모실 수 있어 영광이었습니다."

두 명의 무인은 단무극을 향해 고개를 숙였다. 그러자 단무극 역시 그들을 향해 정중히 허리를 굽혔다.

"단주?"

"이러시면 저희가……."

"아닐세. 이것은 수하였지만 오랜 동료이자 전우인 그대들에게 내가 할 수 있는 최선의 예의일세. 부디 받아주게."

전투에 나설 수 없는 몸.

기실 그 두 사람의 강력한 주장이 아니었다면 단무극은 그들을 전선에 태우려 하지 않았을 것이다.

적어도 남은 여생을 쉬면서 살아갈 자격이 그들에게는 있었다.

그러나 그들은 향락한 생활보다는 무인답게 죽기를 원했고 단무극은 그들의 뜻을 들어주려 한 것이다.

"대형을 비롯하여 우리 모두는 자유롭게 살고 싶었다. 네가 그 뜻을 이어주겠느냐?"

"저는……."

"너에게 곤륜이 어떤 의미인지를 안다. 나는 그저 네가 자유롭게 살기를 바랄 뿐이다."

"……."

연운비는 조용히 단무극을 바라보았다. 그리고 대답했다.

"누구보다 자유롭게 살겠습니다. 모든 것에 자유로워질 수 있다고 약속하지는 못하겠지만 마음만은 자유롭게 살겠습니다."

"어디 한 번 안아보자."

단무극이 연운비를 끌어안았다.

혈육의 정.

그리고 가장 존경했던 대형의 핏줄.

단무극이 세상에서 가장 기뻤던 순간을 꼽으라면 바로 연운비가 태어나는 순간이었다.

"힘든 길이 될 것이다."

"알고 있습니다."

"가라. 그리고 잊지 마라, 너는 대형의 핏줄이라는 것을."

"반드시… 명심하겠습니다."

연운비가 마지막 작별을 고했다.

아마도 이제는 다시는 볼 수 없을 것이리라.

단순히 연운비가 사지와 다름없는 길을 간다고 해서가 아니었다.

단무극의 눈에 어린 회색의 기운. 그것은 얼마 남지 않은 그의 수명을 말해주고 있었다.

슈욱— 슈우욱—

비합선이 물살을 가르며 뻗어나갔다.

점이 되어 시야에서 완전히 사라진 이후에도 단무극은 하염없이 그곳만을 쳐다보았다.

第56章

장강의 이분은
천하의 이분을 뜻하는 것이니

제56장

"크악—"

외마디 비명.

그것은 한 사람의 죽음을 의미했다.

그러나 그 비명과 함께 쓰러져 간 이는 두 명이다.

귀사망량.

그들은 죽는 순간까지도 신음 소리 한 번 내뱉지 않았다.

"퉤, 독한 것들."

수하 한 명이 죽는 순간, 기습으로 귀사망량 한 명을 도륙해 버린 제이전단 귀망(鬼網)의 다섯 편대주 중 일인인 장귀가 가래침을 내뱉었다.

편대주라면 적어도 절정고수이다. 그런 편대주들조차 귀사망량들에게 고전을 면치 못하고 있었다.

단순히 무공 때문이 아니다. 귀사망량 개개인의 무위가 높다고는 하지만 편대주에 비한다면 크게 처졌다. 그러나 그들이 무서운 것은 무공이 아니라 그 집념이다.

어떻게 해서든 상대를 죽이고 말겠다는 의지. 그것은 그들의 한과 울분을 대변해 주고 있었다.

"이런 개 같은 싸움을 해야 하다니!"

장귀가 욕설을 내뱉었다.

이것은 전투가 아니라 죽고 죽이는 싸움에 불과했다.

쐐애액—

그렇게 장귀가 잠시 한눈을 판 순간 그의 등 뒤에서 한 자루의 단창이 날아들었다.

귀사망량들은 대부분은 파풍도를 사용했지만 그렇지 않은 이들도 있었다.

푹—

워낙 창졸간에 일어난 기습인지라 장귀는 단창을 완전히 피하지 못하고 허벅지를 내주었다.

"우어헝!"

장귀는 도를 휘둘러 그대로 귀사망량을 베어갔다.

그러나 그 순간 재차 뒤에서 날아든 한 자루의 검에 목이 베이며 짚단처럼 쓰러졌다.

"후욱후욱……."

"조심하게."

도가 날아드는 순간 죽음을 직감했던 백교방 무인은 고개를 들어 자신을 구해준 전우를 바라보았다.

백교방 무인들 중에서도 다섯 손가락 안에 드는 고수인 귀검 사사림. 그가 아니었다면 제아무리 기습이라 할지라도 편대주를 이렇듯 쉽게 격살하지 못했을 것이리라.

"자네군."

"흐흐, 고맙다는 말도 하지 않기인가?"

"어차피 죽을 목숨이지 않나?"

"그도 그렇군."

다른 이들이 보기에는 어떨지 모르겠지만 귀사망량, 아니, 백교방 무인들은 서로를 누구보다 아꼈다.

"가세, 다른 이들을 도와야지."

"그래야지."

난전의 난전.

백교방 무인들은 구태여 적들이 흑암에 오르는 것을 저지하지 않았다.

흑암은 결코 작은 전선이 아니었다.

구조 또한 복잡하기 그지없어 몇 번 승선한 이들조차 헤매기 일쑤였다.

백교방 무인들은 그런 점을 철저히 이용했다. 그것이 난전이 될 수 있었던 가장 큰 이유였다. 그러나 모든 백교방 무인들이 그럴 수 있는 것은 아니었다. 적어도 단 한 명만큼은 그럴 수 없었다.

펄럭—

선미에 걸린 백교방의 깃발.

흑암의 선주이며 백교방의 방주인 그는 그곳에서 처절한 사투를 벌이고 있었다.

"더 없는가?"

사마무악은 한 손에 피칠을 한 도를 들고 주위를 둘러보았다.

수십에 달하는 만해도 무인들이 주위를 둘러싸고 있었지만 그 누구도 그를 향해 한 걸음을 내딛지 못했다.

무위.

그리고 기도.

조소에도 불구하고 그들이 움직이지 못하고 있는 이유는 그가 보여준 무력이 뇌리 속에 너무 깊게 각인된 까닭이다.

'흑암을 지휘하는 혈도의 무공이 오왕과 비견된다 하더니 그 말이 거짓이 아니었구나.'

구대호법 중 일인인 흑장번천(黑掌翻天) 장화강이 감탄은 금치 못했다.

그리고 그것은 그의 옆에 있는 청룡금도(青龍金刀) 동곽과 비파조(琵琶爪) 독목패 역시 마찬가지였다.

유령문이 전해준 정보.

그것에는 흑암의 선주, 혈도의 무위가 오왕에 버금간다는 내용이 적혀 있었다.

믿지 못할 말이었지만 그 정보의 출처가 유령문이기에 믿지 않을 수 없었다. 적어도 팔황 중에서 정보력에 있어서 만큼은 유령문이 제일이라 할 수 있었다.

살수가 움직이는 데에 있어 무엇보다 필요한 것은 정보이다.

아주 작은 단편적인 정보 하나가 그들의 임무의 성공 여부를 판가름 짓는 요소가 될 수 있었다.

구대호법 세 명은 서로를 바라보았다.

합공.

배분이나 연륜 그 무엇을 비교해도 얼굴이 달아오르는 일이었지만 이 자리에서 단독으로 저 사내를 상대할 이는 없었다. 그것은 설령 삼봉공이 나서더라도 별반 다르지 않을 것이리라.

"한 수 부탁하네."

"실력이 모자란 것을, 아니, 부끄럽지만 합공을 하는 것을 이해하게."

구대호법들이 사마무악의 주위를 품(品) 자 형태로 둘러쌌다.

"이제 와서 무인인 척할 필요는 없다. 그대들은 애초부터 무인이 아니었으니."

사마무악은 그들을 비웃었다.

오래전 사마무악은 그들이 백교방을 몰락시켰을 때를 잊지 못했다.

기습이 잘못되었다는 뜻이 아니다.

오히려, 잘못이 있다면 기습을 허용한 백교방의 잘못이라고 할 수 있었다.

그러나 적어도 부녀자나 어린아이 정도는 살려주었어야 했다. 하나 그들은 당시 하류잡배조차 하지 않는 짓을 서슴지 않고 행하였다. 그만큼 백교방을 꺼려하였다는 소리가 될 수도 있겠지만 어찌 되었거나 용서받지 못할 짓이었다.

"무슨 소리인가!"

대노한 장화강이 소리쳤다.

무인에게 무인이 아니라는 소리는 그 어떤 모욕보다 심하다고 할 수 있었다.

"스스로의 잘못조차 알지 못한다면 설명해 줄 필요가 없겠지. 오라, 만해도의 구대호법들이여. 그때의 빚을 갚겠다."

사마무악은 피에 전 도를 세웠다.

생사의 경계에 서본 자만이 가질 수 있는 기세. 그것이 자연스럽게 사마무악의 전신에서 흘러나왔다.

흠칫.

그 기세에 구대호법들이 저도 모르게 한 걸음씩 물러났다.

"어헝—!"

분노를 참지 못하고 달려든 이는 장화강이다.

불혹의 나이.

호법이라고 칭하기에는 분명히 젊은 나이이다. 그러나 그가 호법의 자리에 있는데 조금의 부족함도 없는 것은 어떻게 보면 호법의 자리와는 조금 어울리지 않는 패기였다.

상대가 설령 만해도주일지라도 그는 조금의 주저함도 없이 손을 쓸 것이다.

그 뒤를 받쳐 청룡금도와 비파조가 쇄도했다.

조금의 빈틈도 없는 완벽한 합공.

천하의 구대호법이거늘 그들이 평소에 합공이라는 것은 연마해 보았겠는가?

그럼에도 그들의 합공에는 빈틈이 없었다.

그러나 틈이 없다면 그 틈조차 만들어낼 수 있는 것이 바로 사마무악이었다.

쿠쿵—

그가 내딛는 진각 한 번에 그토록 견고하던 합공에 일순간 균열이 생겼다.

그리고 그 균열을 한 자루의 도가 갈랐다.

"어림없다!"

장화강이 재빨리 쌍장을 휘둘러 빈틈을 메웠다. 그 뒤를 동곽이 가세했다.

단독으로는 무리다.

그것을 알기에 동곽이 가세한 것이다.

콰쾅—

충돌이 일어났다.

그리고 충돌과 함께 물러난 이는 두 사람이었다.

"큭……!"

"이, 이것이……!"

장화강과 동곽은 경악을 금치 못했다.

오왕과 비교해도 부족함이 없다고는 들었지만 설마 이 정도일 것이라고는 짐작하지 못했다.

"여기도 있다!"

비파도 독목패가 한 쌍의 조를 휘두르며 뒤늦게서야 가세하자 압박감이 조금이나마 해소되었다.

구대호법 중 삼 인의 합공.

그럼에도 사마무악은 조금도 밀리지 않고 있었다.

그것은 오래전 무한 해전에서 수로맹주 철무경이 보여주었던 신위와 비교해 조금의 부족함도 없었다. 아니, 오히려 그것조차 넘어서고 있었다.

수로맹 제일의 고수.

그 말에는 조금의 과장도 들어가 있지 않았다.

우우우웅—

사마무악의 도세는 점차 거세져 그의 주위에 존재하는 것이라고는 폭풍 같은 기류뿐이었다.

콰콰콰콰쾅—

선미 일부가 파괴되었을 정도로 도의 폭풍은 거셌다.

그러나 만해도 구대호법들 역시 개개인이 최절정에 이른 만큼 그렇게 호락호락하게 당할 무인들이 아니었다.

사마무악의 얼굴에 일순간 감탄이 어리고 지나갔다.

'대형께서 이들 세 명에게 고전을 면치 못했다고 들었을 때 과정이 섞여 있다고 여겼거늘 그것이 아니었구나.'

사마무악은 수로맹주이자 대형인 철무경의 무위가 자신보다는 처진다는 것을 알고 있었다. 아니, 자신은커녕 동정어옹 허곤에게도 미치지 못했다.

그러나 기세만큼은 결코 자신에 못지않았기에 과장된 면이 없지 않아 있다고 생각했다. 하나 지금 봐서는 과장이 단 일 푼도 섞여 있지 않다는 사실을 알 수 있었다.

사마무악은 방법을 달리했다.

지금은 단순히 패기만 앞세워서 되는 시점이 아니었다. 단 일 푼의 내공이라도 아껴야 했다. 사방에는 온통 만해도 무인들뿐이었고, 아군이라고는 존재하지 않았다.

'오라, 어서 오라.'

팽팽한 격전이 지속되기를 일각여, 사마무악은 틈을 내주었다.

틈이라고는 하지만 아주 미약한 틈이었고, 그것을 구대호법들이 발견할 수 있을지는 누구도 알 수 없었다.

쐐애애액―

그러나 과연 구대호법이었다.

그 틈을 놓치지 않고 한 쌍의 조가 할퀴듯 사마무악의 등을 노리고 날아들었다.

미끼를 문 맹수.

그 맹수의 목을 따기 위해 한 자루의 도가 휘둘러졌다.

"조심하게!"

급히 그것이 함정인지를 알아차린 나머지 이 인이 전력을 다해 사마무악을 공격해 들어갔지만 이미 상황은 늦어버린 후였다.

서걱―

도가 선회를 하며 한 쌍의 조를 퉁겨내고 가슴팍을 갈랐다.

피가 분수처럼 쏟아져 나오며 독목패의 신형이 힘없이 앞으로 꼬꾸라졌다.

즉사.

아니, 숨은 붙어 있을지라도 이런 난전 속에서 저런 부상은 즉사나 다름이 없었다.

만해도가 인정한 희대의 도객.

후일 철혈무적도라 불리게 된 하나의 전설은 그렇게 시작되고 있었다.

"갈!"

"노오옴!"

대노한 장강과 동곽이 쇄도했다.

조금 전 사마무악이 전력을 다하지 않았다면 장강과 동곽 역시 전력을 다한 것은 아니었다. 엄밀히 말하자면 상대의 실력을 가늠해 보는 정도에 불과했다.

제아무리 사마무악의 신위가 오왕에 버금간다고 하지만 상대는 구대호법 중 세 명이다.

이기지는 못한다 하더라도 호락호락 패하지 않을 정도는 되었다.

더욱이 장강과 동곽은 구대호법 중에서도 수위에 속하는 무인들이었다.

사마무악은 단지 하나의 틈을 이용한 것에 불과했다.

콰쾅―

충돌음과 함께 밀려난 것은 사마무악이었다.

주르륵······.

사마무악의 입 언저리에서 한 줄기 핏줄기가 흘러내렸다. 준비되지 않은 상태, 전력을 싣지 못한 공격이었기에 손해가 컸다.

그사이 만해도 무인들이 급히 독목패를 데리고 가 상처를 지혈했다.

상처는 깊지 않았지만 부상은 치명적이었다. 도는 가슴을 갈랐지만 도기는 내부를 갈기갈기 짓이겨 놓은 것이다.

"쿠, 쿨럭……!"

독목패는 간신히 정신을 차렸다.

"마, 마령절도식……."

독목패는 무슨 소리인가를 계속 중얼거렸다.

"독 장로님 말을 아끼십시오."

"누, 누구인가?"

"두충입니다, 장로님."

"보, 본선에 연락을 취하게, 그가 마령절도식을 사용하였다고."

"알겠습니다. 뭣들 하는가! 본선에 연락을 취하라, 마령절도식을 사용하는 이가 나타났다고."

다섯 편대주 중 일인인 두충은 독목패가 무슨 말을 하는지 알지 못했다.

그럼에도 본선에 긴급 전서를 넣은 것은 독목패가 죽어가면서까지 그 말만을 외치고 있기 때문이었다.

쾅— 콰쾅—

세 명의 무인이 벌이는 격돌이 흑암을 뒤흔들었다.

"오늘 이 자리에서 누구도 살아 돌아가지 못할 것이다."

사마무악은 과연 그 말을 할 수 있을 만큼 강했다.

고작 수십 초도 겨루지 않았거늘 장강과 동곽은 압도적으로 밀리고 있었다.

그러나 우세를 점하고 있는 사마무악의 마음도 편한 것은 아니었다.

'아쉽구나. 하다못해 서른 명만 더 있었더라도…….'

흑암의 본체 곳곳에서 불길이 일고 있었다.

그리고 그 불길과 함께 사라져 가고 있는 것은 백교방 무인들의 흔적이었다.

압도적인 수적 열세.

그런 상황 속에서도 백교방 무인들은 조금도 밀리지 않았다. 그것은 기적이라도 해도 과언이 아니었다.

"무엇을 아쉬워하는가!"

일순간 사마무악이 일갈을 터뜨렸다.

흑암의 본체를 돌리는 순간 이미 사는 것은 포기했다.

아니, 어쩌면 무모하기 그지없는 이 계획에 동의하는 순간부터 그랬는지도 모르겠다.

중요한 것은 그가 장강의 사람이고 장강을 위해 죽을 수 있다는 사실이었다.

기세가 오른 사마무악의 도는 무섭고도 무서웠다.

우우웅―

누가 그러던가?

도객이 도객다워 보이는 것은 패도를 사용할 때이라고.

언제부터인가 도법에 다른 모용이 섞이기 시작하면서부터 패도를 사용하는 자는 찾아보기 힘들었다.

그러나 사마무악의 도는 극을 추구하는 패도였다.

그가 후일 철혈무적도라 불리게 된 것은 어쩌면 그러한 이유에서였는지도 몰랐다.

"어허헝!"

일순간 그의 도가 기괴한 곡선을 그리며 청룡금도 동곽에게 날아들었다.

"헛!"

도가 날아드는 것을 본 동곽이 기겁을 하며 몸을 뒤로 날렸다. 그러나 이미 도는 그의 어깨 어림을 베고 지나간 후였다.

서걱—

동곽의 한쪽 팔이 땅에 떨어졌다.

"동 선배!"

장강이 급히 쌍장을 날렸지만 이미 일은 벌어진 연후였다.

그나마 금도를 사용하는 오른팔이 아니란 점이 다행이라면 다행이었다.

어째서 동곽은 물러난 것인가?

비록 사마무악의 도가 매섭긴 하다지만 동곽의 금도 역시 그에 크게 처지는 것은 아니었다.

평—

등을 내준 상태에서 취한 공격이었기에 사마무악의 등 한복판에 장강의 장력이 적중했다.

가격을 당한 사마무악의 신형이 튕겨져 나갔다.

그리고 사마무악이 튕겨져 나가는 방향에는 동곽이 있었다.

"안 돼!"

뒤늦게서야 상황을 알아차린 장강이 대갈성을 터뜨렸지만 이미 사마무악의 도는 동곽의 목을 노리고 날아들었다.

캉—

한 차례 부딪침과 함께 정적이 일었다.

"이 노오오오옴!"

장강이 괴성을 토했다.

사마무악의 도가 지나간 곳.

그곳에 남아 있는 것이라고는 목을 잃은 동곽의 몸뚱어리였다.

사마무악의 도는 금도마저 베어버린 채 동곽의 목을 잘라 버린 것이다.

그것은 구대호법 중 무려 두 명이 일인에게 죽는 순간이었다.

퍼펑—

분노한 장강이 휘갈긴 장력이 사마무악의 등허리를 재차 강타했다. 끊어진 연처럼 사마무악의 신형이 힘없이 나가떨어졌다.

"울컥……."

간신히 신형을 추스른 사마무악의 입에서 검붉은 피가 흘러나왔다.

장강의 공격을 이용하여 반탄의 힘으로 동곽을 베어버렸다고는 하지만 장강의 공격에 피해를 입지 않은 것은 아니었다. 금강불괴가 아닌 이상 그것은 당연한 일이었고 거기에 한 번 더 충격을 받은 사마무악의 몸은 당장 쓰러져도 하등 이상할 것이 없었다.

"후후……."

그러나 사마무악은 웃고 또 웃었다.

몸 상태가 좋으면 어떻고 좋지 않으면 어떠할까? 천하의 구대호법 중 두 명을 격살하였거늘.

"오라! 마지막 남은 구대호법이여!"

사마무악이 도를 세웠다.

일격필살.

도에는 상대를 죽이고자 하는 의지만이 깃들어 있었다.

"크으으윽……!"

장강은 분노하면서도 섣불리 달려들지 못했다.

사마무악에게서 느껴지는 살기 어린 기세. 그것이 발목을 붙잡고 있는 것이다.

그 순간이었다.

"마령절도식! 그대는 그것을 누구에게서 배웠는가!"

일갈과 함께 하나의 인영이 허공에서 떨어져 내리는 것과 동시에 일권을 날렸다.

권영은 순식간에 몇 배로 커져 그대로 사마무악에게 내리꽂혔다.

"개벽신권?"

사마무악이 두 눈을 부릅뜨며 도를 휘둘렀다.

콰콰쾅—

도기가 권영과 부딪쳤다.

그토록 거세게 내리꽂히던 권영이 사마무악이 휘두른 도에 모두 해소되었지만 사마무악은 그 여파를 이기지 못하고 서너 걸음을 물러선 연후에나 자리에 멈춰 섰다.

"누구에게 배웠는가를 물었다."

장내에 내려선 인영은 불혹 정도로 보이는 중년인이었다.

금포를 두르고 있는 형형한 눈빛의 중년인은 보기만 해도 절로 위압감이 들 정도였다.

"제자가 스승의 무공을 사용하는 것은 당연하지 않은가? 이제는 내가 물을 차례다. 그대가 사용한 것이 개벽신권이 맞는가?"

"그렇다. 내가 사용한 것은 개벽신권이다."

일문일답.

서로에게 하나의 사실을 대답해 준 두 명의 눈이 허공에서 격하게 부딪쳤다.

개벽신권(開闢神拳).

그것은 만해도가 자랑하는 네 가지 무공 중 하나였다.

마곡에 칠대절학이 있다면 만해도에는 사천무가 있다.

그리고 마곡에 대하상인과 구양노사, 일월마군, 무상 등 기라성 같은 무인들이 있듯이 만해도에도 내세울 수 있는 무인이 있었다. 그가 바로 풍파무쌍(風波無雙) 소염비였다.

그러나 사마무악이 익히고 있는 무공 역시 개벽신권에 비해 조금도 처지지 않았다.

아니, 어쩌면 그 위력 면에 있어서 만큼은 더 강하다 할 수 있었다.

마령절도식(魔靈絶刀式).

그것은 불우한 운명을 지녔던 한 도객에 의해 만들어진 도법이었다.

스스로가 창안하였지만 익힐 수 없었기에 대를 이어 전하였고 결국에는 희대의 절기로 인정받았다. 그리고 그 도법을 극성으로 익혔던 이는 동해에서 단신으로 만해도에 맞섰고 파죽지세로 밀고 올라오던 만해도의 발목을 붙잡았다.

사마무악은 천하를 떠돌 당시 죽어가는 초로인에게 전수받았다.

그 후 뼈를 깎는 수련을 하였고 우연한 기회에 운산 도인을 만나게 되어 곤륜에 적을 두었다.

"나 소염비. 오늘 십오 년 전의 빚을 갚겠다."

소염비의 스승이자 양부였던 소백살은 마령절도식을 사용하는 무인에게 죽었다.

그냥 죽은 것이 아니라 무릎을 꿇린 상태에서 머리가 잘리는 치욕스러운 죽음이었다.

"십오 년 전의 빚을 갚겠다고 하였는가? 좋다. 그렇다면 나 사마무악. 이십 년 전의 빚을 갚겠다!"

사마무악이 싸늘한 조소를 흘렸다.

아직도 당시의 참혹한 광경이 잊혀지지가 않았다.

그리고 생존자들이 말했던 커다란 권영, 그 권영에 백교방 무인들은 속절없이 쓰러져 나갔다.

"그대는 누구인가?"

"내가 바로 백교방의 당대 방주인 사마무악이다."

"백교방주라… 좋다. 그대라면 빚을 받을 자격이 있지. 그러나 빚은 능력이 있는 자만이 받을 수 있는 법이다."

사마무악이 그렇듯 소염비 역시 사마무악이 가진 원한을 부정하지 않았다.

무공을 이은 이상 선대의 원한까지 책임지는 것이 바로 무인이 아니겠는가?

누가 먼저랄 것도 없이 서로를 마주본 두 무인이 서로를 향해 절초를 날렸다. 예의상의 기수식이나 상대를 살펴보는 초식이 아니라 상대를 죽이고자 펴붓는 절초였다.

개벽신권이라는 말답게 소염비의 권은 극패를 추구했다.

그런 소염비의 권을 상대하는 사마무악의 도 역시 극패를 추구하였고, 두 사람이 벌이는 격돌은 실로 개세적이라는 말 이외에는 표현할 방법이 없었다.

일진일퇴의 공방.

용쟁호투라고 표현하기에도 부족함이 있을 정도로 두 사람의 격돌은 대단했다.

"독 장로."

"왔는가……."

한편, 소염비와 함께 장내에 모습을 드러낸 또 한 명의 무인은 바로 만해도 제이전단 귀방의 단주인 대력참도 마한이었다. 그의 옆에는 참모 요화 희백이 있었다.

전단을 지휘해야 하는 마한이 넘어왔다는 것은 그만큼 상대를 인정한다는 뜻도 있지만 그보다도 승리를 확신한다는 것을 의미했다.

물론 참모인 희백은 마한이 움직이는 것을 강력히 반대하였지만 마령절도식을 사용하는 무인이 있다는 소리를 듣고서도 움직이지 않을 마한이 아니었다.

　더욱이 만해도주조차 인정한다는 소염비이다.

　내심 무공으로는 만해도주를 제외하고는 누구와 비교해도 처지지 않는다고 생각하는 마한으로서는 소염비의 본신 실력이 궁금하지 않을 수 없었다.

　"그, 그가 개벽신권을 사용하였네……."

　"알고 있소이다."

　마한은 구태여 독목패에게 말을 아끼라는 언급조차 꺼내지 않았다.

　이미 독목패의 눈빛은 급속도로 흐려져 가고 있었다. 그것은 돌아올 수 없는 강에 절반 정도 발을 담근 사람에게서만 볼 수 있는 눈빛이었다. 독목패는 그저 누군가를 기다리기 위해 정신을 놓지 않고 있을 뿐이었다.

　"편히 쉬시오."

　마한은 더 이상 말이 없자 독목패의 눈을 감겨주었다. 또 한 명의 구대호법이 죽는 순간이었다.

　"희백."

　"말씀하시지요."

　"전장을 마무리하게나."

　"오홍, 알겠습니다."

　희백이 특유의 교소를 흘리며 사뿐히 한 걸음을 내딛었다.

　어느새 희백의 주위에는 살벌한 전장터와는 어울리지 않는 세 명의 여인이 그의 주위를 호위하고 있었다. 마소선이 특별히 그를 위해 마련해준 호위였다.

바다를 주름답던 사해방과 해사방과의 혈투에서 제이전단 귀망이 승리할 수 있었던 것은 희백이 있었기 때문이지만 희백이 살아남을 수 있었던 것은 그녀들이 존재했기에 가능한 일이었다.

"오홍, 오늘 진한 피맛을 볼 수 있겠군요."

다른 누구도 아닌 희백이 직접 움직인 이상 귀사망량들이 토벌되는 것은 시간문제였다.

쾅— 콰쾅—

그사이에도 소염비와 사마무악의 격돌은 계속되고 있었다.

그러나 수십 초가 지나면서 차츰 두 사람 사이에 우열이 가려지기 시작했다.

"쿨럭……"

한 차례의 격돌 후에 사마무악이 울혈을 토해냈다.

내공의 고갈.

그것이 가장 큰 문제였다.

사마무악의 무위가 오왕에 버금간다고 하지만 내공까지 그러한 것은 아니었다.

무수한 만해도 무인들과의 사투, 그리고 구대호법 삼 인과의 격돌.

이미 사마무악의 몸은 한계가 이르렀다고 해도 과언이 아니었다. 그를 지탱해 주고 있는 것은 그의 몸이 아니었다.

백교방의 깃발.

그의 등뒤에서 휘날리고 있는 그것이 아니었다면 그는 진작에 무너졌을 것이리라.

"그 몸으로 나와 이토록 싸울 수 있다니……"

적이지만 무인은 무인을 알아본다.

소염비는 만약 사마무악의 몸 상태가 평소와 같았다면 결과가 달라졌을지도 모른다는 사실을 느낄 수 있었다.

"흑암의 선주이자, 백교방의 당대 방주여 마지막 남길 말이 있는가?"

소염비의 목소리에는 짙은 아쉬움이 깃들어 있었다.

무인으로서 언제 다시 이 같은 상대를 만나볼 수 있겠는가?

정식으로 비무를 해본 것이 언제인지 기억이 나지 않을 정도로 가물가물했다.

그것은 십여 년 전 삼봉공 중 한 명을 꺾고 난 연후부터였다.

무한해전에서조차 나서지 않았던 소염비이다.

그것은 수로맹에 상대가 없다고 여기었기 때문이다.

조금이라도 더 손속을 나누어보고 싶었지만 그러기에 상대는 너무 지쳐 있었다.

무인에게는 무인다운 죽음을 주어야 하는 것이다.

"아직 싸움이 끝난 것은 아니다."

사마무악은 남은 모든 내공을 끌어 올렸다.

"오라! 만해도 무인이여!"

"나 소염비! 오늘 흑암의 선주이자 백교방주이며 마령절도식의 맥을 이은 자를 베겠다."

힘을 잃은 듯 보였던 도세가 기세가 실리고 광풍이 몰아쳤다. 그 도세를 막아서는 것은 육중한 크기의 권영이었다.

쾅― 콰쾅―

부딪칠수록 더욱 거세진다.

이제 물러날 수 있는 방법은 없다.

두 무인은 그렇게 생사를 건 혈투를 하고 있었다.

"하하, 하하하!"

사마무악의 입에서는 연신 울혈이 뿜어져 나왔다.

장강의 이분은 천하의 이분을 뜻하는 것이니 279

그럼에도 사마무악의 도세는 그 위력이 조금도 줄어들지 않고 있었다.

진원진기.

사마무악은 자신의 모든 것을 보여주려 하는 것이다.

죽음에 대한 공포를 아는가?

혹은 백척간두에 서본 적이 있는가?

무인에게 죽음보다 그보다 더한 두려움은 무공을 잃는 것이다.

진원지기를 사용한다는 것은 그 두려움을 이겨냈다는 뜻과도 다를 바
가 없었다.

그러나 진원지기까지 사용하고 있음에도 사마무악은 상대를 압도하
지, 아니, 오히려 밀리고 있었다.

풍파무쌍(風波無雙) 소염비.

만해도주조차 인정하고 만해도 모든 무인들이 우상시하는 사내. 과연
그에게는 그럴 자격이 있었다.

와직—

소염비가 내뻗은 일권이 사마무악의 가슴 정중앙에 틀어박혔다. 갈비
뼈 서너 대가 우그러지며 가슴팍이 함몰되었다.

'이걸로 끝인가…….'

사마무악은 서서히 힘이 빠지는 것을 느끼고 눈을 감았다.

추한 모습은 보이지 않는다.

그것은 죽는 순간에도 당당하게 백교방 무인답게 죽겠다는 그의 의지
였다.

"가라!"

소염비가 반보를 내딛으며 일권을 내뻗었다.

적룡난세(赤龍亂世).

그것은 그의 사부가 마령절도식을 사용하는 무인에게 마지막으로 사

용하고도 패한 초식이었지만 그때와는 전혀 다른 초식이기도 하였다.

그 순간이었다.

"사제!"

한 마디의 외침.

기세는 실려 있지 않았지만 정이 스며 있다.

두근······.

그 외침을 듣는 순간 사마무악은 죽겠다는 마음을 버렸다. 비굴하게라도 살아남으리라. 그래서 저 목소리의 주인을 보고 말리라. 사마무악은 지체없이 뇌려타곤의 수법으로 몸을 굴렸다.

"으허허허헝!"

대지를 뒤흔들 듯한 사자후.

한 줄기 검기가 적룡을 베어갔다.

쾅—

놀랍게도 그토록 미약해 보이는 검기는 적룡의 머리를 잘라내며 권세를 그대로 흩뜨러 버렸다.

"누구냐!"

평생의 숙원.

그 숙원이 이루어지려는 순간 방해자가 나타났다. 응당 소염비로서는 분노하지 않을 수 없는 상황이었다.

"어떻게 이곳에······."

그러나 소염비보다 더욱 놀란 것은 사마무악이었다.

그것은 마치 도저히 일어날 수 없는 일을 보았을 때의 모습이었다.

목소리를 들었을 때만 하더라도 그저 환청이려니 하고 생각했다. 당연한 일이었다. 그가 어떻게 해서 이곳에 올 수 있단 말인가?

그럼에도 살고자 했던 것은 그 환청조차 한 번 더 들어보고자 했던 마음에서이다.

사마무악은 시선을 돌려 사방을 둘러보았다.

설마 지원군이 오기라도 했단 말인가?

그러나 망망대해와도 같은 장강 그 어디를 보더라도 아군의 전선 한 척 보이지 않았다.

아니, 정확히 말하자면 보이기는 보였다. 그것은 불타고 있는 한 척의 비합선이었다.

사마무악 역시 수로맹의 무인이거늘 어찌 비합선을 모를 수 있겠는가?

"무슨 바보 같은 짓을!"

그제야 사마무악은 어떻게 연운비가 이곳에 올 수 있었는지를 알 수 있었다.

"어째서 이곳에 온 것이오?"

"사제……."

연운비는 희미한 미소를 머금은 채 사마무악에게로 다가왔다.

"칠 년 만이지요?"

입가에 걸린 미소는 점차 환해지고 있었다.

수로맹주의 답변.

그 답변을 들었을 때 얼마나 가슴이 미어졌는가?

기약없는 시간들.

대체 어찌해야 사혈련의 부련주와 암천회의 십장생을 만날 수 있단 말인가.

그러나 또 다른 기연으로 숙부를 만나게 되고 암천회에 대해서 알 수 있었다.

암천회에 대해 들은 연운비는 십장생 중 한 명이 자신의 사제인지 물어보지조차 못했다.

만약 십장생 중 한 명이 그의 사제였다면 숙부가 자신에 대해 모르고 있을 이유가 없었다. 그리고 십장생은 그런 식으로 신분을 속이고 남의 문파가 잠입할 이들이 아니었다.

남은 것은 사혈련의 부련주.

그러나 사혈련과 함께 움직이고 있는 단무극조차 사혈련의 부련주가 누구인지는 알지 못했다.

사혈련은 그런 문파였다.

지금도 사혈련의 련주가 누구인지조차 모르고 있었다.

그저 사혈련이라는 문파를 이끌 수 있을 정도로 통솔력이 강하거나 혹은 모든 불만을 잠재울 정도로 압도적인 무력을 지녔다고 생각할 수 있을 뿐이었다.

"그때 저에게 그랬지요, 제 뒤에 서라고? 이제는 제가 앞에 서보겠습니다."

연운비는 검을 들었다.

전신에서 자욱한 기세가 퍼져 나갔다.

지키고야 말겠다는 의지. 연운비는 목에 걸린 부적을 떼어내었다. 이제 부적 따위는 중요하지 않았다. 어떻게 되든 그가 여기 있다는 사실이 가장 중요한 일이리라.

더욱이 연운비는 이곳에 올 수 있게 도와주었던 두 무인의 희생을 잊을 수 없었다.

그들이 아니었다면 제때에 도착하지 못하였을 것이고, 어쩌면 이 자리에 서 있지 못할 수도 있었다.

불타고 있는 한 척의 비합선, 그것에는 그들의 혼이 담겨 있었다. 그들에게 진 빚을 조금이라도 갚는 길은 이곳에서 살아 나가는 길일 것이리라.

"신검!"

소염비가 탄성을 내질렀다.

천하에 누가 있어 저 나이에 저만한 기세를 뿜어낼 수 있을까?

그리고 누가 이렇듯 단신으로 적진엔 들어올 수 있단 말인가?

의기천추(義氣千秋).

서협이라는 말이 조금의 부족함도, 아니, 오히려 모자란 감이 있는 무인.

팔황에서 오왕과 동급으로 추살령을 내렸을 정도로 평가받고 있는 사내였다.

"하하, 하하하하!"

소염비는 더없이 즐겁다는 표정으로 웃었다.

이제 이 전장의 싸움 따위는 중요치 않았다.

지금 소염비의 눈에 보이는 것은 오로지 연운비뿐이었다.

혈도가 은연중에 오왕과 비슷한 수준이라고 평가받고 있다면, 신검은 이미 평가가 끝난 무인이었다.

괄목상대(刮目相對).

처음 강호에 모습을 드러냈을 때만 하여도 천멸장 적천악과 동수를 이루는 수준에 불과했다.

그러나 사천에서는 포달랍궁의 대라마를 꺾었고, 아미산에서는 오대마군 중 거령마군과 유령문 태상장로 야이목풍의 합공조차 수월히 무너뜨렸다.

이제 누구도 신검을 후기지수라 말하지 않는다.

고작해야 이립의 나이.

강호 역사상 그 나이에 그와 같은 경지에 이른 무인이 얼마나 될 것인가?

"이런 날 어찌 방해를 받을 것인가? 모두 물러가라."

소염비는 다른 이들의 방해를 받고 싶지 않았다.

만약 주위에 누군가 남아 있다면 연운비는 자연 사마무악을 보호하기 위해 신경을 쓰지 않을 수 없을 터였다.

"총호법님?"

"물러가라 하였다."

소염비의 일갈에 만해도 무인들은 움직이지 못했다.

상대는 다름 아닌 혈도와 신검이다.

지금 기회를 놓친다면 언제 다시 이와 같은 기회가 올 것인가?

물론 소염비가 패할 것이라고는 생각지 않았다. 그러나 만에 하나라는 것이 있는 법이다.

"총호법, 반드시 그래야 하겠소이까?"

물러서지 못하는 수하들을 대신해서 나선 것은 제이전단주 마한이었다.

"무인의 뜻이라 알아주게."

"후우……."

마한은 긴 한숨을 내쉬었다.

만약 다른 이라면 주저없이 혈도의 목을 따라고 명령을 내렸겠지만 상대가 소염비니만큼 그렇게 할 수 없었다.

희백을 보낸 것이 실착이었다.

자신이 아닌 희백이 이 자리에 있었다면 죽는 한이 있더라도 공격 명령을 내렸을 터였다.

"모두 물러서라!"

마한은 어쩔 수 없이 명령을 내렸다.

스스슥—

만해도 무인들이 일제히 마한의 뒤로 몸을 날렸다. 그중에 일부분은 아직 싸움이 벌어지고 있는 곳으로 향하기도 하였다.

"어서 몸을 빼시오. 이미 나는 곤륜을 떠나온 몸이오."

"몸은 떠났어도 마음은 떠나지 않았음이니, 사제는 저에게 그런 말을 할 필요가 없습니다."

망망대해와도 같은 이곳에서 도망칠 때가 어디 있다는 말인가?

그리고 그것조차 거절하는 사람은 무어란 말인가?

사형제간의 정, 그것은 서로를 위하는 애틋한 마음이었다.

"시간이 더 필요한가?"

"아닙니다. 배려에 감사드립니다."

극히 정중하다.

사방을 적으로 둘러싸인 상황에서도 연운비의 태도는 어느 때와 변함이 없었다.

"곤륜이라, 곤륜이라! 과연 곤륜이다. 하나 오늘 신검은 나 풍파무쌍 소염비에 의해 빛을 잃게 되리라."

소염비는 자신이 이길 것이라 확신하고 있었다. 그것은 자만감이 아니라 스스로에 대한 자신감이었다.

우우우우웅―

연운비의 검세에 힘이 더해졌다.

단지 생각하는 것만으로 검세에 변화가 일었다는 것은 이미 연운비의 무공이 또 다른 경지에 이르렀다는 것을 의미하고 있었다.

신검합일.

검이 나고 내가 검이니 무엇이 더 필요하겠는가?

그러나 신검합일에도 일정 단계가 있기 마련이었다. 연운비는 그 모든 단계를 뛰어넘었다.

쿠쿵—

하나 소염비는 과연 만해도가 자신있게 내세울 만한 고수였다.

연운비의 검세 속에서도 조금도 움츠려 들지 않았고, 오히려 검세를 짓누르고 있었다.

개벽신권 제칠초 개산파벽(開山破壁)!

산조차 놀라는 그 위력에 흑암이 진동했다.

그에 맞서 연운비가 펼친 것은 거악의 웅장함이다.

천하도도(天下滔滔).

그것은 초식이라고 할 수도 없는 검의 길이었다.

부딪치고 또 부딪친다.

연운비는 조금도 물러서지 않았다.

패권에 패검으로 맞서는 것이 아니다. 당당함으로 맞서는 것일 뿐.

우우웅—

부드럽게 뻗어나간 검에 웅장함이 깃들어 있다.

충돌 끝에 한 발 물러난 쪽은 소염비였다. 누구도 생각하지 못한 결과였다.

"신검이라, 신검이라! 당대의 천하제일검이 될 것이라 하더니, 이미 당대의 천하제일검이었구나."

소염비는 진심으로 감탄했다.

누가 있어 저런 무위를 보일 수 있단 말인가?

소염비는 이미 한 차례 창왕과 겨루어본 적이 있었다.

절강성에 위협을 주기 위해 나선 행보였지만 우연치 않게 창왕과 마주하게 되어 수십 초를 나누었다.

당시 창왕의 무위는 자신보다 한 수 아래로 보였다.

물론 그 정도 차이야 실전에서 얼마든지 뒤집힐 수 있지만 차이는 분명히 있었다.

그러나 지금 보이는 연운비의 수준은 창왕과 비슷하면서도 또한 달랐다.

무엇보다 창왕에게는 커다란 단점이 있었다.

그것은 그와 비슷한 수준의 무인과 싸워본 경험이 없다는 것이다.

소염비는 누구보다 그것을 잘 느낄 수 있었다, 십여 년 전에 소염비가 그러했듯이.

"그렇지 않습니다."

그러나 연운비는 소염비의 말을 부정했다. 소염비는 의아하다는 표정으로 연운비를 바라보았다.

"십 년, 십 년입니다. 그 안에 진실된 당대의 천하제일검을 보실 수 있을 것입니다."

연운비는 사제 유이명을 떠올렸다.

천고의 기재.

누구보다 그 말이 어울리는 것이 유이명이었다.

지금이야 어떨지 모르겠지만 사제의 능력이라면 분명 천하제일검이 될 수 있을 것이다.

'네가 있어 마음이 참으로 편하구나.'

연운비가 이곳에 올 수 있도록 마음먹게 해준 것은 유이명의 존재였다.

"신검이 인정하는 검객이라! 아주 좋아. 이렇게 되면 반드시 그때까지 살아남아야겠군."

소염비는 미소를 머금었다.

연운비가 말하는 것이 누구인지는 모르겠지만 저 정도에 이른 무인이 인정할 정도라면 대단한 고수임에 틀림없었다.

"하나 아직은 아닐세. 내가 보기에 당대의 천하제일검은 바로 자네이니."

말을 마친 소염비의 전신에서 지금까지와는 전혀 다른 기운이 뿜어져 나왔다. 그 기운은 지극히 패도적이면서도 또한 웅혼해 보였다. 그것은 소염비는 연운비를 호적수로 인정했다는 뜻이기도 했다.

언제 이와 같은 무인과 다시 겨루어볼 것인가?

중원에 기인이사가 부지기수로 많다 하지만 소염비가 느끼기에는 아니었다.

소림과 무당.

정파의 태산북두라고 하는 그곳도 별반 다르지 않았다. 최절정고수는 많을지 모르겠지만 그 이상은 아니었다. 구태여 따지자면 일월마군과 호각지세로 싸웠다는 밀법승 정도가 전부일 것이리라.

"십성의 개벽신권!"

그것을 보는 사마무악의 입에서 경악성이 터져 나왔다.

소염비가 그렇듯 사마무악 역시 개벽신권에 대해서 익히 알고 있었다.

패를 추구하는 개벽신권이지만 그 성취가 십성이 넘어간다면 얼마든지 다른 기세를 담을 수 있었다.

"조심하십시오, 십성에 이른 개벽신권은 백보신권조차 넘어선다고 들었으니."

귓가에 들리는 익숙한 전음에 연운비의 입가에 희미한 미소가 걸렸다.

편안하다.

누군가가 자신을 걱정해 준다는 사실이 무엇보다 심신을 안정시켜 주었다.

슈우웅─

소염비가 일권을 내지르는 것으로 두 사람의 두 번째 격돌이 시작되었다.

연운비는 알고 있는 모든 초식을 사용했다.

패권의 패도적인 기운을 검망밀밀로 막아섰고, 상대를 짓누르는 듯한 연이은 권영을 비폭유천의 초식으로 흐름을 끊었다.

그런가 하면 운무산개(雲霧散開)의 초식으로 순간적으로 공격으로 전환해 상대를 당혹해하였다.

상대를 밀어붙이고 있는 것은 소염비의 권영이었지만 이 자리에 있는 그 누구도 소염비가 우위에 있다고 말할 수 없었다.

"좋구나. 그렇다면 이것도 받아보라!"

소염비가 깊게 숨을 들이쉬었다.

거룡운해(巨龍雲海)!

장강보다 넓은 대해.

그 대해를 다스리고자 만들어진 초식. 거룡의 거친 숨결이 장강에 토해졌다.

천리무애(千里無碍)!

연운비가 그에 맞서 펼친 것은 최절정에 이를 수 있도록 만들어준 초식이었다.

휘이이잉―

충돌이 있었지만 커다란 충돌음은 없었다.

부딪치면서 또한 흘려보낸다. 그것은 일반적인 검막의 운용과는 또 달랐다.

그리고 거룡의 숨결이 사라진 뒤 모습을 보인 것은 웅혼하면서도 신랄한 기운이었다.

단설참(斷雪斬).

상청무상검도에서 몇 안 되는 공격 초식 중 하나.

그 신랄한 기운에 소염비는 놀라며 급히 일권을 후려쳤다.

촤악—

그러나 소염비가 내갈긴 권영은 단설참의 기운을 완전히 막아내지 못하고 그 결과 옷자락이 길게 베어졌다.

"감히!"

소염비는 대노하며 연달아 삼권을 후려쳤다.

단순히 권영을 뿌린 것에 불과해 보일지 모르겠지만 실상은 그렇지 않았다.

노도붕산(怒濤崩山).

소염비는 흥분하였다고 해서 이성을 잃는 무인이 아니었다. 그 정도 경지에 이른 무인이라면 당연한 모습이었다. 오히려 상대가 강하면 강할수록 더욱 냉정해지는 것이 소염비였다.

쾅—

연운비도 이번 공격은 모두 해소시키지 못하고 연달아 서너 걸음을 뒤로 물러났다.

주르르륵—

입가를 타고 내리는 선혈.

과연 소염비의 개벽신권은 일절이라 불릴 만했다.

개벽신권이라고 해서 이런 위력을 보일 수 있을까?

그렇지 않았다. 개벽신권이어서가 아니라 소염비가 펼치는 개벽신권이어서였다.

"다시 받아보라."

소염비는 재차 노도붕산의 공격을 펼쳤다.

그것은 같은 초식이었지만 어떻게 보면 전혀 다른 초식이기도 하였다.

초식에서 벗어난 자유로움.

비록 완전하지는 못하였지만 소염비는 그것을 보여주고자 한 것이다.

콰쾅―

연이은 충격.

연운비는 그제야 소염비가 지금까지는 전력을 다하고 있지 않다는 사실을 깨달았다. 아니, 전력을 다하기는커녕 간단히 시험하는 수준에 불과했던 것이다.

'강하다.'

연운비는 전신을 짓누르는 듯한 압박감에 몸을 움직이기가 여의치 않았다.

분명 상대는 자신보다 내공이나 초식의 운영, 실전 경험. 그 모든 면에서 앞서고 있었다. 거기에 추호의 빈틈도 보이지 않고 있었다. 무엇보다 그 점이 연운비를 힘들게 만들고 있었다.

콰아아앙―

재차 날아드는 권영.

연운비는 무려 십여 걸음을 물러선 연후에나 신형을 추스를 수 있었다.

"아직이다."

공격의 주도권을 잡은 소염비는 이 기회를 놓치려 하지 않았다. 소염비의 폭풍 같은 공격이 몰아쳤다.

쾅― 콰콰쾅― 콰콰콰콰쾅!

수십 차례의 격돌.

"쿨럭."

그 격돌이 끝난 직후 연운비의 입에서 피분수가 뿜어져 나왔다.

풍파무쌍(風波無雙).

대해를 떠올리게 만드는 무인. 그가 뿜어내는 기도, 무력은 대해 그 자체였다.

"와아아아!"

그와 동시에 사방에서 환호성이 터져 나왔다.

신검이 누구이던가?

당대의 천하제일검이라고까지 불리며 묘독문, 유령문, 마곡, 포달랍궁 등 팔황에 속한 무수한 고수들을 패퇴시켰다.

그런 신검이 밀리고 있다.

만해도가 팔황 중 세력에 있어서는 제일이라 할 수 있었지만 그 누구도 마곡의 이름 앞에 팔황 중 어떤 문파도 거론하지 않는다.

구양노사, 일월마군, 대하상인, 그리고 아직 그 모습조차 들어내고 있지 않은 오신장.

거기에…

무상(武商) 북궁무백.

누가 있어 그 이름 앞에 다른 문파를 거론할 수 있을까?

아직 중원 무림은 모르겠지만 팔황에 속한 문파들은 그에 대해 잘 알고 있었다.

팔황에 속한 고수들치고 그의 방문을 받지 않은 자가 없었다.

하나 그 누가 북궁무백을 꺾을 수 있었을까?

마곡의 곡주조차 이미 북궁무백의 무위가 자신을 뛰어넘었다고 인정한 바 있었다.

일월마군만 하더라도 다른 팔황의 수장들과 비슷한 무력을 지니고 있었으니 그것은 어찌 보면 지극히 당연한 일이었다.

추풍낙엽(秋風落葉).

수십의 무인들이 그의 손에 쓰러졌다.

어느 순간부터 더 이상 북궁무백은 누군가를 찾아가 비무를 벌이지 않았다. 정확하게 말하자면 벌일 필요가 없었다.

이미 보는 것만으로도 상대의 수준 정도는 파악할 수 있는 것이 북궁무백이라는 무인이었다.

그럼에도 구태여 비무를 수십 차례 벌인 것은 그저 확인하는 수준에 불과했던 것이다.

십초무적자.

한때 북궁무백을 가리키는 말이었다.

그의 손에서 십초를 버티는 사람이 없었으니 감히 누가 마곡의 이름 앞에 다른 문파를 거론하겠는가?

어쩌면 그래서 더 이렇게 만해도 무인들이 열광하는 것일 수도 있었다.

천멸장 적천악을 비롯하여 오대마군 중 일월마군을 제외한다면 가장 강한 거령마군, 마곡의 고수들이 줄줄이 신검에게 패퇴했다. 그 신검을 소염비가 압도적인 무력으로 몰아붙이고 있는 것이다.

만해도 무력의 상징.

그것이 바로 총호법을 맡고 있는 풍파무쌍 소염비였다.

"오늘 신검과 혈도가 내 손에 꺾이는구나."

소염비는 승리를 자신했다.

그리고 그 자신을 뒷받침해 줄 만한 실력이 소염비에게는 있었다.

쿠아아앙—

일권, 일권이 지금까지와는 다르다.

그것은 이제 그만 끝을 내겠다는 마음가짐이 들어가 있어서인지도 몰랐다.

퍼펑—

연운비의 전신에 서너 차례 권영이 틀어박혔다. 그때마다 연운비의 입에서는 피분수가 터져 나왔다.

'스승님······.'

정신이 혼미해지고 있었다.

지금껏 느껴보지 못했던 무력의 차이. 그것은 그 무엇으로도 바꿀 수 없는 절대적인 진리 같았다.

'이 정도면 되었지 않겠습니까?'

연운비는 쉬고 싶었다.

산을 내려온 이후, 하루하루가 고난의 연속이라고 해도 과언이 아닐 정도로 힘든 시기를 보냈다.

막중한 책임감.

이제는 그것에서부터 벗어나고 싶었다.

그 순간 누군가의 목소리가 연운비의 귓가에 들려왔다.

"사형!"

안타까움이 가슴속 깊이 스며들어 있는 목소리. 그 목소리를 듣는 순간 연운비의 정신이 깨어났다.

연운비는 고개를 돌려 목소리의 주인 사제 사마무악을 바라보았다.

두 사람의 눈빛이 마주쳤다.

연운비는 문득 사마무악의 움켜쥔 주먹에서 피가 흘러내리고 있는 것이 보였다.

나서지 못하는 이의 마음.

그것이 마음속 깊이 전해졌다.

그가 나서는 것과 동시에 저 편에 대기하고 있는 무수한 만해도 무인들이 움직일 것이리라.

'아직은 아니지 않은가?'

연운비는 몸을 바로 세웠다.

'한 번 정도는 운이 따라주어 이겨볼 수도 있지 않겠는가?'

욕심이라고 해도 좋다. 이기적인 생각이라고 해도 좋다. 그러나 지금 만큼은 욕심을 부리고도 싶고 이기적이기도 싶었다.

상청의 기운은 무상을 이루어내니…….

이 순간 떠오른 것은 상청무상검도의 첫 구절이었다.

막대한 소염비의 무력.

그것은 무슨 초식을 사용한다 할지라도 막을 수 없을 듯싶었다.

최근에 익힌 상청무상검도의 후초식들, 그리고 천지검(天池劍)의 묘리들. 어느 것도 마찬가지였다.

'초식이 모든 것은 아니지 않은가?'

연운비는 문득 오래전 상청무상검도를 처음 배웠을 당시가 떠올랐다.

본시 상청무상검도에는 특별히 초식이 존재하지 않는다.

검에 나를 맡기고 내 의지에 따라 검을 휘두르니, 그것이 곧 상청무상검도였다.

화아아악―

일순간에 얻은 깨달음.

연운비는 그저 검을 휘둘렀다.

지금 이 순간 인지하고 것은 소염비의 권영도, 그렇다고 상청무상검도를 배울 때의 기억도 아니었다.

쾅― 쾅― 콰쾅―

부딪치며 부딪치고, 흘러보내면서 내밀친다.

"훌륭하다!"

소염비가 탄성을 내질렀다.

조금 전만 하더라도 상대는 분명 쓰러질 것 같던 거목이었다. 한데 그 거목이 어느 순간 유연한 갈대가 되더니 다시 태풍이 몰아쳐도 흔들리지 않은 거목이 되었다.

'이길 수 있다. 나는 이길 것이다.'

상대가 강하다고 하지만 그것이 절대적인 강함은 아니었다.

연운비는 소염비와 비슷한 수준의 무인을 적어도 세 명은 보았다.

창마 조풍령, 권왕 위지악, 그리고…

북궁무백.

강함이 무엇인지를 보여준 무인.

귀일(歸一)과 생사(生死)를 언급하였고, 연운비는 아직까지도 생사라는 말에 들어 있는 의미를 알지 못했다.

아마 마곡을 통틀어도 그보다 강한 고수는 없을 터였다. 그것은 설령 마곡의 곡주라 해도 마찬가지이리라.

문득 연운비는 북궁무백과 겨루어보고 싶다는 생각이 들었다.

호승심이라고는 눈을 씻고 찾아봐도 없는 연운비가 어찌하여 그런 생각을 하였는지는 모를 정도로 그것은 기이한 일이었다.

그가 언급한 시간이 삼 년이었다.

길다면 길다고 할 수 있지만 단계를 넘어서려는 무인의 입장에서 보자면 지극히 짧은 시간이기도 하였다.

연운비는 검을 곧추세웠다.

일자참(一字斬)!

그것은 누구나 펼칠 수 있으면서도 또한 펼치는 사람에 따라 얼마든지 다르게 운용될 수 있는 초식이었다.

그러나 분명 지금같이 치열하게 공수를 주고받는 상황에서 사용하기란 분명 무리가 있었다.

화아아악—

겨눈 것에 불과하지만 소염비는 전신을 짓누르는 듯한 압박감에 일갈을 터뜨렸다.

"어헝!"

벽을 넘어선 무인.

연운비가 그러하듯 소염비 역시 그러하다.

개산열석(開山裂石), 뇌정개벽(雷霆開闢)!

개벽신권의 절초들이 쏟아져 나왔다. 그럼에도 소염비는 우세를 잡지 못하고 있었다.

그 경천동지할 공격조차 연운비에게는 통하지 않았다.

대해가 물을 흘려보내듯 연운비는 그렇게 소염비의 공격을 막아내고 있었다.

"도벽."

"예."

"가서 희백을 데려와라."

두 사람의 경천동지할 비무를 지켜보며 망설이던 마한이 결국 결정을 내렸다.

어떻게 이런 일이 있을 수 있단 말인가?

소염비가 누구이던가?

만해도주조차 인정한 희대의 무인이 아니던가.

만해도는 자유롭게 무인을 뇌둘 정도로 고수가 많은 문파가 아니었다.

그럼에도 그 누구도 소염비의 거취나 행동에 대해 무어라 하지 못했다.

강하기에 자유롭다.

그것을 보여준 무인이 바로 소염비였다.

언뜻 보면 공격을 퍼붓고 있는 소염비가 우세해 보일지 모르겠지만 마한 정도 되는 무인이라면 그것이 아니라는 사실 정도는 알아차릴 수 있었다.

아마도 폭풍우 같은 저 공격이 끝나게 되면 수세로 돌아서게 되리라.

도무지 어떻게 된 영문인지 알 수 없었다.

막상 싸움이 시작될 당시만 하더라도 소염비의 압도적인 우세가 아니었던가.

"존명!"

마한의 뒤에 시립해 있던 다섯 편대주 중 일인인 도벽이 몸을 날렸다.

기실 지금은 희백을 부를 시기가 아니었다.

조금만 있으면 아직 전선 곳곳에서 벌어지고 있는 전투를 희백이 마무리할 수 있을 터였고, 그렇게 된다면 이 싸움이 지속될 이유가 없어졌다.

하나, 지금 더 급한 것은 이 두 사람의 싸움이었다.

고수의 싸움일수록 쉬이 끝나지 않은 경우가 많았지만 단 일초에 판가름이 나는 경우도 허다하다.

"호옹, 그러실 필요 없습니다."

그 순간 장내에 나타난 것은 희백이었다.

"왔군."

마한이 껄껄 대소를 터뜨렸다.

과연 희백이었다.

자신이 필요한 곳이 어디인지를 아는 모사가.

그가 있기에 귀망이 만해도 제이전단이 될 수 있었으리라.

"호옹, 제가 나서도록 하지요. 뭐 저야 신망 따위는 잃어버린 지 오래이니."

희백은 어찌하여 소염비의 말에 마한이 거절하지 못하였는지 그 이유를 알고 있었다.

차기 도주의 자리를 원하는 자. 그가 바로 만해도 제이전단주 마한이었다.

소염비와 척을 진다는 것은 만해도 무인들의 신망을 잃는다는 뜻과도 동일했다. 그런 상황에서 마한이 나설 수 없는 것은 당연했다.

"오홍, 뭣들 하는 거죠? 지금 이럴 시간이 있나요?"

희백이 주위를 둘러보았다.

만해도 제이전단의 무인들은 그 시선을 피했지만 희백의 목소리만큼은 듣지 않을 도리가 없었다.

"오홍, 참모로서 명령합니다. 저기 있는 혈도를 죽이세요. 포로 따위는 필요없습니다. 이건 명령입니다. 전투시 명령 불복종에 대한 처벌은 죽음입니다. 가세요!"

희백의 날카로운 목소리에 만해도 무인들이 어쩔 수 없다는 듯 내키지 않는 표정으로 걸음을 옮겼다.

"후후, 저런 떨거지들 따위조차 나를 무시할 수 있는 줄은 몰랐군."

사마무악이 도를 들었다.

죽더라도 저런 놈들에게는 아니었다. 그리고 아직은 죽을 시간이 아니었다.

'짐이 되지는 않을 것이다.'

이미 진원진기조차 어느 정도 사용한 상황이었다. 더 이상 잃을 것이 없었다.

"오라! 내가 바로 백교방의 당대 방주 사마무악이다."

사마무악의 기세에 만해도 무인들이 어쩔 수 없이 쇄도해 들었다.

더 이상 지체한다면 저 기세에 움직이지조차 못하게 되리라, 바로 조금 전 그러했듯이.

그가 휘두르는 일도에, 그가 뻗어내는 일도에 만해도 무인들이 추풍낙엽처럼 쓰러져 나갔다.

그러나 그렇게 죽어가는 만해도 무인들 역시 사마무악의 전신에 상처를 남기고 죽었다.

"후욱후욱……!"

가쁜 호흡, 이미 한계에 이른 사마무악의 몸은 더 이상 그의 의지를 따르지 않았다.

'조금만 더…….'

사마무악은 고개를 돌려 연운비와 소염비가 격돌하고 있는 것을 보았다.

폭풍우 같은 소염비의 공세는 언제부터인가 눈에 띄게 그 세가 약해지고 있었다. 이제 조금만 더 있으면 공세의 주도권은 연운비가 잡게 되리라.

푸욱—

그 순간 단창 하나가 사마무악의 옆구리를 꿰뚫었다. 잠시 시선을 돌린 탓이다.

사마무악의 신형이 크게 휘청였다.

사마무악은 도를 휘둘러 자신의 옆구리에 단창을 박아 넣은 만해도 무인을 머리끝에서부터 양단시켜 버렸다.

"흐흐……."

전신에 피를 뒤집어쓴 사마무악은 누군가 귀사망량들을 가리켜 말한 악귀와도 같았다.

"그만 뒈져라!"

보다 못해 나선 것은 다섯 편대주 중 일인인 팔절풍도(八絶風刀) 수종문이었다.

편대주들 중에서도 제일의 무력을 자랑하는 무인. 그가 휘두른 도기가 날아들었다. 거기에 수많은 만해도 무인들이 가세했다.

풍전등화(風前燈火).

사마무악은 더 이상 버틸 여력이 없다는 것을 알고 있었다.

'저승길 동무로 이 정도 숫자라면 나쁘지 않지.'

사마무악은 그의 스승이 전해준 무공 마령절도식의 한 초식을 떠올렸다.

마령질풍세(魔靈疾風勢).

그것은 마령절도식을 통틀어 가장 강맹한 초식이었다. 하나 그 위력만 큼이나 위험한 초식이기도 하였다.

'지금 써보지 않는다면 언제 사용할 것인가?'

한 번도 펼쳐 보지 못했던 초식.

사마무악은 전신에 남은 한 올까지 모든 내공을 끌어올렸다. 적어도 후회는 없어야 하지 않겠는가?

그 순간이었다.

콰아아앙—

강맹한 검풍이 불었다. 그것은 사마무악이 마령질풍세를 펼치려던 찰나였다.

검풍에 사마무악에게 쇄도하던 만해도 무인들이 피떡이 되어 날아갔다. 오직 팔절풍도 수종문만이 몸을 굴려 간신히 위기를 모면했을 뿐이었다.

"사형!"

그와 동시에 터져 나온 것은 사마무악의 경악성이었다.

"무슨 짓을……."

검풍의 주인은 바로 연운비였다.

"대체 이게 무슨 어리석은 짓이오?"

사마무악이 놀라 달려왔다.

후드득……

연운비의 왼쪽 어깨에서부터 흘러내리는 폭포수 같은 피. 지혈을 한다고 하기는 했지만 피는 쉬이 멈추지 않았다.

고수간의 겨룸에서 몸을 빼는 것은 실로 어려운 일이다.

그 일을 하기 위해 연운비가 소염비에게 내준 것은 한 팔이었다. 연운비의 왼쪽 팔은 어깨 어림부터 잘려 나가 있었다.

"어떻게… 어떻게……."

"저는 괜찮습니다. 검을 휘두르는 것은 왼손이 아니니까요."

연운비는 웃고 또 웃었다.

한 팔 정도로 그의 사제를 살릴 수 있다면 무엇이 그리 손해일까?

"무슨 짓인가!"

어느새 연운비를 따라온 소염비가 일갈을 토해냈다. 연운비에게 토하는 일갈이 아니라 만해도 무인들에게 토하는 일갈이었다.

"무슨 짓이냐고 물었다!"

대노한 소염비의 기세.

그 기세에 만해도 무인들이 더 이상 공격을 가하지 못하고 뒤로 물러났다.

"희백. 너인가?"

"오홍, 제가 아니면 누가 있겠나요? 그건 그렇고 뭣들 하는 거지요? 공격하라는 제 말을 잊었나요?"

희백은 매서운 눈빛으로 수하들을 노려보았다.

그럼에도 만해도 무인들은 어느 누구 하나 나서지 못했다.

풍파무쌍 소염비.

그들의 우상인 그가 가로막고 있거늘 누가 움직일 수 있겠는가?

"희백, 죽고 싶은가!"

소염비는 분노하고 또 분노했다.

공정한 싸움.

그 싸움에 어떻게 끼어들을 수 있단 말인가?

소염비 역시 알고 있었다, 만약 싸움이 계속되었다면 수세에 몰린 것은 자신이었을 것이라고.

어쩌면 그랬기에 더 참을 수 없는 것인지 몰랐다.

"이것은 내 싸움이다. 방해하는 자는 누구도 내 손에서 살아남지 못하리라."

소염비는 희백을 바라보았다. 희백 역시 소염비의 시선을 피하지 않았다.

소염비의 앞임에도 희백은 조금도 위축되지 않았다.

희대의 모사가.

다른 방면에서 일가를 이룬 사내. 적어도 그릇 면에 있어서는 희백 역시 부족함이 없었다.

"급보입니다!"

그 순간 장내에 뛰어든 것은 만해도 무인 한 명이었다.

"무슨 일이냐?"

더할 나위 없이 긴장감이 고조되어 있는 순간이었기에 마한이 눈살을 찌푸리며 물었다. 자칫 잘못하였으면 그 긴장감이 그대로 터져 버릴 수도 있었다.

"전방에 수십여 척의 소형 전선이 다가오고 있다고 합니다. 후방에서도 마찬가지입니다. 후방에는 중형 전선 몇 척도 목격되었습니다."

"무엇이라!"

마한이 크게 놀라며 반문했다.

"그것이 사실이냐?"

"그렇습니다."

"어디의 전선인가?"

"아직 확인되지 않았습니다. 아마도 수로맹의 잔당들인 듯싶습니다."

"거리는?"

"지척입니다."

"이런 멍청한… 모두 전투태세로 들어간다!"

마한이 급히 회군하기 위해 몸을 돌렸다.

이제 중요한 것은 흑암이 아니었다. 전, 후방에서 수십여 척이라면 백여 척에 달하는 대규모 병력이다. 비록 소형 전선이라고는 하지만 그 수를 본다면 절대로 무시할 수 없는 전력이다.

'좋지 않다. 하나 이것이 내가 도약하는 하나의 기회가 될 수 있으리라.'

마한은 주먹을 움켜쥐었다.

이전단의 전력이 다 모여 있지 않은 지금 위험한 상황이라 할 수도 있겠지만 수로맹의 떨거지들을 일망타진할 수 있는 절호의 기회이기도 하였다.

아마도 이번 싸움에서 승리하게 된다면 그때는… 그때는 정말로 도주의 자리에 한 발 다가갈 수 있으리라.

"뭣들 하느냐? 어서 이곳을 정리하라. 모조리 불태워 버리란 말이다!"

마한이 버럭 소리를 질렀다.

이제 두 사람이 벌이는 비무의 결과보다는 수로맹 잔당들과의 전투가 더 중요했다.

마한이 직접 명령을 내리는 것과 희백이 내리는 것은 다르다.

그것을 증명이라도 하듯 만해도 무인들이 일제히 몸을 날렸다. 어느새 그들의 손에는 화섭자가 들려 있었다.

"저자가 신검이더냐?"

그렇게 마한이 몸을 돌리는 순간 장내에 울려 퍼진 것은 어딘지 모르게 위압감이 실려 있는 목소리였다.

"이도주님을 뵙습니다."

그와 동시에 장내에 있던 모든 이들이 일제히 부복을 취했다. 소염비조차 가볍게나마 고개를 숙였다.

천하에 누가 있어 만해도 무인들에게 이런 공경을 받을 수 있을까?

만해도주 천군 태무룡.

그가 아니면 불가능한 일이었다.

그러나 분명 중년의 사내는 태무룡이 아니었다. 태무룡과 얼굴은 비슷하였지만 풍기는 기도가 달랐다.

"태무극……."

연운비의 입에서 나지막한 목소리가 흘러나왔다.

희미한 기억 속에서 어렴풋이 기억나는 얼굴의 윤곽… 중년인은 바로 단무극이 언급했던 신산귀재 태무극이 틀림없었다.

"나를 아느냐?"

태무극이 조금은 뜻밖이라는 표정으로 연운비를 바라보았다.

"내가… 내가 바로 불패신룡 그분의 아들이오."

쿵―

일순간의 정적.

그것은 태무극의 전신에서 퍼져 나오는 싸늘한 기세에 의해 시작되었다.

"네가 그의 핏줄이라고? 네가?"

태무극이 믿지 못하겠다는 표정으로 두 눈을 부릅떴다.

그저 소염비와 호각으로 싸운다는 소리에 궁금증이 일었을 뿐이다. 그렇지 않았다면 구태여 이 자리에 올 이유가 없었으리라.

한데 악연의 연속이던가?

죽었다고 생각한 연청비의 아들이 버젓이 살아 있었다, 그것도 삼십여 년 전처럼 팔황의 가장 큰 주적이 되어.

"그렇구나. 그래, 기억한다. 네가 그때 그 핏덩이로구나……."

태무극은 연운비의 두 눈을 바라보았다.

그가 알던 누군가와 너무나도 흡사한 눈빛, 의를 중요시했고 목숨을 초개같이 여겼으며 누구보다 자유롭기를 원했던 무인.

암천회의 모든 무인들이 그를 믿고 따랐으며, 그랬기에 고작해야 이백도 되지 않은 인원으로 천하와 격돌할 수 있었다.

불패신룡.

잊혀질 수 없는 이름.

이제 그의 아들이 그의 뒤를 이으려 하고 있었다.

"호랑이는 호랑이 새끼를 낳는다더니… 그 말이 조금도 틀리지 않구나."

"이만 돌아가셔야 합니다."

마한이 조심스럽게 말을 꺼냈다.

돌아가야 할 시기였다. 소염비와 태무극은 위치가 다르다. 만약 전투가 벌어지는 시점에서 태무극이 이곳에 남는다면 아무래도 귀망의 움직임이 제한될 수밖에 없었다.

"알았네. 가도록 하지."

태무극은 몸을 돌렸다.

삼십여 년 전에 끝맺지 못한 일을 끝내고 싶었지만 그때와 지금은 달랐다.

적어도 태무극은 그런 사실 정도는 충분히 인지할 수 있는 위치에 있었다.

"나는 삼십여 년 전에 빚을 받고자 합니다. 그대는 빚을 갚을 준비가 되어 있습니까?!"

그 순간 터져 나온 사자후.

연운비의 검끝이 태무극을 향했다.

마한은 그것을 막아서지 않았다. 아니, 막아설 수 없었다. 어느새 사마무악이 그의 앞을 가로막고 있었기 때문이다. 소염비 역시 상황을 지켜보고만 있을 뿐이었다.

외팔의 검수.

전신에 피칠을 하였기에 더욱 초라해 보일 수밖에 없었지만 그 누구도 그러한 생각을 가지지 못했다.

"노옴."

태무극의 눈에서 불길이 일었다.

삼십여 년 전에도 암천회에서 무제와 불패신룡, 무적패도가 아니라면 대적할 이가 없던 것이 자신이다.

그것은 설령 다른 십장생들이나 팔대기주라 할지라도 별반 다르지 않았다.

"오홍, 애송이 하나가 날뛰는 것을 가지고 무얼 그리 화를 내시는지요. 그냥 가시면 될 일이 아닌가요?"

중재에 나선 것은 희백이다.

그러나 이번에는 희백의 중재조차 소용이 없었다.

"빚을 갚을 준비가 되어 있느냐고?"

항시 마음에 걸렸던 일.

그것은 암천회를 정면 대결로 꺾지 못하고 비열한 암습과 계략으로 무너뜨렸다는 사실이다. 그것이 늘 가슴에 짐으로 남아 있었거늘, 또다시 그러기는 싫었다.

그리고 인정받지 못했던 또 하나의 이유.

그것은 태무극이 무공보다는 지략에 능했다는 사실이었다. 신산귀재라는 그의 칭호를 보더라도 알 수 있는 모습이었다.

"와보거라. 불패신룡이 강하다? 나 태무극 역시 그에 못지않다는 것을 보여주겠다."

태무극은 앞을 막고 있는 마한과 희백을 밀치고 걸어갔다.

"마한."

"존명!"

"네 능력을 보도록 하겠다. 이곳으로 향하는 모든 전선들을 모조리 수장시켜라. 하면 차대 도주에 내가 너를 지원해 주겠다."

"이 마한, 목숨을 걸고 그 명령을 지키겠습니다."

마한이 신형을 돌려 자신의 전선으로 향했다.

그러자 희백 역시 어쩔 수 없다는 듯 한숨을 내쉬고 마한을 따라 몸을 날렸다.

콰콰쾅—

그와 동시에 커다란 폭발과 함께 거대한 흑암의 본체가 휘청거렸다.

'노사……'

사마무악의 눈에 물기가 어렸다.

방금 전 폭발은 아마도 조타실의 붕괴를 뜻하는 것이리라. 그것은 곧 조타실을 지키는 신수귀장 곡비양의 죽음을 의미했다.

지키지 못할 바에는 차라리 버리겠다.

비합선이 신수귀장 곡비양의 최후의 걸작이라고 말하지만 사마무악은 그렇지 않다는 사실을 잘 알고 있었다.

흑암이 처음 세상에 모습을 보였을 때만 하더라도 그저 조금 특이한 전선에 불과했다.

다듬고 또 다듬었다.

그래서 탄생한 것이 지금의 흑암이었다.

누가 뭐라 하여도 신수귀장의 혼이 들어가 있는 것은 바로 흑암인 것이다.

우우웅—

연운비의 검에서 기파가 뿜어져 나왔다. 여전히 연운비의 검끝은 움직이지 않고 태무극을 향하고 있었다.

긴장감이 고조되었다.

이 자리에 있는 모두가 연운비의 그러한 행동이 무엇을 의미하는지 알고 있었다.

'어떻게 이런 애송이 놈이……'

전신에 가해지는 압박감.

그것은 태무극으로서도 난생처음 느껴보는 그런 것이었다.

움직일 수 없었다. 손가락 하나 까닥만 하더라도 검이 전신을 난도질할 듯싶었다.

쇄쇄쇄쇽—

그 순간 무수한 화살비가 사방에서 쏟아졌다.

화살비는 한 방향에서만 쏟아지는 것이 아니었다. 만해도 전선들을 두고 사방에서 무수히 많은 중, 소형 전선들이 모습을 드러냈다.

"우리가 왔소!"

후방 지역, 선두에 서 있는 한 척의 전선

그 앞에 서 있는 이는 금사채의 채주 염라수(閻羅手) 귀백이다.

목숨의 빚을 진 자.

이제 그가 빚을 갚으려 하고 있는 것이다.

그리고…

"총공세를 펼쳐라!"

전방에서 지휘하는 중년의 무인.

장강의 모든 호걸들이 한때 우상으로 생각했던 무인. 수상객 단무극, 그가 암천회의 전선을 이끌고 당도한 것이다.

"옥쇄할 각오를 하라! 우리의 뒤는 수로맹이 지켜줄 것이다! 적들에게 암천회의 공포를 심어주리라!"

단무극은 상대가 들으라는 듯 사자후를 내질렀다.

"암천회다!"

"적은 수로맹만이 아니다!"

만해도 무인들이 크게 동요했다.

단무극의 생각은 적중했다. 이미 몇 번의 교전으로 팔황은 암천회에 대해 어느 정도 파악하고 있었다.

중원 천하에 유일하게 팔황에 속한 문파들에게 두려움을 줄 수 있는 곳, 그곳이 바로 암천회였다.

'숙부님······.'

연운비의 마음이 크게 동요했다.

무엇 때문에 이리로 향했단 말인가?

함정을 파놓고 기다리는 것과 정면으로 충돌하는 것은 큰 차이가 있었다.

전력상 누가 뭐라고 하더라도 우위에 있는 것은 만해도이다.

더욱이 그중에서도 일, 이 전단은 다른 전단들과 확연하게 차이가 날 정도로 압도적인 전력을 유지하고 있었다. 물론 현재 이곳에 있는 전력

이 절반밖에는 되지 않는다 하더라도 그것은 별반 다르지 않았다

그러나 과연 연운비는 알고 있을까?

자신의 지금 생각이 사마무악이 자신을 보며 가졌던 생각과 별반 다르지 않다는 것을.

"놈!"

그 순간 태무극의 신형이 움직였다.

일순간 마음에 동요가 인 것을 놓치지 않은 것이다.

캉— 카카캉—

전신에 가해지는 압력이 해소되며 뿜어져 나온 태무극의 위세는 놀라웠다.

그 파죽지세의 공격에 연운비의 신형이 크게 휘청였다.

한 팔이 잘린 치명적인 부상, 그보다 더 심각한 것은 몸의 균형이 깨어진 상태라는 것이다. 한 번 수세에 몰린 연운비는 걷잡을 수 없는 수렁 속에 빠져들었다.

그럼에도 연운비는 버티고 또 버텼다. 대체 저런 몸 상태로 버티는 것이 신기할 정도로 버티어냈다.

"그 지독함 하나는 네 아비를 꼭 닮았구나."

불패신룡, 그가 그러했다.

어떤 어려운 상황에서든지 포기할 줄을 몰랐고, 그런 그의 집념이 항상 불가능한 상황 속에서 승리를 일구어냈다.

"하나 오늘은 그렇게되지 않을 것이다."

삼십여 년 전, 그렇게 치밀하고 완벽한 함정에서도 살아나간 암천회 무인들의 수가 무려 절반이 넘었다. 물론 십장생 중 절반 이상이 죽고 불패신룡과 살수비기를 연마하여 가장 상대하기 까다롭다는 광살수까지 죽었다지만 그래도 팔황은 당시 경악을 금치 못했다. 그런 상황을 가능

하게 만들었던 것이 무제와 불패신룡이었다.

콰쾅—

한 차례의 충돌.

연운비의 신형이 주르륵 밀려 나갔다.

'이렇게 한다면……'

밀려 나가는 연운비의 안색은 창백하기 그지없었지만 그 눈빛만큼은 한없이 맑았다.

연운비 스스로조차 이해할 수 없었지만 분명히 보였다.

존재하지 않는 듯하면서도 존재하는 틈과 그 틈을 어떻게 하면 파고들 수 있는 지를.

하나 그렇게 할 수 없는 것은 몸이 따라주지 않는다는 사실이었다.

반보를 내딛는 것.

그것이 이토록 힘들 것이라 생각해 본 적이 없었다.

얼마나 시간이 지난 것일까?

계속해서 수세에 몰리던 와중 연운비는 손에 힘이 빠지며 검이 처지는 것을 느꼈다. 마침내 몸도 마음도 한계에 이른 것이다.

"사형!"

"운비야!"

그와 동시에 사마무악과 어느새 흑암에 올라탄 단무극이 달려오고 있는 것이 보였다. 그리고 그런 그들을 막아서는 소염비의 모습도 눈에 들어왔다.

'생사라……'

백척간두에 서본 적이 있는가?

어느 순간 연운비는 자신도 모르게 한 발을 앞으로 내딛으며 검을 뻗었다.

화아아악—

검의 물결이 파도를 이루었다.

짧지만 또한 긴 시간.

연운비는 마침내 북궁무백이 건넨 의미를 마침내 깨달은 것이다. 비록 그것이 시작에 불과하다 할지라도…….

서걱—

정적이 일었다.

정적은 검끝에서 시작되었다.

기이할 정도로 아름다운 춤사위. 그것은 마치 하나의 검무를 보는 듯했다.

"허허, 허허허……."

검무가 끝나고 태무극의 입에서 너털웃음이 흘러나왔다.

"그 초식의 이름이 무엇인가?"

"생사, 생사결이라 합니다."

"생사결이라… 멋지군, 아주 멋져. 이토록 허망한 것을 무에 그리 집착했었는가! 하하하하!"

태무극의 입에서 대소가 터져 나오는 것과 동시에 그의 미간에서 한 줄기 핏줄기가 솟구쳤다.

털썩…….

그의 신형이 힘없이 무너져 내렸다.

삼십여 년 전부터 천하를 손 아래 쥐고 흔들었던 희대의 효웅, 그도 죽음이라는 벽을 넘지 못한 것이다.

"이도주!"

소염비가 다급히 태무극을 부축했다. 하나 이미 그의 숨은 끊어진 연후였다.

"이럴 수가 있다니."

소염비가 허망한 모습을 감추지 못했다.

신검이 이길 것이라고는 생각지 못했다. 그 생각은 태무극의 숨이 멈출 때까지도 마찬가지였다.

"더 싸울 생각인가?"

어느새 연운비의 옆에 서 있는 단무극이 검을 겨누며 물었다. 어떻게 해서라도 연운비를 보호하겠다는 모습이었다.

"그대가 수상객이오?"

"그렇다."

"장강이 이토록 넓어 보이기는 처음이군."

소염비의 탄식을 토했다.

이 자리에 있는 어느 누구 하나 만만해 보이는 이가 없었다. 중원의 저력이라는 것을 이제야 이해할 수 있을 듯싶었다. 그리고 마곡의 문상이 왜 그렇게까지 만전을 기하라고 하였는지도.

"장강은 원래 넓소이다."

그 말에 대답을 한 것은 사마무악이었다. 사마무악 역시 연운비를 보호하기 위해 단무극의 옆에 가세했다.

"오늘은 한 수 배웠군. 두 달 후에 다시 보세나."

"기대하겠소."

그가 말하는 두 달이란 만해도가 새롭게 개편하기 위한 시간을 의미하는 것이리라.

휘이이이잉—

한 줄기 매서운 강풍이 불었다.

강풍을 뒤로한 채 태무극의 시신을 품에 안은 소염비가 천천히 신형을 돌렸다.

그 누구도 감히 소염비를 막아서지 못했다.

그를 막아서기 위해서는 적어도 이 자리에 있는 사람들 중 절반 이상은 목숨을 내놓아야 하리라.

"후우……."

소염비가 물러가고 연운비는 긴 한숨을 내쉬며 그 자리에 주저앉았다.

"괜찮더냐?"

"견딜 만합니다."

"다행이구나."

"싸움은… 어떻게 되었습니까?"

"그것도 모르고 싸우고 있었더냐? 우리가 이겼다. 대승이다. 비록 절반에 불과한 제이전단이라고 하지만 우리가 이긴 것이다."

단무극은 장하다는 듯 연운비의 어깨를 두드려 주었다.

이곳에 올 때까지만 하더라도 동귀어진을 각오했다. 그 정도로 만해도 제이전단의 전력은 막강했다. 하나 예상하지 않았던 수로맹의 지원군으로 인해 대승을 거둘 수 있었다.

아군의 전선 역시 절반이 넘게 파손되었지만 무사히 돌아간 만해도 전선들이 십 중 이도 되지 않았으니 실로 대승이라 할 수 있었다. 무엇보다 이도주 태무극을 죽인 것은 무엇과도 비교할 수 없는 성과였다.

한편에는 살아남은 백교방 무인들이 한 자리로 모이고 있었다. 그 자리의 중심에는 사마무악이 자리해 있었다. 누가 뭐라 하여도 이 싸움에서 승리의 주역은 그들이었다.

"그렇군요… 숙부님."

"말하거라."

"조금 쉬고 싶습니다. 아주 조금만요……."

"쉬어라. 그때 네가 나를 지켜주겠다고 하였지? 지금은 내가 너를 지켜주마."

　이제 그만 쉬고 싶었다. 조금이라도 좋으니 아주 편안하게… 그렇게 연운비는 천천히 깊은 잠에 빠져들었다.

외전

그리고 칠년...
그의 가슴은 대륙을 적셨다

외전

팔황겁난(八荒劫亂).

팔황의 침공으로 시작된 제이차 팔황의 난은 무려 칠 년이 넘는 시간 동안 계속되었다.

시산혈해라는 말이 무색할 정도로 중원의 대지는 피로 적셔졌고, 중원 천하에 병장기 부딪치는 소리가 멈출 날이 없었다.

백여 년 동안 절치부심(切齒腐心)하며 힘을 길러온 팔황은 과연 강했다.

거기에 실로 중원제일세라 해도 과언이 아닌 무벌의 배신은 급격한 사기의 저하를 가져왔다. 후일 무벌이 불귀곡의 전신이라는 것이 알려지면서부터 중원은 힘을 하나로 모았지만 그때는 이미 산동, 강소, 절강, 강서, 안휘 남부 등 상당한 지역이 팔황의 수중에 넘어간 이후였다.

연전연패(連戰連敗).

이후의 싸움에서조차 중원은 안휘 북부를 비롯하여 산서, 호남까지 내어주며 궁지에 몰렸다. 유일하게 버티는 곳이 있다면 힘을 하나로 결집시킨 수로맹과 청성, 아미, 당가, 천독문이 버티고 있는 사천 지역이었다.

그렇게 대치 상태가 되기를 오 년.

마침내 중원은 반격을 시작했다. 그 반격의 실마리가 된 것은 남도북검, 서협동마, 중권 다섯 명의 무인이 전면에 모습을 드러내면서부터였다.

서협의 의기는 천하를 떨쳐 울리고 북검의 매서움은 빙궁을 무색해하니, 누가 있어 남도의 도를 막을 것인가? 중권의 위명은 사해를 떨쳐 울리고 동마의 신위는 중원 천하를 질타한다.

삼검 중 유일하게 생존해 있는 청운 진인과 북검이라 불리는 막중명이 버티고 있는 화산의 저력은 소림과 함께 구파일방 중 으뜸이라 해도 과언이 아니었다.

결국 화산을 주축으로 한 섬서, 감숙 무림의 힘 아래 빙궁과 대막혈랑대는 차지하고 있던 산서를 내주며 물러났다.

호북무림의 도움을 받은 수로맹은 계속되는 수세 속에서도 장강을 양분하여 지켜주고 있었고, 사혈련을 이끄는 동마와 십팔도궁을 이끄는 도왕과 남도의 파상적인 공세 아래 불귀곡은 다시 깊은 어둠 속으로 스며들었다.

그리고…

산동, 강소, 안휘, 절강 등 장강 이북, 이남에 걸쳐 막강한 세력을 구축하고 있는 마곡.

일월마군을 위시하여 오신장, 구양노사, 문무쌍성이 버티고 있는 마곡의 힘은 과연 대단했다. 비록 그 뒤에 유령문과 묘독문이 버티고 있다지만 실제 주력은 마곡이라 해도 과언이 아니었다.

소림을 위시하여, 하북팽가, 남궁세가, 산동악가, 등 무수한 문파들이 공격을 함에도 조금의 이득도 볼 수 없었다. 불귀곡이 무너지고서 가세한 사혈련의 지원군이 오고 난 연후에나 조금씩이나마 전선을 밀 수 있었다.

그러기를 마침내 일 년여.

중원연합군은 마곡의 주력 병력을 수차례 크게 격퇴하며 안휘 동부 끝 언저리에 있는 천장(天長)까지 몰아붙였다.

빼앗기는 데에 걸린 시간이 반년에 불과하였으니 무려 열 배가 넘는 시간을 들여 수복한 것이다.

하나 마곡은 천장을 경계로 끈질기게 저항했다.

마곡이 그런 저항을 할 수 있었던 것은 천장이 소수의 인원으로 다수를 막기에 적합한 곳이라는 것과 기라성 같은 절대고수의 존재 때문이었다.

무상 북궁무백.

그가 나서는 싸움에서 마곡은 불패의 신화를 이루어냈다. 만약 전장이 넓지 않고 좁았다면 중원은 마곡을 감당하지 못하였을 터였다. 그것을 증명이라도 하듯 천장에서 막아서고 있는 북궁무백과 오신장 중 두 명을 그 누구도 뚫어내지 못했다.

쏴쏴쏴쏴쏴—

폭포수 같은 화살비가 쏟아졌다.

"공격하라!"

"오늘은 반드시 이곳을 뚫는다."

"물러서지 마라. 적들은 한계에 부딪쳐 있다. 오늘이야말로 놈들의 숨통을 끊어야 한다."

무수한 문파의 고수들이 협곡을 공략하기 위해 밀어붙였다. 그다지 많은 인원이 통과할 수 없는 길인지라, 모두 문파에서 내로라하는 고수들이었다.

벌써 열흘 째.

이 협곡에서 죽어간 인원만 하더라도 수백에 달했다. 그럼에도 수십여 장조차 전진하지 못하고 있었다.

기형 도를 휘두르며 협곡 정중앙을 막아서고 있는 사내.

그 사내가 있는 한 그야말로 협곡은 난공불락의 성이나 다름이 없었다.

"지루하군."

북궁무백은 긴 한숨을 내쉬었다.

수많은 무인들이 있음에도 어느 누구 하나 앞으로 나서지 못하고 있었다.

얼마 전 소림의 십팔나한이 패퇴하고 무당의 칠성검진과 개방의 타구봉지까지 모두 무너진 마당에 어찌 보면 그것은 오히려 당연한 일이라 할 수 있었다.

'팔 년 전의 다짐이 아직까지 지켜지지 않았군.'

마곡을 떠나려던 생각.

북궁무백은 그것을 지키지 못한 이유는 혈육에 대한 정 때문이었다. 만해도가 대패하면서 장강이 이분되고 천하가 이분되며 문상이 계획했던 일은 모두 수포로 돌아갔다. 덕분에 마곡은 전력을 분산시키지 않을 수 없었고 그렇게 하기 위해서는 북궁무백이 반드시 필요했다.

그렇게 수백에 달하는 무인들과 고작해야 북궁무백을 비롯하여 수십명도 되어 보이지 않는 마곡의 무인들이 대치하기를 일각여.

와와와와와—

사방에서 울려 퍼지는 환호성.

누가 오기라도 한 것인가?

이것은 설령 소림이나 무당의 장문인이 온다 할지라도 들을 수 없는 함성이었다.

"연 대협을 뵈오이다!"

"삼가 조양문의 복고웅이 서협을 뵈오!"

"풍전문의 신길이 신검을 뵙습니다!"

사방에서 울려 퍼지는 기라성 같은 함성 소리.

신검. 의기천추. 천하제일협!

그가 아니면 그 누가 이런 환호 소리를 받을 수 있을까?

그렇다.

장내에 모습을 드러낸 이는 다름 아닌 서협, 아니, 천하제일협이라 불리는 연운비였다.

"연운비가 여러 강호 동도들을 뵙습니다."

정중한 포권.

이제 불혹에 접어들려고 하는 연운비는 어디서나 볼 수 있는 중후한 용모의 도인이라 해도 믿을 수 있을 정도였다.

안타까운 것은 텅 비어 있는 그의 한쪽 팔이었다.

외팔의 검수.

그러나 그 외팔에 담긴 사연을 알고 있는 이들에게 그의 텅 빈 한쪽 팔은 극한의 존경, 그 이상도 이하도 아니었다.

"삼가 보타암의 유사하가 연 대협을 뵈어요."

"그렇지 않으셔도 됩니다, 유 소저."

한편에 있는 유사하를 발견한 연운비가 담담히 웃으며 고개를 저었다.

소저라고 하기에는 이제 나이가 조금 들었다지만 연운비의 눈에 유사하는 언제까지나 소저로 여겨질 듯싶었다.

"호호, 그렇다면 말을 편하게 할게요."

"인사는 나중에 다시 나누도록 하지요."

연운비는 다시 한 번 고개를 가볍게 숙인 후 앞으로 걸어나갔다. 그가 향하는 곳, 그곳에는 바로 북궁무백이 있었다.

"자네로군."

"그렇습니다. 저입니다."

"십 년만인가?"

"정확히 팔 년입니다."

"그렇군."

북궁무백이 먼저 웃었고, 연운비가 그 뒤를 따라 웃었다.

적이지만 어딘지 모르게 두 사람은 서로가 적이라는 생각이 들지 않았다.

같은 길을 가는 벗.

그것이 서로를 향해 느끼는 감정일 것이리라.

"그동안 만날 기회가 몇 번 있었지?"

"그랬던 것 같습니다."

"자네가 피하는 줄 알았는데 그것이 아니었다고 들었네."

"사실 두렵기도 하였습니다."

"하하, 듣기 나쁜 소리는 아니군. 자, 그럼 시작해 볼 터인가?"

"연운비가 삼가 북궁 형에게 한 수 가르침을 청합니다."

"형이라… 좋구만. 그 말을 다시 듣게 될 줄을 몰랐네. 하면 못난 우형이 비무를 받아들이겠네."

마치 전장터가 아닌 듯, 두 사람은 그렇게 서로에게 검과 도를 겨누었다.

그렇게 경천동지할 하나의 비무가 시작된 것이다.

후일 천장비무라고 전해진 싸움에서 비록 오신장과 남도의 가세로 승부가 나지 않았지만, 그것은 유일하게 북궁무백이 이기지 못한 비무라 전해졌다.

남도, 북검, 동마, 서협, 중권.

대륙을 질타하였으며 한 시대에 태어나지 않았다면 누구나 천하제일인이 될 수 있었을 것이라 평가받는 무인들.

이것은 그중에서도 의를 기치로 삼았고, 누구보다 가슴이 따스했던 무인의 이야기이다.

비록 다섯 명 중에서 한 팔을 잃음으로 인하여 무공은 수위에 속하지 못했지만 그가 존재하지 않았다면 길고 길었던 전쟁 초기에 중원은 버티지 못하였을 것이고 동마와 남도는 활약할 수 없었을 것이다.

후일 호사가들은 서협인 연운비를 일컬어 이렇게 말했다.

그의 의기는 대륙을 뒤흔들었고 그의 뜨거운 가슴은 대륙을 적시었다고……

(終)

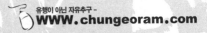